Baden & Kenney

Bloedproef

Vertaald door Daniëlle Stensen

2009
DE BEZIGE BIJ
AMSTERDAM

Cargo is een imprint van uitgeverij De Bezige Bij, Amsterdam

Copyright © 2009 Michael Baden en Linda Kenney-Baden
This translation is published by arrangement with Alfred A. Knopf,
a division of Random House, Inc.
Copyright Nederlandse vertaling © 2009 Daniëlle Stensen
Oorspronkelijke titel *Skeleton Justice*
Oorspronkelijke uitgever Alfred A. Knopf, New York
Omslagontwerp Studio Jan de Boer
Omslagillustratie Arcangel Images/Hollandse Hoogte
Foto auteur Clay Patrick McBride
Vormgeving binnenwerk Peter Verwey, Heemstede
Druk Koninklijke Wöhrmann, Zutphen
ISBN 978 90 234 5600 1
NUR 305

www.uitgeverijcargo.nl

Voor onze broer
Robert 'Unc' Baden
en zus
Joan Benincasa

Er bestaat niet zoiets als gerechtigheid –
niet in en niet buiten de rechtszaal.

— Clarence Darrow

Annabelle Fiori schrok zo van het schrille geluid van de deurbel dat ze het mes uit haar hand liet vallen. Het kletterde op de grond en ze sprong achteruit zodat ze zich er niet aan zou snijden. Daar zit ik net op te wachten... dat ik mijn eigen teen er afhak.

Toen Annabelle het mes weer veilig op het aanrecht legde, sprong de klok van de magnetron net op 19.00. De Linggs waren onmodieus stipt. Ze had erop gerekend dat ze later zouden komen, zodat zij de tijd zou hebben om de salade af te maken.

Maar Rosemarie en David verwachtten niet dat zij hen zou vermaken. Ze was nerveus voor de première, en haar vrienden kwamen om haar af te leiden zodat ze zich een beetje kon ontspannen. Ze zouden het niet erg vinden om in de keuken te zitten terwijl zij kookte. Annabelle liep door de gang en deed de deur van haar herenhuis in Greenwich Village open. De laatste aria uit *Tosca*, die uit haar dure geluidsinstallatie opklonk, tuimelde de donkere, beregende straat op.

'Kom bi...'

Een in het zwart gekleed persoon, niet Rosemarie, niet David, duwde Annabelle achteruit. De aanvaller greep haar met een hand die ondanks de zachte avond gehandschoend was bij haar onderarm. Met de stalen neus van zijn schoen schopte hij de deur dicht.

Annabelle opende haar mond. Ze wilde schreeuwen en ademde snel in, maar daardoor was het nog sneller afgelopen. Er werd een dikke vochtige doek tegen haar gezicht gedrukt en ze rook een weeïge scherpe geur die in haar neus en mond brandde. De felle kleuren van de abstracte schilderijen van Roger Selden aan de muur in de hal vervaagden. Annabelle zakte door haar benen en de gehandschoende hand liet haar los.

Terwijl ze viel zag ze metaal blinken.

De vuist van de aanvaller ontspande zich en er werd een klein glazen buisje zichtbaar. Annabelles laatste samenhangende gedachte was: Waarom ik, lieve God, waarom ik?

HOOFDSTUK TWEE

Ga terug naar de plek waar je hoort.

Dr. Jake Rosen hoorde het zijn baas gewoon zeggen terwijl hij neerkeek op Annabelle Fiore. De olijfkleurige huid van de operazangeres was helemaal wit geworden, haar armen lagen stijf langs haar lichaam. Jake raakte haar pols aan. Haar oogleden trilden.

De levenden gaan jou niet aan.

Dat zou Pederson zeggen als hij wist dat zijn vooraanstaande patholoog-anatoom nu in het St. Vincent's ziekenhuis een lichamelijk onderzoek uitvoerde op een levend slachtoffer. Als waarnemend hoofdpatholoog-anatoom van de stad New York werkte Jake voornamelijk op plaatsen delict of in de autopsiezaal van het mortuarium. De hoofdpatholoog-anatoom, Charles Pederson, hield er niet van als hij er zonder toestemming op uitging.

Voorzichtig draaide Jake Fiores rechterarm om en hij onderzocht de binnenkant. Daar, in de holte van haar elleboog, zat een minuscuul gaatje, waar een naald in de arm was gestoken om bloed af te nemen. Hij bekeek het van dichtbij. Er was maar één keer geprikt, en om het plekje heen zat geen kneuzing van betekenis.

De artsen en coassistenten op de spoedeisende hulp die Fiore de avond ervoor hadden behandeld, zou dit niet zijn opgevallen. Ze hadden het leven van de operazangeres gered door haar verwondingen vanuit medisch oogpunt te beoordelen. Voor hen was het alleen maar prettig dat er geen verwonding zat rond de plek waar het bloed was afgenomen: daar was geen behandeling nodig, dus konden ze al hun aandacht richten op haar aangetaste centrale zenuwstelsel. Voor Jake was dat piepkleine, perfecte gaatje veelbetekenend.

Degene die Fiore had aangevallen wist hoe je bloed moest afnemen. Dit was niet het werk van een amateur. Geen willekeurige geweldsdaad.

Hij liet zijn blik over haar hele arm gaan. Daar, bij haar pols, zaten drie duidelijke blauwe plekken. De aanvaller had haar stevig bij de arm gepakt en vastgehouden totdat ze niet meer tegenspartelde. Net als bij de eerste vier slachtoffers.

Die had Jake niet onderzocht, maar hij was op de hoogte gebracht door Vito Pasquarelli, de rechercheur die het onderzoek leidde. De eerste aanval had ruim een maand geleden plaatsgevonden. Een jonge moeder in de Upper West Side in Manhattan had midden op de dag de deur opengedaan toen er werd aangeklopt. Het volgende wat ze zich herinnerde was dat ze bijkwam uit een door ether veroorzaakte bewusteloosheid, helemaal versuft. De politie en zij hadden aangenomen dat de aanvaller haar had willen beroven. Er was echter niets verdwenen.

Pas uren later was haar het kleine naaldenprikje in haar ellebogholte opgevallen. De politie hechtte er geen belang aan. Er was haar geen letsel toegebracht. Het was vreemd, maar vreemd was standaard in New York. Rapport opstellen en verder met de volgende zaak.

Toen gebeurde het weer. Een leraar in de Bronx, een investeringsbankier in Battery Park City, een buitenlandse toerist die een farmaceutische conferentie in midden Manhattan bijwoonde. Geen van hen was ernstig gewond, wel waren ze allemaal zwaar over hun toeren. Dat werd alleen maar erger toen de tabloids de aanvaller 'de Vampier' gingen noemen.

Hoewel Jake niet meeging in de hysterie van de media, begreep hij de angst van het publiek wel. New Yorkers, die zich geen seconde druk maakten om schietpartijen vanuit rijdende auto's of om mensen die op een metrospoor werden geduwd, waren doodsbang voor een vent met een naald. Dat had hij heel vaak gezien tijdens zijn opleiding: beren van footballspelers die stoïcijns bleven onder een gecompliceerde fractuur, maar flauwvielen als de verpleegkundige met een naald kwam om hun een tetanusinjectie te geven, bendeleden die met een mes waren toegetakeld en dan begonnen te jammeren als ze dichtgenaaid moesten worden. Naalden waren eng.

En nu had de Vampier bijna iemand vermoord, een beroemdheid, niet met zijn naald, maar met een overdosis ether. Jake haalde een stethoscoop uit zijn zak. Hij had er goed naar moeten zoeken, want in zijn normale werk gebruikte hij die niet. Fiore bewoog even toen hij haar hart beluisterde. Ze had een regelmatige maar langzame hartslag, wat overeenstemde met het feit dat ze bedwelmd was geweest. Hier ging de vergelijking met een vampier mank. Vampiers, in elk geval de exemplaren die in Transsylvanië woonden en in zwarte capes rondvlogen, verdoofden hun slachtoffers niet. En blijkbaar was de vampier van New York er ook niet heel bedreven in.

Natuurlijk kon zelfs een ervaren anesthesist makkelijk een vergissing maken met ether. Daarom werd het niet vaak meer gebruikt. En als je het middel toediende via een doorweekte lap, werd het nog moeilijker om de juiste dosering te bepalen. Misschien was de grootste verrassing wel dat Fiore, het vijfde slachtoffer, pas de eerste was die een overdosis had gekregen.

Het centrale zenuwstelsel van Annabelle Fiore was ernstig geremd. Ze zou dood zijn geweest als haar vrienden haar niet kort na de aanval hadden gevonden. Het middel was nog steeds niet helemaal uitgewerkt. Jake zou haar graag een paar vragen hebben gesteld, maar hoewel ze licht bewoog toen hij haar onderzocht, was ze slechts half bij bewustzijn. Een ondervraging zou moeten wachten.

Terwijl Jake wegliep van het ziekenhuisbed kwam er net een kleine verfomfaaide man de kamer binnen.

'Hé, het is je gelukt!' Rechercheur Vito Pasquarelli schudde Jake enthousiast de hand. 'Fijn dat je er bent. Heb je haar onderzocht?'

'Ja. Het is lastig om conclusies te trekken, omdat ik de anderen niet heb kunnen onderzoeken. Maar als de naaldenprik er bij hen even perfect uitziet als bij mevrouw Fiore, dan zou ik zeggen dat je te maken hebt met een medisch onderlegd persoon.'

Pasquarelli knikte. 'En de hoeveelheid ether?'

'Moeilijk te zeggen of hij haar expres of per ongeluk een overdosis heeft toegediend. Het lijkt erop dat hij haar veel meer heeft gegeven dan de anderen.' Jake haalde zijn hand door zijn haar, zodat het in plaats van nonchalant wild nu slordig zat. 'Maar ik heb wel iets bedacht. Je zei dat de slachtoffers elkaar niet kennen. Maar misschien kun je hun vragen of ze iemand kennen die met laboratoriumdieren werkt.'

'Ratten en muizen en zo? Waarom?'

'Nadat onderzoekers experimenten hebben uitgevoerd met dieren en vervolgens een autopsie op ze moeten uitvoeren, euthanaseren ze ze vaak met een overdosis ether. Daarvoor wordt het middel tegenwoordig het meest gebruikt.'

Vito's blik klaarde wat op terwijl ze naar de lift liepen. 'En een medisch onderzoeker weet ook hoe hij bloed moet afnemen, toch?'

Jake knikte. 'En hoe hij het moet onderzoeken. Wat ik ook graag zou willen doen.'

'Dat hebben de jongens van de technische recherche al gedaan. Geen spoor van drugs te vinden, bij geen van allen. Niks verdachts.'

Jake grijnsde. 'Dat ligt er maar net aan hoe je het bekijkt. Stuur de bloedmonsters maar naar mij toe. Ik wil ze graag zelf onderzoeken.'

'Oké.' De lift bleek overvol te zijn en de mannen zwegen op weg naar beneden.

'Wat denk je dat híj met het bloed doet?' vroeg Vito terwijl de mensen ongeduldig langs hen heen de hal in dromden.

'Ik denk dat hij het onderzoekt, net als ik ga doen,' zei Jake.

De rechercheur keek opgelucht.

Jake hief zijn hand alsof hij een toost uitbracht. 'Tenzij hij het opdrinkt.'

HOOFDSTUK DRIE

Manny bekeek zichzelf in de passpiegel en hoorde de stem van haar moeder in haar hoofd. 'Philomena Manfreda, zo ga jij het huis niet uit.'

Met een zucht trok ze weer een outfit uit en gooide die op de groeiende berg kleding op haar bed. Als eenpitter met haar eigen burgerrechtenpraktijk hing Manny's kast vol met mantelpakjes voor elke advocatengelegenheid: mantelpakjes om de rechter haar eruditie te laten zien, mantelpakjes om de jury mee in te pakken, mantelpakjes om nieuwe cliënten te verlokken. Ze had ook ruimschoots voldoende cocktailjurken – voor de opera, de schouwburg, voor liefdadigheidsbijeenkomsten waar een couvert vijfhonderd dollar kostte –, allemaal netjes geperst en klaar om aan te trekken. Maar als ze de perfecte kleding moest uitkiezen voor een etentje bij de Italiaan met een man die de hele dag lijken ontleedde, dan wist ze zich geen raad.

Manny stak haar hand weer uit naar nog een andere hanger in haar uitpuilende kast. De *Vogue* had drie pagina's lang gedweept met deze jurk. Als die geen effect had, dan gaf ze het op. Ze trok het vermeende wonderkledingstuk aan en draaide zich om naar het bed.

'Nou, wat vind je ervan?'

De berg kleren bewoog. Er verscheen een kastanjebruin koppie met twee grote bruine ogen: haar rode toypoedel, Mycroft. Het hondje bekeek haar laatste poging kritisch, legde toen zijn kop tussen zijn poten en jankte.

'Je hebt helemaal gelijk.' Ze keek naar haar spiegelbeeld. 'Te... gekunsteld.'

Ze liep terug naar haar kast en trok er haar favoriete zwarte pantalon uit. Waarom zou ze zich eigenlijk zo druk maken om wat ze aantrok voor een ontmoeting met Jake? Hij zag het toch niet. Of ze nu in een hobbezak van een goedkope winkelketen verscheen of in een haute-couturejurk, hij zag het toch niet omdat zijn oog aan een microscoop zat vastgeplakt.

Ze hadden elkaar tijdens hun werk leren kennen. De laatste keer hadden ze samengewerkt om recht te doen aan de lang geleden overleden slachtoffers van een moordenaar die op weerloze patiënten had geaasd in een psychiatrisch ziekenhuis in het noorden van de staat New York. Boven de lijken in het mortuarium hadden ze geflirt en doordat ze samen aan de dood waren ontsnapt, waren ze naar elkaar toe gegroeid. De zaak-Lyons was opgelost en nu hadden ze... Wat eigenlijk? Een rendez-vous? Dat riekte naar romantische uitjes in een hotelletje in de Berkshires of een strandhuis in de Hamptons. Gingen ze met elkaar uit? Nee, dan zouden ze elkaar regelmatig bellen en samen naar de film of een concert gaan.

In plaats daarvan was Manny urenlang in Jakes laboratorium te vinden, waar ze gruwelijke foto's van plaatsen delict bekeek, monsters van vergiftigde weefsels bestudeerde en patronen van uitschotwonden vergeleek. Dan bespraken ze bij wijze van slaapmutsje de lijkschouwingen die Jake die dag had gedaan, voordat ze in bed doken onder de waakzame blik van een opgezette raaf – zijn honorarium voor een lezing over moorden bij de plaatselijke Edgar Allan Poe-club.

Maar wat ze ook had met Jake Rosen, het was in elk geval stukken beter dan naar het jaarlijkse diner dansant van de beroepsorganisatie te gaan met Evan Pennington III, of naar een wedstrijd van de Knicks met die ongelikte beer van een obligatiehandelaar, Troy-hoe-heette-hij-ook-alweer?

Dus waarom maakte ze zich zo druk over wat ze zou aantrekken? Misschien omdat Jake haar voor de verandering echt had opgebeld en uitgenodigd om in een schattig Italiaans eethuisje te gaan eten. Vanavond zouden ze niet samen een pizza met pepperoni eten aan een roestvrijstalen brancard in het mortuarium; dit was een echte eetafspraak. Je kon er lekker eten, maar het was er niet pretentieus of extravagant. Ze wilde niet overdressed zijn en daarmee verraden hoe opwindend ze het afspraakje met hem vond.

Waarom is mijn zelfvertrouwen zo wankel? Die vent is de hele dag bezig de hersenen van allerlei mensen te ontleden, en nu is hij met mijn hoofd aan het rotzooien.

Manny ritste de broek dicht en trok een roze gebreide trui van zijde aan. Ze stapte in roze Manolo-slingbacks van slangenleer en bekeek zichzelf in de spiegel. Ze zag er chic, stijlvol, maar toch informeel uit. Niet slecht. Helemaal niet slecht.

Toen ze haar hand uitstak naar de Goyard-draagtas van Mycroft, met de initialen MM erop, schoot het hondje van haar bed af en sprong erin.

'Dat klopt, Mikey, we hebben een afspraakje. En jij bent mijn chaperonne.'

Jake keek op van de dossiermap die hij naar Il Postino had meegenomen en zag dat Manny net de straat overstak, op weg naar het tafeltje op de stoep waaraan hij zat. Met haar fladderende rode haar, zwaaiende heupen en tikkende hoge hakken trok Manny nogal wat mannelijke aandacht terwijl ze door de mensenmassa beende die zo vroeg op de avond al uitging. Het deed hem plezier dat ze niet leek op te merken wat ze veroorzaakte.

Nu zag ze hem zitten en ze zwaaide. Hij stond op om haar te begroeten en ze kuste hem licht voordat ze Mycroft onder de tafel parkeerde.

'Waar zijn je groupies?' vroeg Manny.

'Hè?'

'Je bent een beroemdheid; je staat op de voorpagina van de *New York Post*.' Manny grijnsde toen ze de krant uit haar tas pakte en de kop voorlas: '"Patholoog-anatoom mengt zich in onderzoek naar de Vampier." Daar zal Pederson wel pissig om zijn geworden.'

Jake keek haar ongelovig aan.

'Je mond staat open. Daar moet je mee oppassen, als je buiten zit in New York. De vliegen, snap je?'

Jake moest lachen. Waarom verbaasde het hem dat Manny meteen had begrepen hoezeer hij zich in de nesten had gewerkt door zijn bezoekje aan het St. Vincent's ziekenhuis? Hij was het ziekenhuis nog niet uit gekomen of hij was belaagd door een horde televisie- en krantenjournalisten. Zijn eerste reactie was om hun vragen kort maar eerlijk te beantwoorden. Stom – wanneer zou hij het ooit leren? Op de een of andere manier hadden ze van zijn antwoorden hoofdartikelen gemaakt, en de foto's die ze met hun flitsende camera's van zijn verbaasde gezicht hadden gemaakt stonden op de voorpagina van alle drie de dagbladen in New York en werden op het avondnieuws getoond.

'Ik wou dat je er gisteren bij was geweest,' zei Jake. 'Jij zou een jas over mijn hoofd hebben gegooid en me er met "Geen commentaar" doorheen hebben geloodst.'

'Hoe reageerde Pederson?'

'Laten we het er maar op houden dat ik dacht dat ik mijn reanimatiecursus uit de kast zou moeten trekken.'

De preek was maar doorgegaan: 'schenden van bevoegdheid', 'geen respect voor de hiërarchische structuur', 'geen begrip van beperkte budgetten…' Voor Pederson hield zijn werk in: zijn domein beschermen, boven op zijn budget zitten en zelf in de publiciteit komen. Met één ongeautoriseerd uitstapje had Jake drie overtredingen begaan.

'Je weet toch dat hij denkt dat je op zijn baan uit bent?' Manny tikte op de krant. 'Hij ziet dit als op het publiek spelen.'

'Ik wist niet dat ze op de loer lagen,' wierp Jake tegen. 'En ik wil helemaal geen hoofdpatholoog-anatoom worden. Budgetten in toom houden en eindeloze vergaderingen bijwonen – nee, bedankt.'

'Ik weet dat je het heerlijk vindt om je armen tot aan de ellebogen in iemands buikholte te steken op zoek naar aanwijzingen voor een onnatuurlijke dood.' Manny stak haar hand uit en legde die op de zijne. 'Maar vergeet niet dat niet iedereen die aantrekkingskracht begrijpt.'

De lichte aanraking van Manny's vingers verzachtte haar woorden. Hij had haar vermogen om door te dringen tot de kern van een probleem al opgemerkt op het ogenblik dat ze elkaar leerden kennen; iets later was tot hem doorgedrongen hoe mooi ze was.

'Ja, mijn kleine escapade heeft onbedoelde gevolgen. Pederson heeft me uitdrukkelijk verboden me met de Vampierzaak te bemoeien.'

'Dus je laat het erbij zitten?' Manny sperde haar ogen open, maar toen ze de blauwe map naast zijn bord zag, glimlachte ze. 'Ik schrok me kapot – ik dacht even dat je een watje werd.'

Er kwam een kelner naar hun tafel toe. Hij stelde zich voor als Luigi en ratelde de aanbevolen gerechten op.

'Ik neem de wilde garnalen,' zei Manny zonder aarzeling.

Jake bekeek de menukaart nog steeds. 'Wist je dat garnalen aaseters zijn? Ik heb een keer een lijkschouwing gedaan op een piloot die met zijn vliegtuig in zee was gestort. Ik moest er een stuk of vijf van zijn lichaam afpeuteren. Best grappig trouwens, want die arme kerel had garnalen in zijn maag – zijn laatste maaltijd. Dat gaf de uitdrukking "het iemand betaald zetten" een heel nieuwe dimensie.'

De kelner trok wit weg. Manny's maag rommelde luid. 'Misschien neem ik vanavond wel iets vegetarisch. Als eerste een grote salade...'

'Kijk uit, hoor, de E. coli-bacterie maakt van bladgroente een seriemoordenaar,' fluisterde Jake.

Manny huiverde. 'Als ik jouw baan had, zou ik alleen nog maar appelmoes en toastjes naar binnen kunnen krijgen.'

'Ik kan je wel een baantje bezorgen als assistent in het mortuarium.' Hij sloeg zijn arm om haar heen en gaf haar een kneepje in haar schouder. 'Het Dodendieet! De nieuwste manier om af te vallen. Daar haal je *Oprah* wel mee.'

Haar vederlichte schoen, waar ze zachtjes mee over zijn scheen op en neer had zitten wrijven, kwam als een guillotine op zijn wreef neer. Hij grijnsde. De pijn was het wel waard.

Toen de kelner eindelijk weg was met een onomstreden bestelling van salade, amuse-gueule, pasta en biefstuk, besloot Jake weer toenadering te zoeken.

'Ik hoopte dat je me zou helpen brainstormen.' Jake schoof de map naar Manny toe en zag dat ze naar het etiket keek. 'Wil je er eens voor me naar kijken?'

Manny draaide zich om zodat ze hem kon aankijken en sloeg de map open. 'Andere mannen verleiden vrouwen door tegen ze te zeggen hoe mooi en sexy ze zijn. Jij fluistert pathologieverslagen in mijn oor.'

Jake grijnsde. 'Ik heb te veel bewondering voor je om zoiets afgezaagds te doen. Moet je dit zien.'

Manny en Jake begonnen de papieren door te kijken, met speciale aandacht voor de onderzoeksresultaten van het bloed van de slachtoffers van de Vampier. Jake bekeek de wirwar van cijfers en medische termen. Waar zocht de Vampier naar? Geen van de toxicologische rapporten vermeldde stoffen die normaal gesproken werden geassocieerd met drugsgebruik, dus daar was geen overeenkomst. Weer een doodlopend spoor.

Tegen de tijd dat het voorgerecht kwam, moest de kelner zijn best doen om een plekje op tafel te vinden dat niet was bedekt door papieren om Jakes inktvis neer te zetten.

Manny keek naar de rapporten. 'Geen motief?'

'Niets. Pasquarelli denkt dat hij niet goed wijs is. Maar er is hier meer aan de hand. De dader neemt weloverwogen bloed af. Het lijkt niet op het werk van iemand met een chaotische geest. De slachtoffers wisten niet wat ze overkwam, totdat ze bijkwamen en een gaatje in hun huid zagen of bloeddruppels op hun kleren, een zwelling, het begin van een blauwe plek. Dat wijst erop dat het vaardige, precieze en zorgvuldig uitgedachte aanvallen waren.'

'*The Devil Bat,*' mompelde Manny.

Jake nam een slok ijswater en wachtte. Manny was doorgaans heel analytisch, maar ze stond ook open voor allerlei mogelijkheden en zag overeenkomsten die een behoedzamer persoon over het hoofd zou zien. Die passie, die supersnelle reactie, daar was hij in de eerste plaats op gevallen. Maar soms ook werd hij, met zijn onbuigzame, logische geest helemaal van zijn stuk gebracht door haar plotselinge wilde invalshoeken en gedachtesprongen.

'Een horrorfilm uit de jaren veertig, met Bela Lugosi,' verklaarde ze. 'Die heb ik vroeger met mijn vader vaak gezien.'

Dat duidt toch wel op een verknoeide jeugd, dacht hij, maar dat zei hij niet hardop, want dan zou haar punthak zich in zijn wreef boren in plaats van er zachtjes langs te wrijven.

'In die film was de boef een geliefde dorpsdokter die mensen vermoordde om wraak te nemen voor onrecht waarvan hij vond dat het hem was aangedaan.'

'Heb je iets tegen artsen?'

'Ik ben advocaat, dat weet je toch. Een gemengd huwelijk tussen die twee beroepen zou nooit goed uitpakken. Net de Jets en de Sharks.'

'Of Romeo en Julia.'

'Die pleegden zelfmoord. Ik staak de bewijsvoering.'

Jake ritselde met de papieren om Manny weer bij de les te krijgen.

'Die vent is op bloed uit, dus die mensen moeten op de een of andere manier via hun bloed met elkaar verbonden zijn,' zei ze. 'Hebben ze soms dezelfde ziekte?'

'Geen van hen is HIV-positief. Twee hebben suikerziekte. Eentje moet wel alcoholist zijn, die heeft een heel slechte leverfunctie.' Jake ratelde de feiten af en tikte met de punt van zijn potlood op zijn lijstje. 'Maar dit zijn de resultaten van standaardbloedproeven. We kunnen niet op elke bestaande obscure ziekte testen; dat zou een eeuwigheid duren. Eerst moeten we een idee hebben waar we naar moeten zoeken, dan kunnen we het bloed onderzoeken om die theorie te bewijzen of ontkrachten. Anders zoek je naar een speld in een hooiberg.'

'Het zou dus zo kunnen zijn dat de overeenkomstige factor een zeldzame ziekte is, maar dat je gewoon niet weet welke?'

'Dat kan, maar is niet erg waarschijnlijk. De technische recherche heeft alle slachtoffers ondervraagd. Niemand vertoont ongewone symptomen of heeft een vreemde ziektegeschiedenis.'

'En hun DNA-profiel?'

'Ik heb pas de resultaten van de eerste drie binnen. We wachten nog op de twee laatste. Maar die personen zijn geen familie van elkaar en hebben ook geen genetische afwijkingen.'

Manny kauwde op een courgettebloem en dacht even na voordat ze vroeg: 'Weet je hoeveel bloed de dader afneemt?'

'We kunnen met geen mogelijkheid de precieze hoeveelheid bepalen, maar de slachtoffers zijn na de aanvallen allemaal onderzocht en ze hadden een normaal bloedvolume, dus hij neemt waarschijnlijk hooguit een buisje af.'

'Oké.' Manny gebaarde met een vork vol blaadjes rucola. 'Ik moet toegeven dat ik niet veel weet van bizarre satanische rituelen, maar als hij om een of andere perverse reden bloed afneemt, lijkt het me dat hij er meer van zou willen hebben, toch?'

'Dat lijkt mij ook,' zei Jake. 'Ik denk dat hij hetzelfde doet als wij: hij onderzoekt het.'

'Zou hij dat zelf doen of het naar een laboratorium sturen?'

'Sommige basistests kun je met de juiste apparatuur zelf doen, maar hij zou het ook naar een laboratorium kunnen sturen. Alleen hier aan de oostkust zijn er al honderden. Die zouden we nooit allemaal kunnen controleren.'

'Maar hij kan geen DNA onderzoeken,' reageerde Manny snel. 'Dat kun je niet op je keukentafel doen. En door de enorme achterstanden duurt het normaal gesproken maanden voordat je de resultaten van een DNA-onderzoek binnen hebt. Geloof me, mijn onschuldige cliënten weten hoeveel die laboratoria achterlopen.'

'Dat zijn de erkende laboratoria, die forensische DNA-onderzoeken mogen uitvoeren. Er zijn ook privélaboratoria, daar zie je weleens reclame voor in de metro. Die doen bijvoorbeeld ook vaderschapstests voor civiele zaken.'

'Dat zou ik niet weten. Ik ben niet meer onder de grond geweest in New York sinds een excursie naar het natuurhistorisch museum op de middelbare school.'

Daar ging Jake niet op in. Zo af en toe kwam in Manny het rijke meisje uit New Jersey boven. Hij stond liever niet stil bij het feit dat toen zij in haar groengeblokte uniform van een katholieke school had leren lezen, hij in zijn laatste studiejaar had gezeten aan het City College. Hij bewoog nadrukkelijk zijn pen heen en weer. 'Maar waarom zou je al die moeite doen en bloed afnemen om iemands DNA te bepalen? Daarvoor heb je alleen maar een paar haren of een sigarettenpeuk van je doelwit nodig. Hij moet naar iets op zoek zijn wat alleen maar in bloed te vinden is.'

'Zeg maar tegen Pasquarelli dat hij elk laboratorium in de ruime omgeving moet dagvaarden totdat hij op degene stuit die die monsters heeft onderzocht.'

Jake masseerde zijn slapen bij de gedachte aan de berg papierwerk die dit met zich mee zou brengen. 'Op die gedachte is Pasquarelli ook al gekomen. Hij hoopte dat ik iets minder arbeidsintensiefs kon bedenken. Maar de Vampier zal nog wel een week op alle voorpagina's staan. Daar is de burgemeester niet blij mee.'

'Misschien heeft Pasquarelli wel geluk,' antwoordde Manny. 'Toen ik me vanavond aan het omkleden was, luisterde ik naar het avondnieuws. De Vampier is verdrongen door de Kakkerterroristen.'

'En wie zijn de Kakkerterroristen, als ik vragen mag?' Jake viel aan op zijn biefstuk en probeerde de starende blik van Manny te negeren. Dat was net als eten terwijl Mycroft elke hap van zijn bord naar zijn mond volgde. 'Wilde je hier iets van proeven?'

'Zeker niet! Deze zelfgemaakte fettuccine is heerlijk.' Manny zoog langzaam een sliert tussen haar lippen door naar binnen om haar uitspraak kracht bij te zetten, en vervolgde: 'De Kakkerterroristen zijn een stelletje jongens van de Monet Academy, die bedacht hadden dat het wel een leuk wetenschappelijk experiment zou zijn om een klein explosief onder een brievenbus in Hoboken te plaatsen.'

'En daardoor is de Vampier van de voorpagina verdreven? Wij stopten altijd een voetzoeker in de brievenbus van meneer Isbrantsen, als die ouwe onze voetbal weer eens in beslag had genomen.'

'Is er weleens een federale rechter voorbijgekomen toen jullie dat deden? Want dat is in Hoboken gebeurd. Rechter Patrick Brueninger werd in zijn keel geraakt door een stukje metaal.'

'Brueninger. Die naam klinkt me bekend in de oren. Wacht even... Was dat niet die federale rechter die de zaak-Iqbar behandelde?'

'Precies.'

Jake dronk zijn laatste slok chianti op. 'Probeerden die kinderen hem te vermoorden? Waarom?'

'Het is nog te vroeg om daar iets over te kunnen zeggen,' antwoordde Manny. 'Vrij veel moslims vinden dat de moellah geen eerlijk proces heeft gehad. Ze zweren dat Iqbar echt alleen maar het hoofd was van een leuke en aardige moskee in Jersey.'

Jake snoof. 'Tuurlijk. Hij heeft heus geen miljoenen witgewassen om de Taliban in Afghanistan te financieren. Maar die kakkers zijn toch geen moslims, lijkt me? Waarom zouden ze die rechter willen vermoorden?'

'Precies; een motief ontbreekt volledig. Volgens mij was het gewoon een kwajongensstreek die volledig uit de hand is gelopen. Maar na 11 september, die poederbrieven en de *shoe bomber* wil de FBI dat die jongens keihard worden vervolgd, alleen maar om te bewijzen dat ze niet alleen achter donkerharige mannen met een tulband op aan gaan. Die jongens kunnen het wel schudden. Ze worden...'

Manny werd onderbroken door een blikkerige versie van de openingsmaten van 'Bad to the Bone' van George Thorogood, die ergens onder tafel klonk. Ze dook naar beneden, kwam weer boven met haar Fendi-tas uit de nieuwste collectie en nam op voordat George nog een noot van zijn bekendste nummer kon uitbrengen.

Sorry, zei ze geluidloos tegen Jake. 'Hoi Kenneth,' kweelde ze in de telefoon. 'Wat is er?'

Jake fronste zijn voorhoofd. Hij wist nog steeds niet goed wat hij van Manny's assistent, Kenneth, moest vinden, een voormalige cliënt die zijn kennis van de wet had opgedaan tijdens de twee keer dat hij was aangehouden. Minstens twintig keer per dag overlegde Kenneth met Manny, over allerlei onderwerpen: van de nieuwste roddels op de website van de New York Social Diary tot de voordelen als ze in hoger beroep de precedentwerking van eerdere uitspraken zouden inroepen.

'Nee, ik ben blij dat je gebeld hebt. Dit is heel belangrijk. Wacht even.' Manny stond op en liep naar de rand van de luifel, buiten gehoorsafstand. Jake stak zijn vork gefrustreerd in zijn erwten.

Nog geen tien minuten later kwam Manny terug aan tafel, maar Jake bleef naar zijn bord kijken.

'Drie keer raden waarom Kenneth belde.'

'Er is een bijzondere, drie uur durende uitverkoop bij Saks.'

'Ha ha. Nee, het was een uitverkoop bij T.J. Maxx, maar ik kan me soms best beheersen.'

'Manny, ik weet dat jouw relatie ongew... eh... speciaal is, dat hij je vereert omdat jij hem hebt gered, en dat je hem ziet als jouw Eliza Doolittle, maar...'

'Hoezo, maar? Het is een getalenteerd joch dat in een arm gezin is geboren. Hij mag dan wel een diva zijn, maar hij is ook eerlijk en werkt hard.'

Manny was door de plaatselijke rechtbank aangewezen om Kenneth Medianos Boyd pro Deo te verdedigen tegen een aanklacht wegens een samenzwering om bewijs, drugs, te vernietigen door het door de wc te spoelen. Dan had je nog die keer dat hij was ingerekend tijdens de jaarlijkse Halloweenoptocht in Greenwich Village. Zijn alter ego, voormalig serveerster en zangeres prinses Calypso, verloor wat strategisch geplaatste veren die afkomstig waren van kalkoenen die met Thanksgiving het jaar ervoor waren verorberd.

Manny zag meteen dat Kenneth heel waardevol was: hij had niet alleen een uiterst theatraal gevoel voor mode, maar ook een diploma als juridisch assistent dat hij had gehaald toen hij de eerste keer achter de tralies zat. Kenneth aanbad Manny omdat ze hem behandelde als een normale, intelligente volwassene. Ze hadden hun band verstevigd tijdens hun jacht op kasjmier kleding in de TSE-outlet. Ze bood hem een baan aan als haar juridisch assistent.

'Ik weet het, en ik weet ook dat hij op je past. Maar moet hij je echt zo vaak bellen? Wat is het nut van een assistent als hij je constant belt? Dat schiet zijn doel een beetje voorbij, zo wordt je werklast niet minder.'

'Je bent gewoon jaloers op de andere mannen in mijn leven.'

Ze wierp een blik op Mycroft, om zo haar irritatie en glimlach te verbergen.

'"Mannen"? Vorige week had Kenneth warmtegevoelige nagellak op toen hij die documenten bij me kwam langsbrengen. Aan het begin van het gesprek had hij roze nagels, maar toen hij me de envelop gaf waren ze koningsblauw. En hij droeg een lange avondjurk, niet te vergeten.'

'Het is gewoon een meisje dat eerlijk haar brood verdient als zangeres in clubs, wanneer ze mijn advocatenkantoor niet draaiend houdt, mijn verzoeken schrijft, mijn rekeningen int en mijn cliënten telefonisch te woord staat zodat ik op stap kan om jou met jouw zaken te helpen.'

Manny zweeg even om adem te halen en vervolgde toen: 'Kenneth belde omdat hij net de moeder van een van de Kakkerterroristen aan de telefoon had gehad om me in te huren.'

'Ik dacht dat je zei dat die jongelui het wel konden schudden? Waarom zou je die zaak dan willen?'

'Ten eerste worden die jongens vals aangeklaagd, zodat de overheid kan zeggen: "Moet je eens zien wat we allemaal doen om jullie te beschermen tegen terrorisme!"'

'Vals aangeklaagd?!' Jake wees met zijn vork naar haar. 'Dat kun je niet zomaar zeggen. Het enige wat je van deze zaak weet, heb je op het nieuws gehoord. En we weten allebei hoe onbetrouwbaar dat is.'

Manny duwde de beschuldigende vork weg. 'Ik weet uit ervaring hoe aanklagers werken. En daarbij komt dat dit een belangrijke zaak is. Als ik kan aantonen dat deze jongen niet schuldig is, vergroot ik mijn geloofwaardigheid in andere zaken.'

'Manny, tot nu toe heb je voornamelijk met burgerrechtenzaken en niet-gewelddadige daders te maken gehad,' zei Jake. 'Wil je je wel in het wespennest van terroristen en de federale overheid steken? Dit is een heel riskante zaak.'

'Ik kan alles aan. Maar ik moet nu weg. Sorry.' Manny zette zich af tegen de tafel, waardoor er water uit de glazen klotste.

Ze bleef staan om nog een laatste sneer ten afscheid te geven. 'En jij dan, die keer dat je bijna werd opgeblazen toen je de moordenaar van Pete Harrigan probeerde op te sporen? Jij mag dus wel risico's nemen, maar ik niet. Daaruit blijkt wel hoe oud je bent, hè?'

Jake kromp ineen. Hij wilde alleen maar dat haar niets overkwam. Hij deed zijn best niet beschermend te klinken. 'Wees gewoon voorzichtig, ja?'

Zijn kalme woorden waren net een windvlaag die een bosbrand aanwakkerde. Manny draaide zich om. 'Behandel me niet alsof je mijn beschermer bent, Jake. We hebben geen verplichtingen jegens elkaar, weet je nog? Ik bel je morgen nadat ik mijn cliënt heb gesproken.' Ze was de straat al half overgestoken, met Mycroft op sleeptouw, voordat Jake de aandacht van de kelner had getrokken en om de rekening had gevraagd.

Hij gooide een paar verfrommelde briefjes van twintig op tafel en ging Manny achterna. Met haar waterval van rood haar en felroze trui was ze net zo makkelijk te traceren als een wervelwind. Jake wist niet precies wat hij zou doen als hij haar had ingehaald. Een *Vulcan mind meld* misschien. Dat was misschien wel de enige manier waarop hij haar kon laten inzien hoe irrationeel ze handelde. Ze was dan misschien de voorvechtster van de onderdrukten, maar ze hoefde zich niet te laten inpakken door een bizar, zielig verhaal. En hoe zou ze al het werk aankunnen dat zo'n omvangrijke zaak met zich meebracht? De eersteklas strafrechtadvocaten hadden een heel team tot hun beschikking. Manny had een travestiet als assistent.

Jake voelde iets ter hoogte van zijn hart wat niet werd veroorzaakt door Manny's gedrag. Zijn gsm trilde. Zijn werk. Wat een timing.

'Rosen,' snauwde Pederson. 'Ga naar West Fifty-third Street nummer 14. Het lijkt erop dat de Vampier weer heeft toegeslagen. En deze keer heeft hij een lijk voor je achtergelaten.'

HOOFDSTUK VIJF

Jake ging aan het werk zodra de taxi bij de stoeprand stopte. Als waarnemend hoofdpatholoog-anatoom waren zijn taken strak omlijnd door de hoofdpatholoog-anatoom: stel de identiteit van het slachtoffer vast, bepaal wat er is gebeurd, waar het is gebeurd, wanneer het is gebeurd en hoe het is gebeurd.

Maar hij vatte zijn taak ruimer op. Elk slachtoffer had een veel ingewikkelder verhaal te vertellen dan de bloedspatten rond het lichaam of de vezels en haren die erop waren achtergebleven. Het waarom en het wie waren vaak onlosmakelijk verweven met de gebeurtenissen in het leven van het slachtoffer. Leven en dood vloeiden in elkaar over.

Het verhaal van Amanda Hogaarth begon hier, op de smetteloze stoep voor het peperdure gebouw waar ze had gewoond. Jake zag de geschokte gezichtsuitdrukking van de portier die hem binnenliet, en de stijve houding van de huisbewaarder die achter zijn bureau zat. Op de een of andere manier hadden ze een moordenaar toegelaten tot een plek die een enclave van veiligheid had moeten zijn.

Jake keek rond in de hal met de marmeren vloer en overdadige maar onpersoonlijke meubels. Was dit een coöperatie, een koopflat of een duur huurappartement? Een coöperatie, zelfs als die zo groot was als dit gebouw, had vaak een wat vriendelijker uitstraling. De buren kenden elkaar, in elk geval in het voorbijgaan, door al het gekrakeel in de raad van bestuur. In een gewone koop- of huurflat zou Amanda Hogaarth waarschijnlijk veel anoniemer gewoond hebben.

In dit relikwie van voor de Eerste Wereldoorlog nam Jake de lift naar de dertiende verdieping. Toen de deuren opengingen, zag hij dat er van alles gaande was. Politiemensen belden overal aan en ondervroegen buren. De technisch rechercheurs waren er al, met al hun apparatuur. Toen Jake naar de open deur van 13C liep, zag hij aan de lichtflitsen dat de politiefotograaf aan het werk was.

Jake trof rechercheur Pasquarelli in de gang. 'Mag ik in de flat rondkijken?'

De rechercheur knikte. 'Als je nog even wacht, zijn de technische mensen daar klaar.'

Jake wierp een blik op de voordeur. 'Zijn er sporen van braak?'

'Nee. Hij is naar binnen gestormd of zij heeft hem binnengelaten. De portier zegt dat hij niemand naar haar toe heeft gestuurd, dus de dader moet het gebouw zijn binnengekomen door naar iemand anders te vragen, of via de dienstingang. Gelukkig wordt het gebouw net zo goed bewaakt als Fort Knox. Op alle deuren staan bewakingscamera's gericht en ze hangen ook in de liften. We gaan morgen een paar uur lang video's kijken.'

'Misschien hebben we mazzel.'

Pasquarelli grijnsde. 'Reken daar maar niet op. Dat doe ik ook nooit.'

'Wie heeft haar gevonden?' vroeg Jake.

'De onderhoudsmonteur. Hij was hier net voor vijven, voor het laatste klusje van de dag. Ongetwijfeld zou hij willen dat hij vroeg naar huis was gegaan.' Pasquarelli trok aan zijn stropdas, maar die zat al los. 'Blijkbaar heeft mevrouw Hogaarth gisteren gebeld om te melden dat haar airco ratelde. Het was geen noodgeval, dus de monteur kwam er pas vandaag aan toe. Toen ze niet opendeed, ging hij met een loper naar binnen. Hij belde het alarmnummer om twaalf voor vijf.'

Jake keek op zijn horloge. Het was vijf over halftien. 'Waarom heeft het zo lang geduurd voordat jij me hebt gebeld?'

'De geüniformeerde politiemensen dachten dat het een natuurlijke dood was,' legde Pasquarelli uit. 'Toen de dienstdoende arts van het Medical Examiner's Office kwam, merkte hij de naaldenprik in haar arm op en een paar andere verdachte dingen. Hij zei dat als dit te maken had met de Vampier, we jou er maar beter bij konden halen.'

Jake glimlachte half, maar fronste toen zijn voorhoofd. Zijn ondergeschikten wisten dat hij zeer geïnteresseerd was in de Vampierzaak, maar het verbaasde hem dat Pederson hem de zaak had toegewezen na dat autoriteitsvertoon gisteren in zijn kantoor.

Toen Jake langs Pasquarelli heen rechtstreeks de woonkamer van het appartement in liep, rook hij het meteen: de vage maar kenmerkende geur van ether. Daarom volgde hij nooit de arboregels op, die bepaalden dat hij een gezichtsmasker moest dragen. De kans dat hij zulk vluchtig bewijs miste was te groot. En als het niet werd opgemerkt, was het even later voorgoed verdwenen. Nu wist hij zeker dat het hier om de Vampier ging.

Mevrouw Hogaarth leek haar waardigheid bewaard te hebben. Ze was een keurige dood gestorven in wat een keurig huis was geweest. Jake keek rond. De overweldigende indruk was beige. Gebroken witte muren, dik crèmekleurig tapijt, een bijpassende lichtbeige bank en loveseat. Het enige contrast kwam van de trieste vegen zwart vingerafdrukkenpoeder die de technische recherche tijdens het werk achterliet, die de reinheid verpestten die mevrouw Hogaarth duidelijk na aan het hart had gelegen.

Het lijk lag uitgestrekt op de vloer, midden in de kamer. Jake knikte naar zijn collega, Todd Galvin, die er gebogen naast zat. Hij sprong op en haastte zich naar Jake toe.

Todd was pas twee jaar geleden afgestudeerd. Hij was de jongste bij het Medical Examiner's Office en wilde graag laten zien wat hij allemaal had geleerd. 'Ik heb een naaldenprik gevonden,' begon hij, terwijl hij Jake naar het lijk wilde begeleiden. Maar Jake wendde zich af.

'Weet je nog wat ik je heb geleerd, Todd? Eerst de plaats delict goed bekijken om te zien wat die ons over het slachtoffer vertelt, voordat we ons door het lijk laten afleiden. Zij gaat nergens naartoe.'

Jake liep naar de badkamer. In het medicijnkastje stond de gebruikelijke verzameling receptvrije medicijnen, met één uitzondering: Lasix, tegen een te hoge bloeddruk. Afgezien daarvan had mevrouw Hogaarth blijkbaar geen gezondheidsproblemen gehad. Hij trok een la open en trof daar een veelgebruikte stethoscoop en bloeddrukmanchet aan. 'Interessant. Misschien is ze verpleegkundige geweest en gebruikte ze haar oude instrumenten om haar eigen bloeddruk te meten.'

Todd knikte. 'Dat kan heel goed. Een leek zou eerder zo'n bloeddrukmeter gebruiken die je bij de apotheek kunt kopen.'

De jongeman wierp een blik achter het douchegordijn. 'Het is hier hartstikke schoon. Deze mevrouw zou mijn badkamer niet graag hebben willen zien.'

Ze gingen verder met de slaapkamer, die in zijn eenvoud wel wat leek op een kloostercel. Jake keek naar de strakgetrokken sprei en tilde die aan het voeteneind op. Net wat hij had verwacht: de lakens waren opgemaakt met strakke hoeken, zoals in een ziekenhuis. In de kast stonden de schoenen op militaire wijze opgesteld, de kleren hingen allemaal in dezelfde richting. Op het nachtkastje: een lamp, wekker en een exemplaar van *Reader's Digest*. Op het dressoir: een kam, borstel, talkpoeder met lavendelgeur. Sprei, gordijnen, tapijt: allemaal beige. Jake draaide 360 graden in de rondte: geen foto's, schilderijtjes of snuisterijen. 'Welke vrouw van in de zestig heeft nou geen prulletjes, foto's van kleinkinderen, neefjes en nichtjes of oude vrienden?'

'Ja, het is net een hotelkamer,' stemde Todd in. 'Een beetje griezelig.'

Jake ging hem voor naar de keuken en keek in de koelkast. 'De inhoud van de koelkast kan het tijdstip van overlijden ook helpen bepalen.' Jake glimlachte tegen Todd en schudde met een melkpak. 'De houdbaarheidsdatum vertelt je veel.'

Todd tuurde mee over Jakes schouder. 'Jezus, in haar koelkast staat nog minder dan in die van mij. Muffins, halvarine, sap en melk. Ze ging waarschijnlijk vaak uit eten.'

Jake keek in de vuilnisbak. Leeg. De vaatwasser was schoner dan een showroommodel. 'Hier heeft de moordenaar niets achtergelaten.'

De woonkamer verried niets meer dan wat de eerste blik al had onthuld: geen rommel, geen foto's, geen ziel. Toen Jake de salontafel bekeek, werd zijn blik getrokken door een schone ronde plek, waar geen vingerafdrukpoeder lag. De forensisch onderzoekers hadden hier blijkbaar iets weggehaald, dacht hij, een kopje of een glas. In een doorsneehuis had hij dat niet vreemd gevonden, maar in Amanda Hogaarths huis leek het opmerkelijk.

Nu liep Jake naar het lijk. Amanda Hogaarth lag op haar rug, met haar gebogen knieën iets naar rechts en haar armen wijd uitgespreid. Ze had een bruine rok aan, die haar gedrongen benen tot halverwege de kuit bedekte, en een beige trui reikte zedig tot aan de rok, zodat er geen stukje huid te zien was. Ze had zo'n gehaarlakte helm van haar à la Margaret Thatcher, zoals veel vrouwen van eind zestig hebben, en ondanks de val was er geen haartje van zijn plek geraakt.

Todd hurkte neer naast het lijk. 'Moet je kijken,' zei hij, toen Jake erbij kwam. Hij wees naar een naaldenprikje en een bloedvlekje in de kromming van de elleboog van het slachtoffer, waar duidelijk bloed was afgenomen.

Dat op zich was niet verdacht. Misschien was het slachtoffer op de dag van haar dood naar de dokter gegaan en had ze een bloedonderzoek gehad.

'En,' zei Todd, met stijgende opwinding, 'kijk eens naar haar mond.'

De perfect witte boventanden van mevrouw Hogaarth waren vals, en het kunstgebit was door een klap overdwars in haar mond gaan staan, waardoor ze er lichtelijk grotesk uitzag. Bij haar mondhoeken zaten schaafwondjes.

'Ze is gekneveld geweest,' merkte Jake op. Hij keek naar beneden. Ze droeg geen panty en haar voeten, vervormd door de eeltknobbels die bij de oude dag horen, lagen bloot op het tapijt. Hij was pas tien minuten in haar huis, maar Jake had sterk het gevoel dat dit geen vrouw was die op blote voeten zou rondlopen. 'Heb je haar panty al gevonden?' vroeg hij Todd.

'Ik heb de technisch rechercheurs gezegd dat ze ernaar moesten zoeken, maar ik betwijfel of ze hem zullen vinden. Waarschijnlijk meegenomen door de moordenaar.

De rigor is al aan het afnemen,' vervolgde Todd. 'Ze is ongeveer vierentwintig uur dood.'

'Misschien al langer, Todd. De algor mortis geeft meer informatie. Neem haar centrale lichaamstemperatuur op, en de omgevingstemperatuur ook. Die zou de ontbinding wat kunnen hebben vertraagd.'

'De airco heeft hard staan draaien. Het is hier 18 graden,' meldde Todd.

'Ja, haar lichaamstemperatuur is in deze koele kamer natuurlijk sneller gedaald dan je zou verwachten,' legde Jake uit. 'Zo lijkt ze langer dood te zijn dan ze in werkelijkheid is.'

'De livores zijn gefixeerd.' Todd drukte met zijn duim tegen een paarsblauwe ophoping van bloed op haar rug, maar veroorzaakte daarmee geen bleke vlek. 'Ze is ongetwijfeld minimaal acht à negen uur dood, en sinds haar overlijden is ze niet verplaatst.'

'Goed zo, Todd.' Jake stond op en gebaarde naar de twee mortuariummedewerkers die bij de deur rondhingen. 'Neem het lijk maar mee. En zorg ervoor dat ze in deze positie blijft liggen, anders vernietig je eventuele sporen op haar rug. Morgenochtend doe ik de lijkschouwing. Als je wilt assisteren, Todd, ik begin om acht uur.'

Jake keek toe hoe ze het lijk, waarvan de ledematen nog steeds deels lijkstijfheid vertoonden, op een brancard legden. Als dit echt het werk van de Vampier was, waarom had hij zijn modus operandi dan gewijzigd? Waarom had hij dit slachtoffer wel vermoord, terwijl hij de anderen niet eens ernstig had verwond? De zaak was veranderd. Wat een fascinerende wetenschappelijke puzzel was geweest, die hij graag wilde oplossen, was geëscaleerd tot moord. Hij had zijn zin gekregen: nu had hij de kans om aan de Vampierzaak te werken, maar dat had Amanda Hogaarth wel eerst het leven moeten kosten.

'Heb je de naaste familie al ingelicht?' vroeg Jake aan de rechercheur.

'Die lijkt ze niet te hebben. Op het registratieformulier voor de flat staat een advocaat vermeld als contactpersoon voor noodgevallen. Dus ik hoef tenminste geen slecht nieuws te brengen aan een diepbedroefde dochter of zus.' Pasquarelli gromde een bedankje tegen een hele stroom passerende forensisch onderzoekers.

'We hebben niet veel,' zei de oudste. 'Zo'n schoon appartement heb ik nog nooit gezien.'

Jake duwde zijn handen diep in zijn zakken. 'Er moet hier iets zijn, Vito. We moeten beter kijken. Ik ga nog een keer rondneuzen.'

'Ga je gang.'

Jake maakte nog een keer de ronde, maar het appartement leek haast nog nietszeggender dan de eerste keer. Totdat Jake in de keuken, tussen de brandschone kastjes en apparatuur, iets vond. Daar, achter een paar glanzende potten, lag een aanwijzing dat Amanda Hogaarth echt had geleefd en dat ze iemand anders op deze wereld had gekend: een beduimeld boek met een vergeelde omslag en aantekeningen in een puntig handschrift in de marge: '*Recetas favoritas*.'

Jake hield het zorgzaam vast. Een kookboek, in het Spaans, niet op een plank zodat je er makkelijk bij kon, maar weggestopt. Net als liefdesbrieven, dacht Jake. Of porno. Hij legde het voorzichtig neer.

HOOFDSTUK ZES

Manny rende de trap op van het overheidsgebouw in Newark, New Jersey. Haar hakken roffelden een strijdkreet. Ze gooide haar roodleren draagtas op de lopende band voor het röntgenapparaat en haastte zich door het detectiepoortje, dat onmiddellijk waarschuwend begon te loeien.

'Wilt u even terugkomen, mevrouw?' droeg de bewaker haar op. 'Hebt u sleutels of wisselgeld in uw zak?'

'Natuurlijk niet,' snauwde ze. Haar zeegroene mantelpakje van Donatella Versace had niet eens zakken en als dat wel zo was geweest, zou ze de strakke lijnen ervan natuurlijk niet verpesten door er bultige sleutels in te stoppen.

'Doe uw jasje eens open.'

Dat deed Manny. 'Oeps! Ik was vergeten dat ik die om had.' Ze maakte de vintageriem met dubbele schakels los, liet hem in het mandje van de bewaker vallen en liep nogmaals door het detectiepoortje, dat deze keer niet afging.

Aan de andere kant liet de bewaker de riem niet los, maar vroeg om een meetlint.

'Kom op, geef terug,' beval Manny. 'Ik heb haast. Ik heb een dringende bespreking met een cliënt.'

'Het spijt me, mevrouw, maar de veiligheidsregels verbieden kettingen langer dan één meter twintig. Ik mag een metalen riem die langer is niet het gebouw in laten. Hier gelden dezelfde regels als in een vliegtuig.'

'Dat accessoire heeft me een paar honderd dollar gekost. Denk je echt dat ik daarmee een openbaar aanklager aan zijn stoel ga vastbinden?'

'Ik moet hem eerst opmeten,' hield de bewaker vol. 'Ik moet een meetlint zoeken.'

Manny opende haar mond om protesterend te jammeren tegen die idiote vertraging. Maar voordat ze een woord had geuit, veranderde ze van gedachten. Ze grinnikte en deed het jasje van haar mantelpakje open. 'Moet je eens kijken, Xavier,' zei ze, wiens naamplaatje ze had gelezen. 'Je beledigt me. Ik weet dat ik geen maatje 36 heb, maar denk je nou echt dat ik een riem van één meter twintig nodig heb om mijn middel te omspannen?'

Xavier bloosde toen hij naar haar zandloperfiguur keek. 'Eh... dat lijkt me niet. Het spijt me, mevrouw. Alstublieft.'

'Dat terrorismegedoe is echt belachelijk aan het worden,' brieste Manny tegen de man die samen met haar in de lift stond. 'Ze besteden al hun geld en personeel aan het lastigvallen van gewone burgers, terwijl een kilometer van het Pentagon Al Qaida-terroristen waarschijnlijk hun kamp hebben opgeslagen.'

De man zei niets, maar zette een stap uit haar buurt toen ze weer op de knop voor de zesde verdieping ramde. Toen de lift eindelijk aankwam, was ze helemaal opgefokt, en wee de openbaar aanklager die haar een voet dwars zette.

'Ik ben Philomena Manfreda en ik kom voor Brian Lisnek,' zei ze tegen de receptioniste, die zich verschanst had achter een raam van kogelvrij glas.

De jonge vrouw wilde een gebaar maken naar een stoel in de wachtruimte, maar na een blik op Manny's boze gezicht veranderde ze van gedachten en belde ze Lisnek meteen. 'U moet uw naam op deze lijst zetten. En dit pasje de hele tijd dragen.' Ze sprak alsof ze gewapend was.

Lisnek, een gedrongen man met rossig haar in een gekreukt

grijs pak, deed de veiligheidsdeur open. Even later zat Manny in een typisch overheidskantoor: geen ramen, propvol met niet-gearchiveerde papieren, gemeubileerd met een metalen bureau en gebutste houten stoelen en uitgerust met een computer met een Amerikaanse zeearend als screensaver.

'Waar is mijn cliënt, Travis Heaton? Ik wil hem spreken voordat ik met je praat.'

'Hij zit beneden in een arrestantenverblijf met een van onze agenten. Ik laat hem wel door een bewaker naar de ruimte brengen waar u met hem kunt praten. Zijn moeder zit ook beneden, in de wachtruimte, voor het geval we haar nodig hebben.'

'Je bedoelt voor het geval ze een verklaring moet ondertekenen waarin ze haar zoon toestemming geeft een misdaad te bekennen die hij niet heeft gepleegd. Nou, die verklaring komt er niet. Zeg maar tegen je maatje dat hij zijn ondervraging moet staken. Mijn cliënt beroept zich op zijn zwijgrecht.'

Lisnek vertrok geen spier. Hij was gewend om met strafrecht-advocaten om te gaan. Manny ergerde zich aan de blik vol zelf-ingenomen zelfverzekerdheid op het ronde gezicht van de aanklager. 'Wat wordt hem ten laste gelegd?'

'Een terroristische aanval op eigendom van de Amerikaanse overheid. Hem zal ook een aantal aanklachten ten laste gelegd worden op basis van titel 18, strafrechtelijke schending van federale wetgeving, en nog een aantal aanklachten wegens schending van de Postwet. En natuurlijk poging tot moord. Zo'n twintig à dertig hoofdaanklachten, een paar subsidiaire tenlasteleggingen, een aantal aanklachten wegens samenzwering en misschien een wegens afpersing. Dat is het wel zo'n beetje.'

'Kom op, zeg. Wie het ook heeft gedaan, je weet best dat dit gewoon een kwajongensstreek was met helaas een onbedoelde verwonding tot gevolg.'

'Mevrouw Manfreda, de poging tot moord op een federale

rechter is niet "helaas een onbedoelde verwonding". En hier in New York is tegenwoordig niets meer een kwajongensstreek.'

'God zij gedankt dat u er bent!'

Manny zou de vrouw die haar in de bezoekersruimte aansprak nooit hebben aangezien voor de moeder van een leerling aan de Monet Academy. Ze was iets te dik en had zorgengroeven in haar voorhoofd. Om haar rechterringvinger zat een gladde gouden ring en ze droeg een spijkerbroek en trui die ze waarschijnlijk in alle haast had aangetrokken toen ze werd gebeld dat haar zoon in de gevangenis zat. Geen diamanten, geen Cartier, geen glad-gebotoxte huid. Maureen Heaton zag er zo normaal en zo hardwerkend uit dat ze niet het soort moeder kon zijn dat genoeg geld en connecties had om haar zoon naar de meest exclusieve particuliere school in de stad te sturen.

Manny stak haar hand uit. 'Dag mevrouw Heaton, ik ben Philomena Manfreda. Ik wil met uw zoon praten om erachter te komen wat er precies aan de hand is. Maar hier is dat moeilijk. We moeten via de telefoon praten, door een ruit van gewapend glas. En nu, met de *Patriot Act*, kunnen mijn gesprekken bovendien worden afgeluisterd als ze denken dat ik berichten overbreng aan zijn medeplichtigen.'

'Maar dat is alleen zo als hij schuldig is,' protesteerde mevrouw Heaton. 'Travis is een goeie jongen. U moet hem hier uit krijgen. Ze mogen hem niet hier houden. En u moet ervoor zorgen dat ze hem niet in de gevangenis stoppen. Hij is nog maar een kind. Alstublieft.'

'Hoe oud is Travis?'

'Hij is net achttien geworden, hij zit in zijn laatste jaar op Monet. Hij is altijd al klein geweest voor zijn leeftijd, en een beetje onvolwassen, maar wel heel slim.'

Vanbinnen kromp Manny ineen. Achttien, dat was heel vervelend. Hij zou worden aangeklaagd als volwassene en als ze hem niet vrij kreeg, zou hij de rest van zijn leven achtervolgd worden door zijn gevangenisstraf en strafblad. Dat was een slechte ruil voor de kortstondige opwinding van het opblazen van een brievenbus.

Manny keek op haar horloge. 'Travis kan nu elk ogenblik binnengebracht worden, mevrouw Heaton. Wilt u alstublieft in de hal gaan zitten?'

'Wat? Ik wil mijn zoon zien. Ik moet erbij zijn als u met hem praat.'

'Dat kan niet, mevrouw Heaton. Dat zou een inbreuk zijn op de vertrouwensband tussen advocaat en cliënt.'

'Maar ik ben zijn moeder,' jammerde Maureen Heaton.

'Dat is wel zo, maar nu Travis achttien is, wordt hij als volwassene behandeld. De overheid zou u zelfs kunnen oproepen als getuige tegen uw zoon.'

'Ik werk overdag in het ziekenhuis en 's avonds werk ik als privéverpleegster om zijn school te kunnen betalen. Begrijpt u dat? Hij is mijn kind.'

Manny voelde tranen opwellen, maar ze knipperde ze uit alle macht terug. Niemand had er iets aan als ze emotioneel betrokken raakte bij een cliënt en zijn familie. Travis had het meeste aan haar als ze haar emoties in bedwang hield. 'Ik zal ervoor zorgen dat hij goed wordt behandeld. Dat beloof ik.' Manny voelde aandrang om de vrouw te omhelzen, maar in plaats daarvan gaf ze Travis' moeder een klopje op haar schouder en werkte haar met zachte dwang in de richting van de emotieloze, geüniformeerde bewaker die stond te wachten om haar naar buiten te begeleiden.

Een andere bewaker nam Manny mee naar een klapstoel voor een van de op biechtstoelen lijkende hokjes die langs de muur van het kamertje stonden. De deur achter de afscheiding van kogelvrij glas ging open en er kwam een bewaker binnen, die een magere jongeman met afhangende schouders en de aanzet tot een onverzorgde baard naar het raam bracht.

De jongen staarde Manny aan, en kwam zowel strijdlustig als nors over. Ze zag aan de donkere kringen onder zijn ogen dat hij geen oog had dichtgedaan vannacht.

Was dit een van de Kakkerterroristen?

Zelfs als je de oranje gevangenisoverall wegdacht en je een marineblauwe blazer en clubdas voorstelde, beantwoordde deze jongen niet aan het plaatje van bevoorrechte jongeman. Waar was de nonchalante houding die uitstraalde dat hij overal recht op had? Waar was het laatdunkende zelfvertrouwen? Ouders stuurden hun zoons naar een school als de Monet Academy om die houding te verkrijgen. Wiskunde en biologie werden ook op minder exclusieve scholen gegeven; Monet bereidde de jongens erop voor dat ze de heersers van het heelal werden. Travis mocht dan alleen maar tienen halen, de Monet-bravoure had hij niet.

Manny pakte de telefoonhoorn op, waardoor ze in beperkte privacy met hem kon praten, terwijl ze haar ogen gericht hield op de dreigend kijkende bewaker bij de deur. Ze gebaarde tegen Travis dat hij de hoorn aan zijn kant ook moest oppakken.

Behoedzaam hield hij hem een centimeter of vijf van zijn oor af, alsof hij haar ervan verdacht dat ze vergif door de lijn kon overbrengen.

'Travis, ik ben advocate. Ik heet Manny Manfreda en je moeder heeft me gevraagd je te vertegenwoordigen.'

Toen ze het over zijn moeder had, liet Travis zijn schouders nog verder zakken en kcek hij naar de vloer.

'Je moet eerlijk antwoord geven op mijn vragen, anders kan ik je niet helpen,' zei Manny. 'Begrijp je dat?'

Travis knikte, maar weigerde nog steeds oogcontact te maken.

Het eerste wat Manny wilde weten, was hoeveel schade haar nieuwe cliënt zichzelf had toegebracht. 'Heb je met de politie of de FBI gepraat sinds je bent binnengebracht? Hebben ze je op je rechten gewezen?'

Travis knikte. 'Direct na de ontploffing kwam er een politieauto de hoek om rijden. Ze reden daar zeker patrouille. De agenten hielden ons tegen en zeiden dat ze op het bureau met ons wilden praten. We zijn meegegaan omdat we niet wilden dat ze onze ouders zouden bellen. We hadden die avond helemaal niet buiten mogen zijn.'

'Dus ze hebben je niet ter plekke aangehouden, maar je hebt ermee ingestemd mee te gaan naar het bureau.' Manny leunde naar voren. 'Dit is heel belangrijk, Travis. Hebben ze je bedreigd?'

De jongen haalde zijn schouders op. 'Nee, maar het zijn agenten. Je doet gewoon wat ze zeggen. En trouwens, ik had helemaal niks gedaan, dus ik dacht dat ik me geen zorgen hoefde te maken.'

Manny probeerde er niet aan te denken hoeveel onschuldig veroordeelden dat hadden gezegd voordat ze voor lange tijd de gevangenis in gingen. Voordat ze haar volgende vraag kon stellen, vroeg Travis haar iets.

'Toen we wegreden in de politieauto, zag ik dat er een ambulance kwam aanrijden. Is er iemand gewond geraakt bij die ontploffing? Die agenten bleven later maar doorvragen over een man met een hond.'

Manny bekeek haar cliënt aandachtig. Voor het eerst keek hij haar in de ogen. Was hij oprecht? Wist hij echt niet dat er bijna een federale rechter was omgekomen bij die ontploffing? De subtiele aanwijzingen die je kreeg als je persoonlijk met een cliënt sprak, waren moeilijk te interpreteren als zijn gezicht slecht te zien was door bekrast veiligheidsglas en zijn stem door een primitief geluidssysteem werd vervormd.

'De man die zijn hond uitliet was rechter Patrick Brueninger. Hij is zwaargewond geraakt door een stuk metaal dat door de lucht vloog.'

Manny keek hoe Travis dit nieuws verwerkte. Op zijn gezicht was geen van de emoties te zien die ze zou hebben verwacht: schrik en angst als hij onschuldig was, of, als hij echt van plan was geweest de rechter te vermoorden, blijdschap dat hij zijn doelwit had geraakt, teleurstelling dat hij niet dood was. In plaats daarvan leek Travis alleen maar licht bezorgd te zijn.

'En de hond?' vroeg hij.

'Hè?'

'De hond; is die gewond geraakt door de explosie?'

'Eh... niet dat ik weet.' Manny keek naar beneden en maakte aantekeningen op haar schrijfblok om even te kunnen nadenken. Het leek haar nieuwe cliënt niet te kunnen schelen dat hij betrokken was bij een incident waarbij bijna een rechter was omgekomen, maar hij maakte zich wel zorgen over de hond van het slachtoffer. Ze had geen ervaring met het vertegenwoordigen van jongeren. Zou een jury hem excentriek vinden of zouden ze juist vinden dat hij de juiste prioriteiten stelde?

Ze hervatte de ondervraging. 'Weet je wie Patrick Brueninger is?'

Travis haalde zijn schouders op. 'Nee. Hoezo?'

Waarheid of leugen? Manny wist het niet zeker. Er viel zo weinig af te lezen aan die verveelde houding die alle tieners hadden. Een nieuwsjunkie als zij herkende de naam Brueninger onmiddellijk. Maar tieners, zelfs slimme tieners, stonden erom bekend dat ze alleen maar met zichzelf bezig waren. Misschien had Travis er echt geen idee van hoe bekend de man was die gewond was geraakt door deze stunt. Ze ging verder. 'Met z'n hoevelen waren jullie?'

'Ik was uit met mijn klasgenoot Paco. In een club hebben we

vier andere mannen ontmoet. Die waren iets ouder. Ze hebben bier voor ons gehaald.' Travis' stem werd zachter en Manny moest haar best doen om hem te kunnen verstaan. 'Toen die tent dichtging, hebben we in een winkeltje wat eten gekocht. Daarna liepen we verder en toen we langs een brievenbus kwamen, bukte een van de mannen zich, alsof hij iets had laten vallen. Voordat ik het wist zette iedereen het op een rennen, dus dat deden Paco en ik ook. En toen ontplofte de brievenbus, er kwamen agenten aan en nu zit ik hier.'

'En had je die mannen die je in de club hebt ontmoet al eens eerder gezien?'

Travis schudde zijn hoofd.

'Hoe heetten ze?'

Travis haalde zijn schouders op. 'Eentje heette Jack en eentje werd door iedereen Boo genoemd. Dan waren er nog Gordie en Zeke, of Deke of Freak of zoiets. Het was zo lawaaierig binnen dat ik ze niet goed kon verstaan.'

'En zijn zij ook mee naar het bureau gegaan?'

'Paco en ik zijn samen in één politieauto gezet.' Travis frummelde aan de rand van zijn manchet. 'Die andere mannen bleven buiten op de stoep staan praten met de agenten. We konden ze niet verstaan, maar ze schudden keer op keer hun hoofd. Uiteindelijk lieten ze hun rijbewijzen zien, de agenten schreven hun gegevens op en toen mochten ze gaan.'

Manny wreef over haar slapen. Het was wel duidelijk dat 'Freak' en 'Boo' iets beter wisten wat de bevoegdheden van de politie waren dan deze beginneling. Die oudere jongens hadden gewoon geweigerd mee naar het bureau te gaan, en omdat de agenten niet genoeg bewijs hadden om hen aan te houden, hadden ze hen laten gaan nadat ze hun legitimatiebewijzen hadden gecontroleerd. En god mocht weten of die wel echt waren.

'En Paco?'

'Toen we hier aankwamen, zijn we naar aparte ruimtes gebracht, en sinds die tijd heb ik hem niet meer gezien.'

'Wat heb je de agenten verteld toen je hier eenmaal was?'

'Precies wat ik tegen u heb gezegd. Dat ik eigenlijk bij Paco zou blijven slapen, maar dat we naar Hoboken zijn gegaan voor die club en dat we toen die mannen hebben ontmoet. Een van die mannen liet iets vallen bij de brievenbus, en toen renden we allemaal weg. Dat is alles.'

'Welke man heeft iets laten vallen?'

'Die man van wie ik de naam niet heb verstaan. Zeke... of zoiets.'

Travis klonk ongeduldig. Manny veronderstelde dat hij het zat was om zijn verhaal te vertellen. Nou, jammer dan. Hij zou het opnieuw moeten vertellen, net zolang totdat zij elk detail begreep. Het was niet zo vreemd dat hij nog werd vastgehouden. Dit was een van de oudste smoesjes, een variatie op: 'Die drugs waren niet van mij. Ik bewaarde ze even voor een vriend.'

'Je laat niets weg? Je houdt aan dit verhaal vast?'

Travis reageerde stekelig. 'Het is geen verhaal, het is de waarheid!' Toen wierp hij een blik achterom naar de bewaker. 'Ik dacht dat ze me zouden laten gaan, totdat ze mijn rugzak doorzochten en dat boek vonden.'

'Welk boek?'

'Een boek over de islam dat ik moet lezen voor het vak geestelijke stromingen. Toen stortten ze zich echt boven op me. Hoe wist ik hoe ik een bom kon maken? Was dit de eerste die ik had laten afgaan? Ze bleven maar doorgaan. Toen hebben ze me ook op mijn rechten gewezen, net als op tv. En toen wist ik dat ik mijn moeder moest bellen. Die agenten denken zeker dat ik een terrorist ben, hè?'

Manny wilde Travis niet vertellen hoe hij in de kranten werd genoemd. Ze ging in op wat Travis eerder had gezegd. Dat kon haar redding zijn. 'Je zei dat ze je rugzak hebben doorzocht. Hebben ze dat zonder je toestemming gedaan?'

'Nee. Ze hebben het gevraagd en ik vond het goed. Ik dacht dat ze op zoek waren naar drugs en ik wist dat ik die niet had. Ik was helemaal vergeten dat dat boek erin zat.'

Shit! Tot nu toe hadden de agenten alles volgens het boekje gedaan. Het zag er steeds slechter uit. Maar omwille van haar cliënt plakte ze een glimlach op haar gezicht. 'Oké, Travis, dat is het voorlopig. Over niet al te lange tijd moet ik je hier wel uit hebben.'

'Gaat u ze uitleggen dat het één grote vergissing is?'

'Ik ben bang dat het wel iets ingewikkelder is dan dat. Maar we zullen proberen je op borgtocht vrij te krijgen.' Manny keek toe hoe Travis troosteloos naar de deur schuifelde. Hij draaide zich nog een keer om naar haar en toen was hij weg.

Maureen Heaton zat in de wachtkamer, stijf rechtop tegen de rugleuning van de erwtengroene plastic stoel. Ze zat aan een los draadje van haar canvas tas te plukken. Manny begroette haar, en zorgde ervoor dat niet van haar gezicht was af te lezen dat ze zich zorgen maakte. 'Oké, mevrouw Heaton, eerst het belangrijkste. Hij was samen met een hele groep jongens, die misschien iets hebben uitgevreten. Maar hij zegt dat hij niets heeft gedaan, en ik geloof hem. Eerst moeten we Travis hier uit zien te krijgen, en dan gaan we een verdedigingsstrategie opstellen.'

Mevrouw Heaton draaide voortdurend haar dof geworden trouwring aan haar rechterringvinger rond, alsof ze een geest wilde oproepen die deze nachtmerrie kon laten verdwijnen. 'Verdediging! Maar hij is onschuldig! Het is wel duidelijk dat die andere jongens die bom hebben geplaatst.'

'Ja, maar de politie heeft die andere jongens niet, en ze hebben Travis wel. En liever één verdachte in bewaring dan vier in vrijheid. Misschien moeten we een detective inhuren om naar ze op zoek te gaan.'

'Detective? Ik ben weduwe, ik heb twee banen. Waar moet ik in vredesnaam zoveel geld vandaan halen?' Mevrouw Heaton tastte rond in haar tasje naar een papieren zakdoekje. Manny zag de declareerbare uren als sneeuw voor de zon verdwijnen. Ze gaf mevrouw Heaton een klopje op haar schouder. 'Maakt u zich daar maar geen zorgen over. Ik ken iemand met wat vrije tijd die ons misschien wel kan helpen.' Dit was een perfect klusje voor Sam, Jakes immer werkloze broer.

Mevrouw Heaton staarde haar aan met haar bruine ogen vol meelijwekkende hoop en Manny voelde dat de zorgenlast werd overgeheveld van de schouders van de moeder op die van haar. Ze hoopte dat ze sterk genoeg was om die te dragen.

HOOFDSTUK ZEVEN

'Wij gaan niet akkoord met vrijlating op borg.' Lisnek leunde achterover in zijn bureaustoel, waardoor zijn blauwbonte katoenen overhemd strak over zijn buik spande. 'We willen hem in bewaring houden tot aan het proces.'

Manny was als door de bliksem getroffen. 'Die jongen is nog nooit met justitie in aanraking geweest. Hij komt uit een hardwerkend gezin met beperkte financiële middelen. Er is geen risico dat hij vlucht. Waarom zou je borgstelling dan niet toestaan?'

'We vermoeden dat hij deel uitmaakt van een grotere samenzwering. Dit hebben we in zijn rugzak aangetroffen.' Lisnek hield een beduimelde paperback op: *De Koran begrijpen*, door imam Abu Rezi.

'Dat staat op de leeslijst voor het schoolvak geestelijke stromingen,' legde Manny uit.

Lisnek haalde zijn schouders op. 'Leerlingen worden wel vaker ongezond beïnvloed door dingen die ze op school moeten leren. De politie heeft net de resultaten van de huiszoeking bij Travis doorgebeld. Ze hebben een plank vol boeken gevonden over moslimtheologie, islamitisch fundamentalisme, jihad et cetera. Ik vraag me af of een particuliere school zo diep op dat onderwerp ingaat.'

Manny sprong op. 'Dat is absurd. Zelfs in deze geschifte tijden zal een rechter in het arrondissement New Jersey vrijlating op borgtocht niet weigeren alleen maar op basis van wat de verdachte leest.' Maar onder het praten voelde ze de twijfel knagen. Waarom zou een christelijke tiener zoveel boeken over de islam hebben? Had Travis politieke doelstellingen waarover hij niets tegen haar en zijn moeder had gezegd?

'Ik zou geen overhaaste conclusie trekken, mevrouw Manfreda. Ik heb niet gezegd dat dit al ons bewijsmateriaal was. Er is solide forensisch bewijs dat meneer Heaton in verband brengt met de misdaad. Een bijtafdruk in een appel.'

'Een bijtafdruk in een appel zou bewijzen dat mijn cliënt een terrorist is? Was het een McIntosh of een Red Delicious? Ontgaat mij hier iets?'

'We hebben een ooggetuige, meneer Park Sung Ho, die achter de toonbank staat bij de nachtwinkel de Happy Garden aan Washington Street. Meneer Heaton en zijn vrienden hebben daar frisdrank en wat te eten gekocht. Ze maakten het meneer Park heel lastig: ze zaten te goochelen met de bedragen, en probeerden hem in de war te maken met het wisselgeld. Hij hield ze goed in de gaten toen ze weggingen en toen zag hij dat meneer Heaton een appel pakte uit een bak bij de deur. Tegen de tijd dat meneer Park achter de toonbank vandaan was gekomen om ze achterna te gaan, waren ze al op de hoek bij de brievenbus. Hij zag dat degene met de appel er een hap uit nam en hem in de goot gooide. Toen knielde de jongen, legde iets onder de brievenbus en toen renden ze allemaal weg. Een paar tellen later ontplofte de brievenbus.'

Manny luisterde met een uitgestreken gezicht, maar vanbinnen ziedde ze van woede. Travis had voor het gemak maar vergeten te vertellen over zijn verboden fruit. 'En je hebt de appel veiliggesteld?'

'Zeker. En we gaan bewijzen dat de bijtafdruk van meneer Heaton is.'

Manny snapte het niet. Waarom zouden ze zich richten op het bijtpatroon? Als iemand zijn tanden ergens in had gezet, zou er speeksel achterblijven, dat op DNA getest kon worden. Een DNA-match was honderd procent betrouwbaar, terwijl het vergelijken van tandafdrukken in hoge mate speculatief was. Ze kreeg weer wat hoop.

'Ik neem aan dat je de appel ook onderzoekt op het DNA van mijn cliënt?'

Lisnek keek naar beneden, naar zijn afgetrapte pennyloafers. 'Eh… dat is wel de bedoeling, ja.'

Manny bespeurde enige terughoudendheid in zijn antwoord. Ze hadden het bewijsmateriaal waarschijnlijk niet goed behandeld. Ze onderdrukte de glimlach die ze voelde opkomen. Die sukkel had niets, en dat wist hij heel goed.

Manny dwong Lisnek haar aan te kijken en hield zijn blik gevangen. Lisnek was de eerste die zijn ogen afwendde.

Toen ze het kantoor van de openbaar aanklager verliet, draaide ze zich om en stelde een laatste vraag. 'Waar is die andere jongen die is opgepakt? Wie is zijn advocaat?'

'Paco Sandoval is vrijgelaten.'

'Vrijgelaten? Waarom is hij vrij en zit mijn cliënt nog vast?'

'Omdat Paco Sandoval de zoon is van Enrique Sandoval, de Argentijnse VN-ambassadeur. Hij geniet diplomatieke onschendbaarheid.'

HOOFDSTUK ACHT

'Zullen we maar beginnen?'

Jake Rosen, Todd Galvin, de obductieassistent Dragon, een Kroatische emigrant, en rechercheur Pasquarelli stonden om één over acht om de autopsietafel heen. Voor hen lag het volledig geklede lijk van Amanda Hogaarth.

Todd en Jake voerden de eerste routinehandelingen uit: met een forensische lichtbron zochten ze naar sporen op de kleding van Amanda Hogaarth. Toen ze niets vonden, fotografeerden ze haar gekleed van de voor- en achterkant. Daarna verwijderde Jake zorgvuldig alle kledingstukken en fotografeerde ze helemaal, zelfs binnenstebuiten.

Zelfs zonder haar tweed rok en functionele ondergoed slaagde mevrouw Hogaarth erin kalm en waardig over te komen. Jake was ervan overtuigd dat ze stomverbaasd zou zijn als ze wist dat ze hier was geëindigd. Op de andere zeven autopsietafels lagen dronkenlappen, drugsverslaafden en zwervers. Die mensen hadden een heftig, gewelddadig leven geleid, dus was het geen verrassing dat ze aan een heftig, gewelddadig einde waren gekomen. Amanda Hogaarth had blijkbaar een onberispelijk, rustig, nogal saai leven geleid. En toch was ook zij onder de onderzoeksinstrumenten van de lijkschouwer beland.

Jake deed een stap naar voren om de huid van het slachtoffer goed te kunnen onderzoeken. Haar hele lichaam was overdekt met de rimpeltjes, sproeten en ouderdomsvlekken die iemand met een lichte huid altijd kreeg, maar ze had geen verwondingen. Op haar linkerpols zag Jake vier blauwe plekken met gelijke tussenafstand. Hij wees ze Todd en Pasquarelli aan. 'De aanvaller heeft haar hier beetgepakt en stevig vastgehouden terwijl hij het bloed afnam.' Jake liet zijn blik over de arm van de vrouw omhoog glijden totdat hij het minuscule gaatje vond dat door de naald van de aanvaller was veroorzaakt. Hij gaf Dragon opdracht de plekken te fotograferen en draaide toen de handen van het slachtoffer om. Hij bekeek de handpalmen en zag dat op beide vier halvemaanvormige indrukken zaten. Amanda Hogaarth had haar handen zo stevig tot vuisten gebald dat ze met haar eigen vingernagels de huid had beschadigd.

Voorzichtig opende Jake de mond van het slachtoffer. Dragon fotografeerde de ontvellingen rond haar mondhoeken die hij en Todd de avond ervoor hadden opgemerkt. Jake zocht met een vergrootglas naar vezels, maar die vond hij niet, wat zijn hypothese ondersteunde dat ze met een nylon kous was gekneveld. Soms stikten geknevelde mensen in hun eigen braaksel, maar dat was hier niet de doodsoorzaak. Er zat niets in de keel en luchtpijp van Amanda.

Nadat Jake haar bovengebit uit haar mond had gehaald, keek hij naar de vullingen in de kiezen onderin. 'Dit soort tandheelkundig werk zie je hier niet. Ik denk niet dat dit het werk is van een Amerikaanse tandarts.'

De hals en romp onthulden niets ongebruikelijks, maar op haar dijen, zacht door de dikke laag vetweefsel, zaten twee duidelijke kneuzingen net boven de knieën. 'Het lijkt erop dat hij geknield boven op haar heeft gezeten om haar tegen de grond te drukken,' merkte Todd op.

'Inderdaad.' Jake richtte een lamp op de schaamstreek van mevrouw Hogaarth. 'Laten we eens zien of er tekenen zijn van seksueel geweld.'

'Waarom? Ze had al haar kleren aan toen ze werd gevonden.'
Todd snapte het niet.

'Vaak is een plaats delict geënsceneerd. En als je haar onderbroek goed bekijkt onder een lichtbron lijkt daar een vage vlek te zitten... Bloed misschien.'

'Net wat ik dacht, er zijn duidelijk tekenen van gewelddadige penetratie. Er zitten scheurtjes in de vagina, maar er zijn geen spermasporen.'

'Droeg hij dan een condoom?' vroeg Todd.

'Nee, hij heeft haar niet verkracht. Er is een hard voorwerp in haar vagina geduwd. Kijk hier maar eens.' Jake deed een stap opzij, zodat Todd en de rechercheur het beter konden zien.

De jonge rechercheur fronste zijn voorhoofd. 'Wat...'

'Zie je de schaamlippen? Het weefsel is verbrand. Aan de randen van het verbrande gebied te zien was het een elektrische verbranding. Maak een vriescoupe,' zei Jake tegen Todd. 'Dan gaan we die onder de microscoop nader bekijken.'

Pasquarelli deinsde terug. Dragon mompelde iets. Je hoefde geen Kroatisch te kennen om het te begrijpen.

'Zou ze daaraan gestorven zijn?' vroeg de rechercheur. 'Is ze geëlektrocuteerd?'

'Nee, als ze was geëlektrocuteerd, zouden we ergens anders op haar lichaam een uitgaande brandwond moeten zien. Het is tijd om binnenin te kijken.' Ze maakten zwijgend en efficiënt een Y-vormige incisie van elke schouder naar de onderkant van het borstbeen, en vandaar naar de schaambeenderen. In een soepele beweging waarbij een soort ritsgeluid te horen was, trok Jake de huid van de ribbenkast af, zodat de ribben en buikorganen bloot kwamen te liggen.

Pasquarelli huiverde en wendde zijn blik af.

'Kom op, meneer de rechercheur.' Jake porde de politieman met zijn elleboog. 'Dit heb je toch al zo vaak gezien.'

'Gezien wel, ja. Maar daarom hoef ik het nog niet leuk te vinden. Sommige politiemensen moeten elke keer overgeven. Ik heb een sterke maag. Ik heb meer moeite met de geluiden dan met het bloed en de geur, vooral als jullie die zaag aanzetten.' De rechercheur stak zijn hand in zijn zak en haalde er twee oordopjes uit. 'Oké, ik ben er klaar voor.'

Jake zaagde de ribben vlak naast het borstbeen door en verwijderde de voorste ribbenkast, zodat het hart en de longen zichtbaar werden. 'Het hart weegt vijfhonderdvijftig gram, dat is twee keer zoveel als normaal,' zei Jake onder het werken. 'Er is sprake van vernauwing van de slagaders en een vergrote linkerhartkamer, wat wijst op een hoge bloeddruk. Beide longen zitten vol met een schuimende vloeistof.'

Jake ging rechtop staan. 'Doodsoorzaak: een fatale ritmestoornis bij pre-existente coronairsclerose en hypertensief hartfalen, doordat de overledene tegen de grond werd gedrukt.'

'In normale taal, graag,' verzocht Pasquarelli.

'Een hartverlamming, veroorzaakt door marteling.'

HOOFDSTUK NEGEN

Jake stapte zijn herenhuis binnen en gleed uit over de stapel post die uren eerder op de parketvloer was beland. Hij pakte de stapel op en gooide die op een tafel die zo vol lag met ongeopende rekeningen en onbeantwoorde uitnodigingen dat de sierlijke empirelijnen niet meer te zien waren.

Toen hij midden jaren tachtig dit vervallen huis had gekocht, was de busrit vanaf zijn werk aan Thirtieth Street naar zijn huis ten noorden van Ninety-sixth Street een ware stedelijke survivaltocht geweest. Hij moest voortdurend op zijn hoede zijn om rondzwervende groepjes tieners te ontlopen die in de bus sprongen op zoek naar zakken die ze konden rollen, evenals voor onvast op hun benen staande bedelaars die hun bekertjes kleingeld rammelend onder de neus van de passagiers drukten en diverse dronkenlappen en gekken. Lezen, of zelfs maar dagdromen, deed je op eigen risico. Vandaag de dag was het ritje in de bus met airco zo saai dat je zelfs als je in een zentrance raakte je bestemming nog ongedeerd bereikte. En in zijn buurt, ooit bevolkt door dealers en pooiers, waren tegenwoordig een Starbucks en een Gap gevestigd – wat in zijn ogen niet noodzakelijkerwijs een verbetering was.

Alles bij elkaar genomen was thuiskomen minder stressvol, maar ook minder opwindend geworden. En sinds zijn scheiding ruim een jaar geleden ook minder georganiseerd. Maar het vijf verdiepingen tellende huis, volgestouwd met forensische monsters, lukraak ingericht en deels verbouwd, was zijn privéheiligdom. Hier kon hij naartoe gaan om zijn wonden te likken en kracht op te doen voor nog een ronde van strijd. En vandaag, na het verontrustende bewijsmateriaal dat hij bij de Hogaarth-autopsie had vergaard, en de moeite die hij had moeten doen om Pederson uit te leggen waarom ze desondanks nog geen stap dichter bij de Vampier waren gekomen, hunkerde Jake naar de herstellende rust van zijn huis.

'Je vriendinnetje belde me vandaag.'

De stem – diep, geamuseerd, respectloos – kwam ergens uit de duistere woonkamer vandaan.

'Waarom zit je daar in het donker? En het is niet mijn vriendinnetje.'

'Maatje, geliefde, betere helft – welke politiek correcte term heb je het liefst?'

Wat was Manny eigenlijk? Op dit moment leken 'lastpost' of 'een doorn in zijn oog' wel de meest passende omschrijvingen. Jake liep in de richting van de stem van zijn broer Sam, maar botste tegen een willekeurig geplaatste vitrine aan.

'Au! Doe verdomme het licht aan!'

Sam stak zijn lange arm uit en deed een lamp aan. Die verlichtte zowel hem, met vroegtijdige grijze paardenstaart en al, uitgestrekt in een oorfauteuil met zijn voeten op een poef, als de ongelooflijke troep in Jakes woonkamer.

'Ik vind het hier leefbaarder als de kamer alleen maar wordt verlicht door dat neonbord aan de overkant van de straat,' zei Sam.

'Niemand heeft je gevraagd hier te komen wonen.' Jake vond de neiging van zijn broer om onaangekondigd langs te komen en dan lange tijd te blijven zowel razend irritant als amusant, helemaal omdat hij een eigen flat had in Greenwich Village met een belachelijk lage huur. Vandaag won de irritatie het.

'Kom op, broer van me. Omdat je uit de gratie bent bij Manny hoef je mij nog niet af te snauwen.'

Op weg naar de stoel tegenover Sam verschoof Jake een doos losse berenbotten die een minder ervaren lijkschouwer hem had toegestuurd omdat hij dacht dat ze van een mens waren, en ging zitten. 'Heeft ze jou gebeld om over mij te klagen?' Hij voelde dat zijn hart begon te bonken. Wat een kinderachtige streek!

'Nee, ze belde over een baantje voor me, en terwijl ze uitlegde wat het inhield, uitte ze, ik weet zeker dat dat onopzettelijk gebeurde, haar frustratie over jou.'

Jake keek naar de pesterige grijns van zijn broer en kreeg dezelfde overweldigende aandrang om boven op hem te springen en zijn arm om te draaien als toen ze twaalf en zes waren. 'Een baantje? Wat voor baantje? Zoekt ze iemand om haar tassen te dragen als ze schoenen gaat shoppen bij Bloomingdale's?'

'Je onderschat me, broerlief. Ik ben tijdelijk aangesteld als zaakvoorbereider: ik moet onderzoek doen voor een bepaalde zaak. Ik ga vier jongeren opsporen die in het gezelschap van de Kakkerterroristen waren en daarna zijn verdwenen.'

'Voorzover ik weet heb je daar helemaal geen vergunning voor.'

Sam wuifde deze zorg weg alsof het een van de spinnenwebben was die aan de replica van de Maltese valk in de hoek hingen. 'Iedereen kan een paar discrete vragen stellen. Ik help Manny gewoon bij haar onderzoek, om het zo te zeggen.' Sam ging rechtop zitten, haalde zijn voeten van de poef en leunde naar voren om zijn broer diep in de ogen te kunnen kijken. 'Ik hóór je gewoon denken dat ze de zaak niet aankan.'

Jake gaf een schop tegen de doos die hij net had verplaatst. 'Dat heb ik nooit gezegd! Ik heb haar gewaarschuwd dat ze niet al te gretig iets moet accepteren wat weleens een zaak zou kunnen zijn die niemand kan winnen.'

'Aha, een waarschuwing. Daar ben je goed in, hè, Jake? Als ik het me goed herinner waarschuwde je mij dat ik niet op de motor door het land moest gaan toeren, de Mount McKinley niet moest beklimmen en niet met de Pacifists for Peace Rugby Club de wereld moest rondreizen.'

'Ik wilde niet dat je iets zou overkomen. En ik hoopte dat je je eens ergens op zou concentreren.'

'Ommmmmmmmmmm.' Sam begon te chanten en overstemde zo Jakes vaderlijke verklaring voordat hij een reactie gaf. 'Ik ben er ongeschonden uitgekomen. Het is me allemaal gelukt, en ik heb er ook nog eens heel veel lol aan beleefd. En ik heb van alles geleerd. Manny zal er ook van leren. Geloof me maar. Geloof in háár.'

Jake opende zijn mond, maar sloot die toen weer stevig. Sam was nooit getrouwd geweest, had zelfs nooit een serieuze relatie gehad, in elk geval niet met iemand die hij aan de familie had willen voorstellen, maar hij voelde zich geroepen om als een echte dr. Phil advies op liefdesgebied te geven. En toch had zijn broer, hoe sloom en zorgeloos hij ook mocht lijken, een flinke hoeveelheid gezond verstand en een ijzersterke emotionele stabiliteit waar Jake jaloers op was. Het leek wel of hij altijd zo was geweest, misschien omdat Sam te jong was om zich te herinneren dat hun vader hen had verlaten, terwijl de zesjarige Jake er zo van over zijn toeren was geraakt dat zijn moeder uiteindelijk hulp had gezocht bij een joodse liefdadigheidsinstelling. Jake was naar een tuchtschool voor moeilijke kinderen gestuurd, totdat hij had geleerd dat hij daar alleen maar weg kon komen als hij zijn gevoelens onderdrukte en alle energie in een wetenschappelijke studie stak in plaats van in zijn woede.

Jake trok een bestellijst van een Thais restaurant uit de troep op een bijzettafeltje en gooide die naar Sam. 'Bestel maar wat te eten. Ik bel Manny.'

Een halfuur later was de maaltijd, varkensvlees met basilicum-saus en kip met citroengras, bezorgd en zaten Jake, Sam, Manny en Mycroft om (en onder) de eetkamertafel en ontleedden ze de zaak tussen happen pittig voedsel door. Jake had het niet kunnen opbrengen om echt zijn excuses aan te bieden voor het feit dat hij Manny had ontraden de zaak van de Kakkerterrorist op zich te nemen, dus had hij haar gewoon te eten gevraagd, alsof er niets was gebeurd. Manny had de uitnodiging zonder aarzelen aanvaard, maar het was Jake wel opgevallen dat ze langs hem heen was gestormd toen hij de voordeur had opengedaan, in een rechte lijn naar Sam en de maaltijd toe.

'Blijkbaar is Travis Heaton een wereldvreemde studiebol met een onwelkome belangstelling voor de islamitische cultuur.' Manny zwaaide met haar vork om haar woorden kracht bij te zetten, waardoor er een stukje kip van de tanden af vloog. Mycroft sprong op en ving het uit de lucht. 'Zag je dat? Knap hoor, Mikey.'

'Heb je er ooit van gehoord dat je je hond manieren moet bijbrengen?'

'Heb jij ooit van Kuifje en Lassie gehoord? Mycroft heeft hier uren op geoefend.'

'Wil hij in die hondenopvang waar je hem elke dag naartoe stuurt soms zijn bul halen of zo?' vroeg Jake.

De woorden waren zijn mond nog niet uit of hij wilde dat hij ze alsnog kon inslikken. Een paar dagen geleden had hij Manny geplaagd omdat ze Mycroft naar een of andere idiote opvang bracht die Little Paws heette, maar dat was vóór hun ruzie in het restaurant. Hij zag dat haar glimlach plaatsmaakte voor een frons en wist dat hij zich nog dieper in de nesten had gewerkt.

'Om eerlijk te zijn gaat Mycroft niet meer naar Little Paws. Hij is...' ze zweeg even om adem te halen, '... weggestuurd.'

Zelfs Jake was zo verstandig om niet te lachen, en hij gaf Sam een schop om te verhinderen dat aan die kant van de tafel enige hilariteit zou ontstaan. 'Weggestuurd?'

Manny veegde zijn vraag met een wuivend gebaar van tafel. 'Het is te ingewikkeld om daar nu op in te gaan. Ik wil je nu over Travis vertellen. Waar was ik?'

'Hij is een wereldvreemd studiehoofd en hij bestudeert de islam,' herinnerde Sam haar.

'O ja. Hij heeft een beurs voor Monet,' vervolgde Manny. 'Zijn moeder is weduwe en werkt als verpleegkundige in het New York-Presbyterian ziekenhuis. Ze beult zichzelf af om hem naar een privéschool te kunnen sturen, omdat ze dacht dat de openbare scholen te gevaarlijk voor hem waren. Nu komt ze erachter dat kinderen ook als je je blauw betaalt aan schoolgeld in slecht gezelschap terecht kunnen komen.'

Sam knikte. 'Ja, op de openbare jongensschool, waar Jake en ik naartoe gingen, hoefden we ons alleen maar zorgen te maken over hasj en zo nu en dan een steekpartij. Op een particuliere school kom je in aanraking met designer drugs en internationaal terrorisme. Dat is een veel chiquere soort criminelen.'

Jake vulde de wijnglazen bij. 'En, denk je dat je cliënt je de volledige waarheid heeft verteld over wat er die avond is gebeurd?'

'Nee. Strafrechtcliënten liegen altijd ergens over. Travis heeft al niet het hele verhaal verteld door over die appel te liegen. En hij zei dat het boek in zijn rugzak voor school was, waarbij hij voor het gemak maar vergat dat hij thuis een hele plank vol boeken over de islam had staan. Misschien denkt hij dat het niet echt liegen is als hij iets weglaat, maar ik vind het wel van een zekere listigheid getuigen.'

'Dus je denkt wél dat hij geprobeerd heeft die rechter te vermoorden?' vroeg Sam.

Manny schudde haar hoofd. 'Mijn intuïtie zegt me dat hij de waarheid vertelt over zijn betrokkenheid bij het opblazen van die brievenbus. Toen ik hem weer een bezoekje bracht om hem naar die appel te vragen, zei hij dat hij en die Zeke allebei een appel hadden meegegrist op weg naar buiten, en dat die winkelbediende Zeke een hap zag nemen en de rest zag weggooien. Maar Travis weet niet meer wat er met zijn appel is gebeurd.'

'En die boeken?' vroeg Sam.

'Volgens zijn moeder is dat gewoon een bepaalde fase. Blijkbaar heeft hij altijd al een dwangmatig trekje gehad. Toen hij vier was, waren het treinen, op zijn zevende: dinosaurussen, met tien: middeleeuwse wapens. Het is gewoon een...'

'Lulletje,' zei Sam, die de zin afmaakte terwijl hij zijn broer een biertje gaf. 'Jake was net zo als kind. Weet je nog hoe geobsedeerd je was door asteroïden en meteoren?'

Jake lachte. 'Ik had onze oudtante Flo zo bang gemaakt dat er stukken rots uit de lucht konden vallen dat ze altijd een paraplu bij zich had.'

'Ja, en hij bleef er maar over doorzeuren,' zei Sam. 'Als ik het me goed herinner, mochten we dat jaar niet deelnemen aan de seider op Pesach, omdat niemand in onze familie naar je wilde luisteren.'

Manny pakte Mycroft op en zette hem op haar schoot. 'Dat is nog een redelijke prijs voor het uitleven van je passie. Ik ben bang dat Travis werkelijk vervolgd gaat worden vanwege zijn interesses. We moeten bewijzen dat hij niet betrokken was bij een samenzwering met die andere jongens.'

Ze wendde zich tot Sam. 'Daarom moeten we ze ook vinden. Ze hebben er absoluut iets mee te maken, maar ik weet niet zeker of Travis ze voor die tijd al kende of niet.'

'En Paco, die diplomatenzoon?' vroeg Jake.

'Ik probeer hem te pakken te krijgen, maar de school, zijn familie en de ambassades hebben de rangen gesloten. Ik kan niet op Paco wachten. Ik ga een verzoek indienen om tijdens een

nieuwe zitting de vrijlating op borgtocht te heroverwegen, zodat ik het forensisch bewijs wat die appel betreft kan fileren.'

Jake hield zijn vork met eten halverwege zijn mond stil. 'Maar
je zei toch net dat je niet zeker weet of je cliënt je wel de waarheid
verteld heeft over die appel?'

Manny schudde medelijdend haar hoofd. 'Wat ben je toch
een wetenschapper, altijd bezig met de "waarheid". Je bent er
zo zeker van dat waar en onwaar altijd gekwantificeerd kunnen worden. Ik hou me bezig met rechtvaardigheid. En het is
niet rechtvaardig dat een achttienjarige jongen die geen strafblad heeft zonder borgtocht kan worden vastgehouden voor een
misdaad waarvan het om niet kan bewijzen dat de verdachte en
het slachtoffer met elkaar in verband staan. Het is niet rechtvaardig dat een jongen van achttien, die, op zijn allerergst, is
uitgedaagd en toen een stomme streek heeft uitgehaald, wordt
vastgehouden als een terrorist zodat het ministerie van Binnen-
landse Veiligheid een persconferentie kan geven om te verkon-
digen dat ze ons zo efficiënt beschermen. En het feit dat het om
verdorie met een appel deze zaak rond lijkt te kunnen maken,
is nog onrechtvaardiger.' Manny haalde onder het praten haar
slanke vingers door haar haar, waardoor haar eerdere inspanningen om haar wilde rode lokken in bedwang te houden teniet
werden gedaan. 'Dus ja, Jake, ik ga morgen naar de rechtbank
om een pleidooi te houden tegen die appel, zelfs als mijn cliënt
er een hap van zou hebben genomen. Zit je daarmee?'

Jake kon zijn ogen niet van Manny afhouden sinds ze was
gaan praten. Nu hij haar zo zag – met glanzende ogen, gebaren-
de handen en fladderend haar –, begon zijn hart te bonzen, en
hij wenste dat zijn broer niet bij hen aan tafel zat. Hij stond op,
legde zijn handen op haar schouders, begroef zijn gezicht in het
haar naast haar oor, en ademde de geur van heel dure shampoo
in. 'Nee, daar zit ik niet mee.'

Manny draaide zich om zodat ze hem in zijn ogen kon kijken. 'Mooi. Zand erover. Je zou toch denken dat een man met zo'n uitgebreide woordenschat de woorden "Het spijt me" zou kennen, maar blijkbaar niet.'

'Die kende hij als kind ook al niet, Manny,' viel Sam in. 'Ik snap niet hoe hij zo'n hoge score op zijn SAT-tests heeft kunnen halen.'

'Ik hoop dat jullie je vermaken.' Jake masseerde Manny's schouders.

'Ikke wel.' Ze leunde achterover en glimlachte. 'Nou wil ik weleens weten hoe het met jouw zaak staat. Is die in Manhattan vermoorde vrouw echt een slachtoffer van de Vampier?'

Jakes opgetogenheid dat hij weer bij Manny in de gunst was, verdween als sneeuw voor de zon toen ze over de Vampier begon. Hij haalde zijn handen van haar schouders en wreef in zijn ogen. 'Ik weet het niet. De modus operandi is heel anders. Er zijn geen aanwijzingen dat hij haar het appartement in heeft geduwd, het lijkt wel alsof ze hem heeft binnengelaten. En dan het feit dat ze gemarteld is: waarom is hij plotseling zo gewelddadig geworden? Volgens mij is het geen na-aper. De enige overeenkomst is het gaatje in haar arm, de plek waar duidelijk bloed is afgenomen, en het feit dat er ether is gebruikt.'

'Wat was het tijdstip van overlijden?'

'Ergens tussen twaalf en vijf uur gistermiddag.'

'Midden op de dag en niemand die ook maar iets gezien of gehoord heeft?'

'De politie heeft de hele dag de banden uit de beveiligingscamera's zitten bekijken. In die tijdsspanne is er maar één persoon het gebouw binnengekomen van wie we niet weten wie het is. Het was een vrouw, met een grote zonnebril en een honkbalpetje op, die een grote tas bij zich had. De huisbewaarder herinnert zich dat ze een accent had. Hij zei dat hij haar had aangekondigd bij appartement 50E. De vrouw die daar woont zei dat ze de bezoeker had toegelaten omdat ze haar masseuse verwachtte. Maar er belde maar niemand aan. Ze wilde net weer naar beneden bellen toen de huisbewaarder haar opnieuw belde, omdat de masseuse er was. Ze vond het toen wel een beetje vreemd, maar ze heeft er niets over gezegd.'

'Dus die mysterieuze vrouw is duidelijk de Vampier! Kunnen ze aan de hand van de beelden een goede omschrijving geven?'

Jake schudde zijn hoofd. 'Door het petje, de zonnebril en de jas blijft er niets identificeerbaars over. Het kan elke vrouw – of man, trouwens – van gemiddelde lengte zijn in de stad. Dit is geen misdrijf gepleegd door een vrouw. Een vrouw martelt een oude dame niet seksueel. Het klopt gewoon niet.'

'Wat ga je nu dan doen?'

Sam en Manny keken hem vol verwachting aan, alsof hij een konijn uit een hoge hoed tevoorschijn zou toveren. Hij wist dat ze niet onder de indruk zouden zijn van wat hij te bieden had.

'Onderzoek. Morgen ga ik collega's hier en in het buitenland bellen, ik ga databases en artikelen in medische tijdschriften doorspitten totdat ik erachter ben wat dat unieke brandpatroon veroorzaakt. Als ik weet wát de Vampier heeft gebruikt, kan ik gaan uitpuzzelen waaróm hij, of zij, het heeft gebruikt.'

Sam parkeerde Manny's Porsche cabriolet langs de stoeprand, tussen een gebutste Trans Am en een stokoude Honda Accord in. Tijdens zijn rit over Wilkens Street in Kearny-west, New Jersey, was hij gadegeslagen door twee kwijlende pitbulls achter een hek van harmonicagaas en de standbeelden in diverse voortuinen van een doordringend kijkende Maagd Maria. Toen hij naar het gele huisje keek, dat beveiligd was met smeedijzeren tralies voor de ramen die uitkeken op de plek waar hij geparkeerd stond, zag hij dat er een gordijn op zijn plek viel. Opgepast! Een vreemdeling bij ons in de straat!

Zoals Manny al had voorspeld stonden er op de identiteitsbewijzen van de jongemannen die op de avond van de ontploffing samen met Travis en Paco waren geweest adressen van nietbestaande gebouwen of in New York niet voorkomende straten. De politie vond het niet verdacht dat deze jongens valse identiteitsbewijzen bij zich hadden gehad. Nee hoor, zij hadden hun bommenlegger, Travis Andrew Heaton, al en ze lieten hun zaak natuurlijk niet verknallen door verdacht gedrag van mensen die er die avond ook bij waren geweest. Dus waarom zouden ze die mannen opsporen? Mooi niet.

Dat was Sams taak. De vorige avond, toen Jake en Manny waren weggeglipt naar de slaapkamer om het weer goed te maken, was hij naar Club Epoch gegaan, aan de overkant van de rivier. Hoewel hij vijftien jaar ouder was dan het gros van de mensen op de dansvloer, was het Sam toch gelukt zich bij een groep regelmatige bezoekers aan te sluiten. Hij was tot bijna vier uur 's nachts bezig geweest om de identiteit en mogelijke verblijfplaats van ene Benjamin 'Boo' Hravek los te peuteren. Deze zou in Kearny wonen en vaak te vinden zijn in Big Mike's Gateway Inn in dat pittoreske plaatsje.

Toen hij was teruggekeerd in Jakes herenhuis en daar Manny en Jake aan de ontbijttafel trof, allebei net in het pak en met een afkeurende blik op hun gezicht, was Sam in bed gekropen voor een paar uurtjes slaap, waarna hij naar Kearny was gereden voor een late lunch in de Gateway Inn.

Hij slenterde de straat af, op weg naar een gebouw zonder ramen, dat was afgewerkt met grijze asfalt-shingles. Nergens een bordje met BIG MIKE'S of GATEWAY INN. Als je ernaar moest vragen, was je niet welkom. Maar in het drankvergunningenregister van Kearny stond dat de licentie van het pand aan Wilkens Street 40 op naam stond van Lawrence M. Egli, h.o.d.n. Gateway Inn.

Toen hij dichterbij kwam, overdacht Sam hoe hij het zou aanpakken. 'Ik zoek Boo Hravek, een maatje van me,' zou hier niet lukken. In Kearny kende iedereen elkaar vanaf het ogenblik van conceptie, oude vrienden kwamen niet zomaar uit de lucht vallen.

Hij dacht aan het meisje dat hem gisteravond, na vijf cosmopolitans, had verteld waar hij Boo kon vinden. Daar zou ze vandaag, als ze zich het gesprek nog kon herinneren, wel spijt van hebben. Vreemden van alles vertellen over de jongens uit de buurt deed je niet, zelfs niet als die vreemdeling aardiger was dan je gewend was.

Sam nam nog even de tijd om de gepaste uitdrukking op zijn gezicht aan te nemen en opende toen de deur van de Gateway Inn. Tijdelijk verblind door de plotselinge overgang van het felle zonlicht naar het schemerige interieur dat alleen werd verlicht door de gloed van de tv boven de bar, bleef Sam op de drempel staan.

'Doe godverdomme die deur dicht,' schreeuwde iemand.

Frisse lucht werd hier duidelijk niet op prijs gesteld; die verdunde namelijk de verfijnde geur van verschaald bier en sigarettenrook. In New Jersey mocht er in cafés niet meer gerookt worden, maar Sam ging ervan uit dat in de Gateway de wet stelselmatig werd genegeerd. Het kon natuurlijk ook zo zijn dat er hier zoveel sigaretten waren gerookt dat het tientallen jaren zou duren voordat de lucht was weggetrokken. Sam liep naar de bar en voelde dat zijn schoenzolen bleven plakken aan de resten van het gemorste bier van de avond ervoor.

De barkeeper, een man van in de vijftig die een wit overhemd met korte mouwen droeg, maakte vluchtig oogcontact. Sam nam aan dat dit in Kearny de manier was om te vragen: 'Ha, wat zal het zijn?'

'Geef me maar een biertje en de gefrituurde vis.' Ook zonder menukaart wist hij dat er in de keuken van de Gateway alleen werd gefrituurd. Maar Sam had in Bangkok gestoofde aap gegeten en in Ghana gegrilde sprinkhanen – hij deed graag mee met de locals.

De barkeeper zette Sams biertje met een klap neer en ging toen weer aan het einde van de bar glazen staan opwrijven. De enige andere klant, de man die had geroepen dat de deur dicht moest, zat een paar barkrukken verderop en keek ingespannen naar het schuimpatroon in zijn glas. Ook Sam zat er zwijgend bij. Uiteindelijk kwam de barkeeper naar hem toe met bestek en een bord dampende vis en friet.

'Ik zoek iemand die een klusje voor me kan opknappen.' Sam richtte zijn opmerking tot zijn eten, niet tot de man die het kwam brengen. 'Ik heb gehoord dat Boo Hravek daar weleens

71

de juiste man voor zou kunnen zijn. Enig idee waar ik hem kan vinden?'

De barkeeper keek hem een tijdje aan zonder antwoord te geven. Toen liep hij weg, waarbij hij de al gereinigde bar methodisch schoonveegde. Toen hij halverwege was, vroeg hij: 'Wat voor klusje?'

'Het soort waar hij goed in is.'

'Wie had jou ook alweer gestuurd?'

'Dat heb ik niet gezegd.'

De man die boven zijn biertje zat te suffen werd ineens wakker. 'Boo werkt niet zomaar voor iedereen.'

'Dat weet ik.' Sam doopte een frietje in de ketchup en liet het even boven zijn bord zweven. 'Daarom wil ik hem ook hebben.' Hij zag dat de twee mannen een blik wisselden. Dat was blijkbaar een goed antwoord. Hij nam nog iets meer risico. 'Er is goed geld mee te verdienen.' Hij wilde geen bedrag noemen, omdat hij niet wist wat Boo in de regel kreeg voor de ongetwijfeld smerige zaakjes waarin hij gespecialiseerd was.

'Boo zal zo wel komen opdagen. Blijf maar rustig zitten.' De barkeeper verdween naar de keuken.

Sam richtte zijn aandacht weer op de berg voedsel voor zich. Het was best te eten: de kabeljauw was vlokkig en vers, en door dat zorgvuldig hergebruikte vet zat er een lekker en apart smaakje aan. Hij at en dronk en keek naar dragraces op het sportkanaal, terwijl hij op Boo wachtte. Hij wist wel vervelender manieren om een middag door te brengen. Werken voor Manny was helemaal zo slecht nog niet.

Tien minuten later vloog de deur van de bar open en klapte tegen de muur aan. Twee mannen, forse kerels, stonden scherp afgetekend tegen het felle zonlicht in de deuropening. De barkeeper en de andere gast maakten zich uit de voeten.

Boo was gearriveerd.

HOOFDSTUK ELF

Zorgvuldig veegde Sam zijn handen en mond af en legde hij het servet op de bar. Hij wilde nieuwe mensen niet begroeten met vet op zijn vingers of ketchup op zijn lip. Hij liet zich van de barkruk glijden en knikte naar het tuig dat net was binnengekomen. 'Sam Rosen.'

De grootste, die voor in de twintig was maar al een dikke bierbuik met zich meezeulde, deed een stap naar voren en duwde Sam tegen de bar. 'Je zat gisteravond met Deanie te kloten. Hoe zit dat? Wat probeer je ons te flikken?'

Deanie? Heette zijn informante in Club Epoch zo? Sam dacht dat ze zich had voorgesteld als Teeny, wat hem, gezien de grootte van haar borsten, was voorgekomen als een ironisch bedoelde bijnaam. Goed dat dat nu opgehelderd was.

Sam negeerde de man die hem had geduwd, hij deed een stap van de bar vandaan en ging voor diens metgezel staan. Gezien de beschrijving van Boo Hravek die Travis hem via Manny had gegeven, was hij er vrij zeker van dat de stille degene was die hij zocht en dat die ander gewoon voor de lol mee was – lol die Sam liever uit de weg ging.

Anders dan bij de oliedomme lijfwacht straalde er bij Boo Hravek wel een sprankje intelligentie uit zijn ogen, en op zijn borstspieren zou iedere man jaloers zijn. Hij was even groot als Sam, maar ruim twintig kilo compacte spieren zwaarder. Sam stak zijn hand uit. 'Aangenaam, Boo. Deanie geeft hoog over je op.'

'Die trut moet eens leren haar bek dicht te houden,' zei de lijfwacht. Boo zei niets, maar hij greep Sams hand en kneep er hard in.

Sam glimlachte en negeerde de pijn die door zijn rechterarm omhoogschoot. Hij zag dat Boo zich ontspande; hij had zijn status als alfamannetje gevestigd. Sam zag graag dat zijn tegenstanders zich niet door hem bedreigd voelden. Hij wilde dat ze zelfverzekerd en onoplettend waren.

Als hij had gedacht dat Boo en hij een beschaafd gesprek met elkaar hadden kunnen voeren, had Sam dat zeker gedaan. Maar het had Boo gepast geleken om die bullebak mee te brengen, en Sam zag dat hij van die kant niet op een rationeel gesprek hoefde te hopen. De enige mogelijkheid was dus om de lijfwacht uit te schakelen en Boo zo in een hoek te drijven dat hij de mogelijkheid om te praten met beide handen zou aangrijpen. Dat was te doen. Het was niet makkelijk, maar het was te doen.

'Neem plaats.' Sam dirigeerde Boo naar de lege tafels en stoelen alsof hij de eigenaar van de tent was. Toen hij zag dat Boo ging zitten, draaide hij zich om naar de bullebak en ramde zonder waarschuwing zijn hoofd in de zachte buik van de forse man. De lijfwacht wankelde en Sam maakte gebruik van het moment door zijn voet achter de enkels van zijn tegenstander te haken. De boom van een vent stortte zo snel neer dat hij geen kans had om zijn handen uit te steken en zijn val te breken. Hij belandde plat op zijn opvallende neus, die hoorbaar brak. Er welde bloed op, dat via zijn witte poloshirt op de vloer naast zijn schouder droop.

Zijn lijfwacht was zo snel ineengezakt dat Boo zich pas net weer van zijn stoel verhief toen Sam zich omdraaide, de zware tafel aan één kant optilde en de jongeman ermee beknelde.

De bullebak lag nog steeds op de vloer, stomverbaasd dat de poel van bloed om hem heen van hemzelf was.

'Wat geeft een gebroken neus toch altijd een troep, hè?' Sam boog voorover en drukte de halsslagaders van de bullebak dicht. Binnen acht seconden was hij bewusteloos.

Sam richtte zijn aandacht weer op Boo, die nu rechtop stond, en behoedzaam achter de tafel buiten Sams bereik bleef staan. Toen Boo sprak, bleek zijn stem ongerijmd hoog te zijn voor een man met een door steroïden opgezwollen hals van vijfenveertig centimeter omtrek. 'Je hebt hem vermoord. Dat was toch nergens voor nodig?'

'Nee joh, dat is het trucje van Mr. Spock uit Star Trek. Maar ik deed het op de juiste manier: aan allebei de kanten. Ik had hem kunnen ombrengen, maar dat heb ik niet gedaan.' Sam fatsoeneerde zijn overhemd, dat door alle commotie deels uit zijn broek was losgeraakt. 'Het is prettig als je een keuze hebt, vind je ook niet, Boo?'

Boo zei niets, zijn blik dwaalde van de ingang naar de keukendeur, maar geen van beide kon hem hulp of een makkelijke ontsnapping bieden.

'Jíj hebt nu een keuze,' vervolgde Sam. 'Je kunt gaan zitten en met me praten, of je kunt het lot van je vriend delen.'

Boo ging zitten.

'Mooi zo. Deanie zei al dat je een slimme vent was en daar had ze gelijk in.' Sam bleef staan en keek glimlachend neer op zijn gezelschap.

'Wie ben je?' vroeg Boo.

'Nee, nee, ik stel hier de vragen. Vertel me eens wat er laatst bij Club Epoch is voorgevallen.'

Boo kneep zijn ogen tot spleetjes. 'Je bent van de politie. Waarom arresteer je me niet gewoon?'

'Je beledigt me, Boo.' Sam stak een lange, dunne voet uit. 'Heb je ooit een agent gezien met Bruno Magli-loafers en een jasje van Hugo Boss?'

Boo, een merkgevoelige crimineel, zag er nu nog verblufter en nog minder op zijn gemak uit. 'Waarom vraag je naar Club Epoch?'

'Een vriend van me draait op voor die bom. Ik wil weten wie hem erin geluisd heeft.'

'Ik niet. Ik zweer dat ik geen idee had van wat er zou gaan gebeuren. Toen die brievenbus ontplofte, scheet ik bijna in mijn broek.'

'Boo, ik had zo'n hoge dunk van je intelligentie. Dit lijkt in de verste verte niet op een overtuigende leugen.'

Boo leunde naar voren. 'Echt waar, man, ik wist niets van die bom. Ik moest die rijke knul Club E binnenlokken, hem op een paar drankjes trakteren en hem dan uitnodigen mee te gaan naar een club die nog langer open is. We liepen daar net naartoe toen die brievenbus werd opgeblazen.'

'Boo, je vergeet een klein detail. Het was een van je vrienden die die bom onder de bus heeft gelegd. Een kerel die Zeke heet, of Freak of zoiets. Misschien heb je een reden om een federale rechter uit de weg te ruimen.'

'Nee, Freak hoorde helemaal niet bij ons. Hij kwam bij de club opdagen. Hij hing een beetje rond en kletste wat met ons. Wist veel van muziek. Toen we weggingen kwam hij mee. Ik had hem wel kunnen afschudden, maar waarvoor? Ik moest dat joch naar die andere club brengen. Als hij meewilde, prima toch?'

'Heb je gezien dat hij de bom onder de brievenbus legde?'

Boo schudde zijn hoofd. 'We waren met een grote groep. Ik liep voorop met Paco. Plotseling riep iemand: "Rennen!" en toen spurtte iedereen langs ons heen, dus wij renden ook weg. Toen we op de hoek waren, ontplofte de bom, en stopten we om om te kijken. De politie was er meteen en ze stelden allerlei vragen. Toen viel het me op dat Freak er niet meer was.'

'Heb je dat aan de agenten verteld?'

Boo knikte. 'Dat vonden ze niet echt interessant. Ze praatten met die Koreaanse vent in de winkel, toen kwamen ze terug en praatten nog wat met ons en zeiden dat we konden gaan. Dat liet ik me geen twee keer zeggen. We maakten ons uit de voeten.'

Sam keek Boo aandachtig aan. Het voorhoofd van de crimineel was bedekt met een dun laagje zweet. Systematisch knakte hij met de knokkels van een van zijn grote klauwen, waarna hij verderging met de andere hand. Sam had het nare gevoel dat deze ongelikte beer de waarheid vertelde. En dat hield in dat Manny's zaak nog ingewikkelder was dan ze al hadden gedacht. 'Wie heeft jou gevraagd Paco naar die club te brengen?'

Boo schoof zenuwachtig heen en weer in zijn stoel als een kind dat bij de schooldirecteur op het matje is geroepen. 'Dat klinkt misschien niet zo geloofwaardig.'

'Laat maar horen.'

'Ik werd gebeld en een vent met een raar accent bood me vijfhonderd dollar om Paco naar die club te brengen, een paar drankjes voor hem te halen en hem na sluitingstijd mee te nemen. Hij deed heel geheimzinnig, zei dat hij het geld in een papieren zak in de speeltuin zou achterlaten.' Boo schudde zijn hoofd. 'Het was net alsof hij te veel films had gezien, weet je?

Ik dacht dat ik in de zeik werd genomen. Ik ging wel naar die speeltuin, maar ik verwachtte dat het een trucje was. Maar de tas met het geld lag er, zoals hij had gezegd. Dus ik dacht: Kan mij het schelen. Het is mijn zaak niet. En we gaan toch al vaak naar Club E.'

'Je hebt niet gevraagd wie het was, en waarom hij jou voor dat klusje wilde hebben?'

'Hij had mijn gsm-nummer. Een vriend moet hem mijn naam hebben gegeven.'

Sam trok zijn wenkbrauwen op. 'Goeie vriend dan. Laat me

je telefoon eens zien. Staat het nummer van die vent nog in je ontvangen oproepen?'

'Dat heb ik ook al geprobeerd. Toen die bom was ontploft en die agenten kwamen opdagen, was ik pisnijdig. We hebben ons eruit geluld, maar ik had zwaar in de problemen kunnen komen. Dus belde ik het nummer terug om te vragen wat er godverdomme aan de hand was, en de telefoon bleef maar overgaan. Uiteindelijk nam een of andere dronken kerel op en zei dat hij in een telefooncel stond bij Penn Station. Ik hoorde op de achtergrond dat er een vertrektijd werd omgeroepen, dus ik wist dat het klopte.'

'Oké, ik wil het nummer van je mobieltje hebben. Misschien moeten we nog een keer met elkaar babbelen.' Sam keek naar beneden, naar het klonterende bloed op de vloer. 'En hier zijn we waarschijnlijk niet meer welkom.'

Boo ratelde een nummer op en Sam sloeg het op in zijn eigen telefoon, waarna hij het belde om zich ervan te verzekeren dat hij niet het nummer van een renbaan had gekregen. Een snerpend geluid dat muziek moest voorstellen klonk uit Boo's zak.

'Neem op en sla het nummer op,' droeg Sam hem op. 'Als je mysterieuze vriend weer belt, dan laat je het me weten.'

Manny haastte zich van de parkeerplaats naar de federale rechtbank, met het gevoel alsof ze zojuist een lichtblauw doosje van
Tiffany's met een witte strik eromheen had gekregen. Sam was
geweldig: hij had precies die informatie losgepeuterd waarmee
ze het in deze hoorzitting over de borgstelling kon redden. En
voor de zekerheid had ze het gebruikelijke rode lapje aan de binnenkant van het jasje van haar mantelpak vastgespeld, om het
boze oog af te weren, zoals ze dat had geleerd van haar moeder
en oma. Je kunt immers nooit te voorzichtig zijn. Manny was
een derde generatie schorpioen, haar DNA bevatte een allel voor
het geloof in het bovennatuurlijke.

'Als ik klaar ben met Brian Lisnek, zit die aanklager zo vol met
eierstruif dat je een omelet van hem zou kunnen maken,' pochte
Manny tegen Kenneth, die haar grote passen goed bijhield langs
de cementen obstakels die het enorme nieuwe gebouw tegenover het oude postkantoor moesten beschermen.

'De laatste omelet die je voor mij hebt gebakken was droog
en rubberachtig,' klaagde Kenneth. 'Ik zou niet te overmoedig
worden.'

Manny wuifde zijn waarschuwing lachend weg, en terwijl ze
dat deed besefte ze dat ze zwaar op haar teentjes getrapt zou zijn
geweest als Jake hetzelfde tegen haar had gezegd. Maar Kenneth
kon wegkomen met een heleboel dingen die Jake niet eens zou
proberen, zoals, maar niet beperkt tot, het zingen van 'Over the

Rainbow' of een liedje van Cher terwijl hij gekleed was in een nauwsluitende vintagejurk van Dior.

Jake was onder de indruk geweest toen ze hem had verteld dat de rechter haar de kans had gegeven de zogenaamde forensisch deskundige van het OM en hun ooggetuige te ondervragen tijdens de borgstellingshoorzitting. Dat was heel ongebruikelijk, maar de zaak van de Kakkerterrorist kreeg zoveel publiciteit dat de rechter er schoorvoetend mee had ingestemd.

Met de informatie die ze van Sam had gekregen en het onderzoek dat ze zelf had gedaan naar de onbetrouwbare wetenschap van bijtafdrukidentificatie door middel van forensische tandheelkunde, was Manny er zeker van dat ze Travis Heaton vandaag op borg vrij zou krijgen.

Nadat ze de veiligheidscontrole had ondergaan zonder een alarm te laten afgaan, liep Manny de rechtszaal van rechter Freeman binnen en ging aan de tafel van de verdediging zitten. Lisnek zat al met een hele schare assistenten aan de tafel van de aanklager. 'Hoeveel aanklagers zijn er nodig om een jurk te repareren?' vroeg ze mompelend aan Kenneth.

'Je bedoelt een jurk naaien. En het antwoord is: geen een. Aanklagers naaien alleen verdachten.'

Manny stopte even met het uitpakken van haar aktetas. 'Heb je die net verzonnen of lees je moppen op internet terwijl je zou moeten werken?'

'In mijn taakomschrijving staat dat ik jou moet amuseren, weet je nog?'

Manny grinnikte. Met Kenneth naast zich was ze inderdaad veel meer ontspannen dan als ze zou worden bijgestaan door een hielenlikker met een marineblauw streepjespak aan en een rechtenbul van een Ivy League-universiteit. Vandaag had Kenneth zijn kleding afgestemd op het donkergroene marmer op de vloeren en muren van het imposante gerechtsgebouw. Hij droeg een lichtelijk afgedragen pak van Oscar de la Renta dat hij op eBay had gekocht, tweekleurige schoenen, groen-ivoor, en een bijpassende bril met groen montuur. Ze schoof een paar dossiers naar hem toe. 'Hier. Leg deze maar op volgorde. Als die zogenaamde deskundige in het getuigenbankje staat, wil ik niet naar aantekeningen hoeven zoeken.'

Ze ging zitten en keek een tijdje naar Lisnek. Hij was zo druk aan het overleggen met zijn assistenten dat hij haar niet eens opmerkte. Haar cliënt werd geëscorteerd door een gespierde agent van de parketpolitie en naar de stoel naast haar geleid. Hij droeg de kleren die hij aanhad tijdens zijn arrestatie: een baggy broek en zwart katoenen overhemd. De bode kwam de rechtszaal binnen. Lisnek was er ineens helemaal bij met zijn aandacht en keek haar eindelijk even aan. Ze glimlachte lieflijk. Lisnek wendde zijn blik af.

'De rechtbank,' dreunde de bode.

Het ging beginnen.

Manny en Lisnek dansten de openingsprocedures door als Ginger Rogers en Fred Astaire, zo bekend met de passen dat ze niet eens hoefden na te denken over wat ze deden. Toen stond Lisnek op om te betogen waarom Travis niet op borg vrijgelaten mocht worden. 'Een terroristische daad, gericht tegen de federale regering... Mogelijke samenzweerders, dus de beschuldigde moet in afzondering opgesloten blijven... Een zaak van nationale veiligheid...' Hij ging maar door.

Manny voelde de adrenaline door haar lijf stromen en haar maag verkrampen. Hier draaide het leven van een pleiter om: een persoonlijk gevecht met de vijand. Hoe kon Lisnek dit in vredesnaam met droge ogen betogen? Die man joeg schaamteloos op publiciteit. Ze had al vaker cliënten tegen valse, verzonnen aanklachten verdedigd, maar deze zaak sloeg alles.

Ook de rechter begon genoeg te krijgen van Lisnek. Met een

kleine handbeweging onderbrak hij de aanklager midden in een zin. 'Heel welsprekend, meneer Lisnek, maar dit is geen generale repetitie voor het openingsbetoog van het proces. Volgens mij heeft mevrouw Manfreda wat moeite met de kwaliteit van uw steunbewijs, dus we gaan nu naar de getuigenis van de deskundige.'

De getuige, dr. Eugene Olivo, forensisch odontoloog, werd opgeroepen en legde de eed af. Bij een juryproces zou Manny uitgebreid ingaan op de kwalificaties van de deskundige of het gebrek daaraan, omdat jury's vaak elk woord geloofden van iemand die zich doctor of wetenschapper noemde. Rechter Freeman was gelukkig niet zo lichtgelovig. Hij was al meer dan veertig jaar federaal rechter en had heel wat zware zaken behandeld: maffiamoorden, een proces over een nazistische gevangenisbende, processen over gigantische drugskartels. Freeman had nu een *senior status*: hij was officieel met pensioen, maar werkte parttime door en mocht zijn eigen zaken kiezen. Niet ontvankelijk voor de pretentie van het ambt noch dol op machtsvertoon droeg hij niet langer een mantel ter zitting. Maar vergis je niet: hij was een zeer gerespecteerd jurist, bij wie je niet te laat kwam tenzij je dood was, en hij eiste een goede voorbereiding en eerlijkheid.

'Dus met andere woorden, doctor,' zei de rechter tegen de getuige-deskundige, 'voor de leken in het publiek, wilt u zeggen dat forensisch odontoloog een duur woord is voor... tandarts?'

'Nou, het komt uit het Grieks, edelachtbare.'

'Ik snap het.' Er klonk een kruising tussen gesnuif en gegrinnik vanaf de rechterstoel. 'Kunt u het OM in het Grieks meer in rekening brengen?'

Touché. Hij mocht dan oud en met pensioen zijn, en een senior status hebben, Freeman haalde haar de woorden uit de mond.

Gerustgesteld dat rechter Freeman haar wat ruimte zou geven tijdens het kruisverhoor, leunde Manny achterover om te horen hoe Lisnek zijn getuige door zijn bewijsvoering heen leidde. 'Gemiddeld bestaat het gebit van een volwassene uit tweeëndertig permanente tanden en kiezen, inclusief de vier verstandskiezen,' vertelde Olivo.

Blablabla. Ze dwong zichzelf naar elk woord te luisteren en zorgvuldig aantekeningen te maken, en droomde slechts een tel weg naar de zaak-Carramia, waarin ze Jake een kruisverhoor had afgenomen. Jake was een charismatische getuige-deskundige geweest, op een beetje sullige, wetenschappelijke manier. Het was bijna sexy, zoals hij over braaksel en de dood had gepraat. Zijn bruine haar met grijze plukken vormde een mooie aanvulling op zijn forse lijf en professorale klank. Olivo was zeker geen Jake. Godzijdank.

'Samenvattend,' verklaarde Olivo ten slotte, 'door de spleet tussen de laterale snijtand rechtsboven en de naastgelegen hoektand, ook wel cuspidaat genoemd, samen met het feit dat die hoektand naar voren staat, kan ik met een redelijke mate van wetenschappelijke zekerheid verklaren dat de afdruk in de appel overeenstemt met de gebitsafdruk van Travis Heaton.' Hij illustreerde zijn getuigenis met digitale foto's van de betreffende appel.

Olivo leunde naar achteren in zijn stoel en vouwde zijn armen over zijn pens. Manny glimlachte. Heerlijk om een getuige zo vol zelfvertrouwen en op zijn gemak te zien.

Ze stond op en liep naar de getuigenbank. Haar kapsel van vandaag, haar rode haar in een staart met een clip van schildpad erom, liet de streng parels om haar hals en de eenvoudige paarlen knopjes in haar oren bloot. Ze zag er jonger uit dan de bijna dertig jaar die ze was, en te ingetogen om een gerespecteerde wetenschapper in de problemen te brengen.

Pompeuze oude zak.

'Goedemorgen, dr. Olivo.' Ze wierp hem een stralende glimlach toe. 'Dank u voor die fascinerende informatie.'

Hij knikte. 'Ik loop alweer een tijdje mee.' Hij liet het: 'In tegenstelling tot jou, meissie,' weg.

'Kunt u me eens vertellen: was u na de ontploffing aanwezig op de plaats van het misdrijf?'

'Nee, natuurlijk niet.' Daar ben ik te belangrijk voor, stomme tuthola.

Manny glimlachte. Misschien was de getuige voor het OM zo goed voorbereid dat hij bekend was met de bewijsketen voor het o zo belangrijke stuk forensisch bewijs waarmee hij haar cliënt te gronde wilde richten.

'Wie heeft de appel dan veiliggesteld?' vervolgde ze. 'De forensisch onderzoekers van de FBI?'

'Nee.'

'Misschien was het de technische recherche van de politie van Hoboken?'

'Nee.'

'Was het dan soms de eenheid terrorismebestrijding?'

'Eh… nee.'

'Wie heeft die appel dan opgeraapt, dr. Olivo?'

'Eh… volgens mij was dat een rechercheur die later is teruggegaan naar de plaats delict om hem te zoeken.'

'En wat heeft hij ermee gedaan? Heeft hij hem in een papieren zak gestopt, zodat het vocht kon verdampen en er geen bacteriën op zouden gaan groeien?'

Olivo schoof heen en weer op zijn stoel en frummelde aan zijn stropdas van de triatlonvereniging. 'Nee, toen ik hem kreeg zat hij in een plastic zakje.'

'Ik snap het. Weet u hoe warm of koud het die nacht was, meneer?'

'Ik weet de precieze temperatuur niet,' snauwde hij.

Manny liep terug naar de tafel van de verdediging en pakte het blaadje dat Kenneth haar aanreikte. 'Uit deze gegevens van het nationale weerinstituut blijkt dat het op 17 mei om een uur 's nachts bij het weerstation in Hoboken, New Jersey, 24 graden was. Best warm voor mei, hè?'

'Ja.' Olivo keek recht vooruit.

'Hebt u het bewijsstuk die avond onderzocht, meneer?'

'Nee.'

'Wanneer heb u het bewijsstuk gekregen?'

'Daarvoor moet ik even in mijn aantekeningen kijken.' Hij sloeg een bladzijde om en greep naar het plastic bekertje water dat er stond.

Manny deed net alsof ze niet zag dat hij het naar binnen klokte. Ze dreef hem in het nauw.

'De dag na de aanslag. Ik heb het monster om dertien uur drieënveertig op mijn kantoor in Manhattan ontvangen.'

'Was de appel sinds hij was opgeraapt gekoeld bewaard?' vroeg Manny.

Hij aarzelde.

Toe maar, geef het nou maar op, meneer Wijsneus getuigedeskundige. Ik weet het antwoord al, anders had ik de vraag niet gesteld.

'Nee.'

Manny zag dat hij dacht te weten waar ze naartoe wilde, maar Lisnek keek ongeduldig. Ze glimlachte in het voorbijgaan naar hem, liep terug en ging voor de getuige staan. 'Weet u, dr. Olivo, mijn oma, die uit Italië hierheen is geëmigreerd, is tijdens de Depressie opgegroeid, en ze had er een hekel aan om eten te verspillen. Ze werd er helemaal gek van als ik een paar happen van een appel nam en dan niet meer hoefde. Weet u wat ze dan deed? Ze wikkelde hem in plastic folie, legde hem op het aanrecht en probeerde me de volgende dag de appel te laten opeten.

Dat lukte haar nooit. Weet u waarom niet?'

Lisnek sprong op. 'Bezwaar. We zouden hier nog de hele dag zitten als we naar de jeugdherinneringen van mevrouw Manfreda moesten luisteren, edelachtbare.'

Maar rechter Freeman grijnsde. 'Vertel ons maar waarom u die appel niet opat, raadsvrouwe.'

'Omdat een appel waaruit je een hap hebt genomen na een dag in plastic gewikkeld in een warme keuken te hebben gelegen helemaal bruin en papperig is. Hij is al aan het bederven. En helemaal de plek waar het vruchtvlees aan de lucht is blootgesteld is dan aan het rotten.' Manny draaide zich vliegensvlug om en nam iets aan van Kenneth, wat ze verborgen hield voor de aanklager, rechter en getuige. Vanuit de banken met toeschouwers klonk gemompel op. Manny draaide zich om naar Olivo, als een deelneemster aan een Miss Universe-wedstrijd die op weg naar de jury met een zwierig gebaar een pareo afdeed om haar koopwaar te tonen.

Ze hield een appel op: een verkleurde, uitgedroogde, bedorven, stinkende bruinrode appel. 'Laat ik u zeggen dat dit een Delicious appel is, meneer.'

'Bezwaar! Bezwaar!' bulkte Lisnek.

Ze negeerde hem. De rechter moest zo hard lachen dat hij geen beslissing kon nemen over het bezwaar.

'Hoe kunt u met wetenschappelijke zekerheid zeggen dat de bijtafdrukken in de appel van mijn cliënt waren als de appel al twaalf uur aan het wegrotten was omdat hij niet juist was ingepakt?'

'Afgewezen,' kwam de late beslissing vanaf de rechterstoel, zodat Manny officieel verder kon gaan. Ze keek naar Lisnek. Hij moest echt overhemden gaan kopen waarvan de boord niet zo strak zat. Het leek net alsof zijn hoofd op het punt stond van zijn nek te rollen.

86

Olivo sputterde en gaf een aangepaste verklaring, ondersteund door technisch jargon. 'Wetenschappelijke zekerheid betekent alleen maar dat het meer wel aannemelijk is dan niet.'

Aha, het goed bewaarde geheimpje van de experts kwam bovendrijven. Hun mening was gewoon een kansspel.

'Wilt u deze rechtszaal vertellen dat uw mening, op basis waarvan mijn achttienjarige cliënt zonder borg vast zou blijven zitten, waardoor zijn schoolopleiding zou worden onderbroken, hij geen eindexamen zou kunnen doen en...'

'Bezwaar!' bulkte Lisnek weer. Zijn stem drong door de deuren van de rechtszaal heen en weergalmde in de hal.

De rechter, die zich hersteld had, wendde zich tot haar. 'Oké, hou maar op met die tranentrekkerij, mevrouw Manfreda. Een vraag, alstublieft.'

'... gebaseerd is op de speculaties omtrent een bedorven appel?'

Manny bleef op hem inhameren en weerlegde zijn claims over de betrouwbaarheid van bewijs op basis van bijtafdrukken met citaten uit artikelen over forensische odontologie en recente gerechtelijke uitspraken over zaken waarin door dergelijk bewijs onschuldige mensen naar de gevangenis waren gestuurd.

Voordat ze haar ondervraging beëindigde, deed ze nog een paar laatste uitvallen.

'Hebt u die appel vandaag bij u?'

'Nee.'

'Moest u hem van de aanklager op uw kantoor achterlaten?'

'Nee.'

Manny rook dat er iets aan de hand was, en die geur kwam niet van haar stuk verboden fruit af. Deze normaal zo praatgrage deskundige antwoordde ineens nog maar met één lettergreep.

'Waar is die appel nu?'

'Hij is vernietigd. Toen we de afdrukken met foto's hadden

vastgelegd, was er geen reden meer om hem te bewaren.'

De toehorende journalisten werden ineens muisstil. Ze dacht dat ze mevrouw Heaton naar adem hoorde snakken. Haar cliënt stak zijn hand uit en greep die van Manny.

'Edelachtbare, ik verzoek u de hele zaak niet-ontvankelijk te verklaren. De aanklager heeft dit wezenlijke feit niet aan de rechtbank gemeld. Vernietiging van bewijs is grond voor een niet-ontvankelijkverklaring, edelachtbare.'

Lisnek probeerde antwoord te geven. Rechter Freeman kapte hem af. 'Daar hoeven we vandaag niet over te beslissen.'

Lisnek wreef zich in de handen. Zijn zelfingenomenheid was van korte duur.

De rechter had overal aandachtig naar geluisterd, maar het was duidelijk dat hij uiteindelijk het meest onder de indruk was van het onbedoelde wetenschappelijke onderzoek van oma Manfreda. 'U kunt uw rotte appel niet als bewijs aanvoeren, meneer Lisnek. Mijn onderbouwing staat volgende week op schrift. Wat hebt u nog meer?'

'We hebben een ooggetuige die gezien heeft dat meneer Heaton de bom heeft geplaatst, meneer.' Lisnek sprak met ferme, kalme stem, maar Manny zag dat hij zijn door de overheid verstrekte pen zo stevig vasthield dat zijn knokkels wit werden.

HOOFDSTUK DERTIEN

Manny haalde diep adem toen meneer Park Sung Ho de eed af-legde. Het kruisverhoor van dr. Olivo was uitstekend gegaan, maar ze was nog niet uit de gevarenzone.

Meneer Park was een tengere man met ogen zo helder en waakzaam als die van een zangvogel. Hij nam zijn taak serieus, zowel die als werknemer van de Happy Garden als die van getuige in een federale rechtbank. Jury's waren automatisch dol op serieuze, hardwerkende mensen zoals hij. Zelfs al was er vandaag geen jury aanwezig, Manny wist toch dat ze moest oppassen. Een pompeuze eikel als Olivo mocht ze flink belachelijk maken, maar meneer Park kon ze maar beter niet vernederen.

Manny richtte haar aandacht op Lisnek, die de getuige door de inleidende vragen loodste. Nee, het was niet zijn winkel, die was van zijn neef. Ja, in de nacht van 17 mei had hij in z'n eentje gewerkt. Hij werkte elke nacht. 'Mijn neef vertrouwt alleen mij de nachtdienst toe,' zei meneer Park.

Die nacht waren er zes jongemannen tegelijk binnengekomen. Meneer Park fronste zijn wenkbrauwen toen hij zich voor de geest haalde wat er was gebeurd. 'Ze probeerden me voor de gek te houden. Ze gaven een briefje van twintig. Dat pakten ze terug, en toen gaven ze een tientje. Ze legden er snoepgoed bij, haalden chips weg, wisselden van alles om. Ze probeerden me in de war te brengen, zodat ze niet voor alles hoefden te betalen.'

Manny keek naar Travis, die een stukje naar beneden gegleden was in zijn stoel. Tot nu toe was het geheugen van meneer Park zeer nauwkeurig. Deze man had de macht om haar cliënt lange tijd naar de gevangenis te sturen, maar Manny voelde met hem mee. Hij was een immigrant, die zich uitsloofde om te slagen in een harde stad en de bezittingen van zijn familie beschermde. Wie zou niet meevoelen met de kleine man die door een groepje kinderen werd lastiggevallen?

'Op weg naar buiten pakte die jongen,' meneer Park wees vol overtuiging naar Travis, 'een appel uit de bak. Hij betaalde niet.'

Met groeiend zelfvertrouwen leidde Lisnek meneer Park door zijn getuigenis over de ontploffing. Was meneer Park zo snel bij de deur van de winkel dat hij zag dat de jongens de brievenbus bereikten? Ja. Zag meneer Park de jongen die de appel had gestolen, er een hap van had genomen en hem toen in de goot had gegooid? Ja. Had diezelfde jongen zich toen gebukt om een pakje onder de brievenbus te leggen? Ja, zeer zeker. Was de brievenbus toen ontploft? Ja, ja, ja.

'Dat was alles.' Lisnek keerde de Koreaanse winkelbediende zijn rug toe en beende terug naar zijn stoel.

Manny stond op en glimlachte naar de getuige. 'Goedemorgen, meneer Park. Dank u wel voor uw verhaal. Het is duidelijk dat u een opmerkzaam persoon bent.'

Park knikte, blij dat Manny zijn kwaliteiten inzag.

'Meneer Park, hebt u gezien of een van de andere jongens ook een appel uit die bak heeft gepakt?'

'Nee, alleen die jongen.'

'Waren alle zes de jongens tegelijkertijd bij de kassa?'

'Nee. Ze liepen af en aan.'

'Dus een van de andere jongens zou een appel gepakt kunnen hebben toen u druk bezig was met degenen die betaalden?'

'Ik hou alle klanten in de gaten. Ik zorg ervoor dat niemand steelt.'

'Dat geloof ik graag, meneer Park. Maar terwijl een paar van de jongens probeerden u erin te laten lopen bij het betalen, heeft een ander misschien ook een appel gepakt. Zou dat kunnen?'

Hij haalde onwillig zijn schouders op. 'Misschien.'

'Toen u achter de jongens aan ging, de stoep op, hebt u toen het gezicht gezien van degene die het pakje onder de brievenbus legde?'

'Nee. Ik zag dat de jongen die de appel had gepakt er een hap van nam en hem toen weggooide. Hij was degene die het pakje neerlegde.'

'Wat droeg die jongen?'

'Een blauwe spijkerbroek en een T-shirt.'

'Welke kleur?'

Meneer Park aarzelde. 'Donker.'

'Wat droegen de andere jongens?'

'Hetzelfde. Een blauwe spijkerbroek en een donker T-shirt,' antwoordde de getuige onmiddellijk.

Die arme meneer Park. Hij wilde zo graag eerlijk zijn en het goed doen dat hij niet eens besefte hoe erg hij zijn eigen getuigenis had ondermijnd. Daarom was een ooggetuigenverklaring zo onbetrouwbaar, vooral als iemand een persoon van een ander ras moest identificeren. De meeste mensen logen niet opzettelijk. Ze vertelden dat waarvan ze zeker wisten dat ze het hadden gezien. Maar er waren zoveel variabelen, zoveel subtiele verschillen die samen eenzelfde werkelijkheid konden vormen.

Manny keek Park recht aan en sprak zonder enige beschuldigende klank in haar stem. 'Dus, als alle jongens hetzelfde aanhadden, en u hun gezichten niet kon zien vanaf de plek waar u stond, en het mogelijk is dat een van de andere jongens ook een appel heeft gepakt, zou het dan niet kunnen dat degene die u een appel zag eten en de bom zag plaatsen niet mijn cliënt was, Travis Heaton, maar een van de anderen?'

Meneer Park keek verward van Lisnek naar de rechter en weer naar Manny, op zoek naar hulp. Het was doodstil in de rechtszaal.

'Meneer Park, wilt u de vraag alstublieft beantwoorden,' zei rechter Freeman. 'Zou het kunnen dat degene die u de bom zag plaatsen niet Travis Heaton was?'

Park leek wel gekrompen te zijn, in het goedkope zwarte pak dat hij voor deze belangrijke gebeurtenis had aangetrokken.

'Het zou kunnen,' fluisterde hij.

'Meneer Park, hebt u na de ontploffing, toen alle jongens het op een rennen zetten, gezien of een van hen in een andere richting rende?'

'Ja. Eentje rende Washington Street af, Eleventh Street in. Die loopt de heuvel op, richting Sinatra Drive. De anderen bleven op de hoek staan. Toen kwam de politie.'

'Hebt u gezien of degene van wie u dacht dat hij de bom had geplaatst rechtdoor ging, of Eleventh Street in rende?'

Park beet op zijn onderlip en keek geconcentreerd naar beneden. Toen keek hij op naar Manny. 'Dat kan ik niet met zekerheid zeggen. Eerst was er een ontploffing, toen een heel fel licht, daarna was iedereen aan het rennen. Een van de jongens sloeg af en de anderen holden rechtdoor. Ik weet niet zeker wie het was.' Meneer Park was het toonbeeld van eerlijkheid. Ja, je kon niet anders dan deze man aardig vinden.

'Dank u, meneer Park.'

Park keek de rechtszaal rond in de verwachting dat hij van alle kanten geprezen zou worden. De rechter glimlachte welwillend. Manny wierp hem een stralende glimlach toe. Brian Lisneks lippen waren tot een dunne streep samengeknepen en hij hield zijn ogen vastberaden op het notitieblok voor zich gericht. Hij keek niet eens op toen de Koreaanse winkelier de rechtszaal verliet.

'Nou, u hebt zeker gerede twijfel gezaaid, mevrouw Manfreda.' Uit de blik die de rechter Lisnek toewierp, sprak dat hij vond dat de aanklager zijn zaak snel moest gaan verstevigen. En dat was het risico van deze borgstellingszitting: Lisnek ving een glimp op van haar verdediging, zodat hij zich kon gaan voorbereiden op haar beste aanvallen. De informatie die Sam haar had verstrekt was haar troefkaart. Zou ze die moeten gebruiken?

'Ik ben geneigd het verzoek van mevrouw Manfreda om borgstelling toe te staan,' vervolgde de rechter. 'Mijn enige zorg is de suggestie dat deze bomaanslag deel uitmaakt van een grotere samenzwering. Hebt u bewijs om dat te ondersteunen, meneer Lisnek?'

Lisnek wendde zich tot de andere advocaten in zijn team. Die mompelden en schudden hun hoofd. Uiteindelijk ging Lisnek staan.

'We zouden die informatie op dit tijdstip liever niet bekendmaken, edelachtbare.'

Manny kneep haar ogen tot spleetjes. Hield dat in dat hij niets had om zijn bewering te staven, of had hij echt informatie die ze zou moeten hebben maar niet had?

'We stemmen toe in een borgstelling van vijfhonderdduizend dollar, ook te verhalen op zijn moeder,' vervolgde Lisnek.

'Vijfhonderdduizend!' protesteerde Manny. 'Dan zou het net zo goed tien miljoen kunnen zijn. Dat kan mijn cliënt niet ophoesten!'

'We laten een terrorist niet vrij op zijn eigen woord!' Nu stond Lisnek ook te schreeuwen.

Manny wendde zich tot rechter Freeman en probeerde een beroep te doen op het mededogen dat ze bij hem bespeurde. 'Edelachtbare, wat bereiken we ermee als we deze jongeman in de gevangenis laten zitten met zeer gewelddadige verkrachters en moordenaars? Dat zou neerkomen op een doodvonnis voordat hij zelfs maar veroordeeld is.'

'Laat het melodrama maar achterwege, mevrouw Manfreda. We zullen hem in beschermende hechtenis nemen,' zei de rechter.

Manny's hartslag ging omhoog. Beschermende hechtenis was een andere term voor eenzame opsluiting; dat was een hogere straf, geen lagere. Het OM kon deze zaak maanden voort laten slepen. Tegen de tijd dat het proces begon, zou Travis helemaal doorgedraaid zijn doordat hij drieëntwintig uur per dag alleen in een cel van tweeënhalf bij drie meter zat. Maar dat argument zou rechter Freeman niet op andere gedachten brengen. Manny plaatste een stoot onder de gordel.

'Beschermende hechtenis heeft Roberto Vallardo niet kunnen redden.'

Manny zag dat de rechter ineenkromp. Vallardo, die in voorarrest had gezeten voor incest met zijn stiefdochter, was door andere gevangenen vermoord terwijl hij in beschermende hechtenis zat. Twee dagen later bleek uit DNA-bewijs dat iemand anders het kind had verkracht.

Rechter Freeman tikte met zijn pen op tafel en keek Travis onderzoekend aan. Manny hield haar mond en liet de stakerige armen en gekromde schouders van haar cliënt voor zichzelf spreken.

Toen de rechter het woord weer nam, was de klank van zijn stem milder. 'Ik kan hem niet zomaar laten gaan. Hij moet beseffen dat zijn daden gevolgen hebben.'

'Zeker, edelachtbare,' zei Manny. 'Ik stel voor dat mijn cliënt huisarrest krijgt, maar wel naar school mag, en in de gaten wordt gehouden via een elektronische enkelband.'

Er werd weer overlegd aan de vijandelijke tafel. 'Prima,' zei Lisnek. 'Maar één overtreding met die enkelband en hij gaat achter de tralies.'

HOOFDSTUK VEERTIEN

Koud bier, vet eten, vrijpostige serveersters; Ian's Pub was zo'n buurtcafé waar New York vroeger mee bezaaid was. Nu de sushi, tapas en pinot noir zich van elke kant opdrongen, was het een eenzaam fort geworden. Jake ging naar binnen en slalomde om een paar aarzelende vrouwen heen, die blijkbaar dachten dat er een ober zou komen opduiken om hen naar een tafeltje te brengen. Dan zouden ze nog wel even moeten wachten. Hij beende zonder schuldgevoel naar het laatste tafeltje en hield een oogje op de deur, zodat hij Pasquarelli niet zou missen.

Terwijl hij zat te wachten, piekerde Jake over de informatie die hij had verzameld over het voorwerp waarmee de elektrische brandwonden van Amanda Hogaarth veroorzaakt zouden kunnen zijn. Hij had met diverse andere forensisch pathologen-anatoom gesproken, zowel Amerikaanse als buitenlandse, die gespecialiseerd waren in martelingen. Het toedienen van elektrische schokken is een veelvoorkomende vorm van marteling, maar de foto's van de autopsie van mevrouw Hogaarth die hij hun had gemaild kwamen niet overeen met het soort verbrandingen dat zij kenden van recente slachtoffers van wrede regimes in Afrika en het Midden-Oosten. Het merendeel van die slachtoffers had duidelijk zichtbare brandwonden, veroorzaakt door een veeprikker of soortgelijk groot instrument. De brandwonden van Amanda Hogaarth waren subtieler.

Alle andere slachtoffers van de Vampier hadden aangifte gedaan, omdat ze razend waren over de aanval. Zou mevrouw Hogaarth hetzelfde hebben gedaan als ze het had overleefd? Was het de bedoeling geweest van de Vampier om haar te doden, of was de marteling gewoon uit de hand gelopen, gezien haar al verzwakte hart?

Vito Pasquarelli verscheen niet lang nadat de serveerster Jakes mijmeringen had onderbroken door met een smak twee bierpullen op tafel te zetten, waarna ze was verdwenen. De rechercheur droeg een polyester das en een bruin jack die een drenkeling de diepte in zouden sleuren. Als kleren zich zouden kunnen overgeven, zouden die van Vito zelfstandig naar een kledingcontainer gaan.

Jake duwde Pasquarelli een biertje toe terwijl die zich op zijn stoel liet vallen. 'Hier. Ik ben zo vrij geweest om voor je te bestellen toen ik de kans had.'

'Het gebruikelijke?' vroeg Pasquarelli hoopvol.

'Wat anders?'

'Mooi zo. Dit zou weleens de laatste maaltijd van vandaag kunnen zijn. Die zaak wordt met de minuut vreemder en de hoofdcommissaris zit ons op de nek.'

'Wat ben je te weten gekomen over Amanda Hogaarth?'

Pasquarelli nam een grote teug van zijn bier en begon te vertellen. 'Ze woonde al acht jaar in dat appartement. Het lijkt erop dat ze op een dag gewoon in New York is opgedoken. We kunnen geen spoor vinden van een eerdere woonplaats. Geen familie. De contactpersoon voor noodgevallen op het registratieformulier voor haar flat is haar advocaat. Die zegt dat hij haar acht jaar geleden één keer heeft gezien, toen hij haar testament heeft opgesteld. Ze heeft al haar geld, een goede twee miljoen, vermaakt aan een instelling die *Family Builders* heet.'

'En dat is...'

'Een non-profitorganisatie die kinderen helpt die moeilijk te adopteren zijn. Oudere kinderen bijvoorbeeld, kinderen met een handicap of emotionele problemen. De mensen daar kunnen hun geluk niet op.'

'Laat me raden: ze hebben nog nooit van Amanda Hogaarth gehoord.'

Pasquarelli knikte. 'Ze stond niet op hun mailinglijst, ze heeft nooit een adoptieaanvraag ingediend, heeft hun zelfs nooit geld gestuurd met Kerstmis.'

'De buren, het personeel van het flatgebouw, wat weten die?'

'Helemaal niks. Volgens de buren groette ze je alleen maar als jij haar eerst begroette, anders liep ze je straal voorbij. Zowel de portier als de huisbewaarder zeggen dat ze zich niet kunnen herinneren dat ze ooit bezoek heeft gehad, en de portier werkt daar al acht jaar. Ze ging bijna elke dag rond tien uur 's ochtends de deur uit, en ze kwam rond tweeën terug.'

'En waar ging ze heen?'

'Winkelen in de buurt, en ze lunchte elke dag in een lunchroom aan Madison Street, dicht bij Sixtieth Street. Ze gaf grote fooien, maar praatte nooit met de obers. Het is griezelig dat ze bijna nooit een woord met iemand wisselde. Hoe kun je in vredesnaam acht jaar in New York wonen en nooit iets meer zeggen dan: "Ik wil graag de tonijn op toast."?'

'Ze moet toch een financieel spoor hebben achtergelaten,' zei Jake.

'Ze had geen creditcards. Ze betaalde alles contant. Ze had ongeveer vijfhonderdduizend dollar in depositocertificaten bij de Citibank, de rest zat in een uitstekende aandelenportefeuille. Om de paar maanden wisselde ze een depositocertificaat in, stortte dat geld op haar betaalrekening en betaalde daar alles mee. Ze is pas sinds acht jaar bekend bij de belastingdienst, toen ze inkomstenbelasting is gaan betalen over de rente op haar beleggingen. Ze heeft blijkbaar nooit gewerkt.'

'In dit land,' voegde Jake daaraan toe. 'Vergeet dat Spaanstalige kookboek niet, en het feit dat haar vullingen niet Amerikaans leken. Was ze een immigrant? Heb je de bestanden van de immigratiedienst doorzocht?'

'Daar zijn we nu mee bezig. De computers hebben een paar Hogaarths in haar leeftijdsklasse uitgespuugd. Allemaal Duitsers, allemaal nagetrokken. De immigratiedienst zoekt nog steeds.'

De serveerster kwam hun maaltijd brengen: cheeseburgers van honderdvijftig gram met Zwitserse kaas en spek, frietjes en uienringetjes. Geen blaadje groen te zien, niet eens een augurk.

'Heerlijk, een hartaanval op een bord.' Jake zuchtte.

Pasquarelli stond op het punt aan te vallen. 'Wist je dat mijn dochter me tofuburgers wil laten eten?'

'Dat krijg je ervan als je haar naar een college in Vermont stuurt.' Jake nam een hap van de hemelse burger van Ian's, vet en trots. 'Voor wat voor informatie zou iemand nou een vrouw van middelbare leeftijd martelen, die nooit met iemand praatte?'

'Hoe moet ik daar in godsnaam achterkomen als ik niemand kan vinden die ooit een woord met haar heeft gewisseld?'

'Je moet terug naar die Family Builders,' raadde Jake hem aan. 'Waarom heeft ze aan dat goede doel haar geld nagelaten, en niet aan de Kankerstichting of het Rode Kruis, of een tehuis voor zwerfkatten? Die doelgroep krijgt niet veel publiciteit. Daar moet ze een persoonlijke band mee hebben.'

Pasquarelli zwaaide met een frietje in Jakes richting. 'Ze waren heel behulpzaam. We mochten hun mailinglijst en financiële bescheiden doornemen. De directeur, Lydia Martinette, heeft me verzekerd dat niemand met de naam Hogaarth via hen een kind heeft geadopteerd of daar zelfs maar een verzoek toe heeft gedaan, en dat er geen enkel kind met de achternaam Hogaarth via hun bureau is geplaatst.'

'En jij gelooft haar?'

'Waarom niet? Ik heb allerlei naspeuringen gedaan, Jake. Maatschappelijk werk, kinderrechters, ze zeggen allemaal dat Family Builders heel goed werk verricht. Je zou de foto's in de wachtkamer moeten zien: kinderen in een rolstoel, kinderen met een verstandelijke beperking, kinderen die al jarenlang van pleeggezin naar pleeggezin gaan, en mevrouw Martinette zoekt een thuis voor hen allemaal.'

'Dat kan wel zijn, maar mevrouw Martinette zoekt alleen naar de voor de hand liggende verbanden; misschien is er in hun dossiers iets minder opvallends te vinden,' zei Jake.

'Dat zijn vertrouwelijke adoptiedossiers, Jake. Ik zal echt geen dagvaarding krijgen om een beetje te gaan zitten neuzen als ik geen flintertje bewijs heb dat ik iets zal vinden wat met de moord op Amanda Hogaarth in verband staat.'

Jake zuchtte. Pasquarelli had natuurlijk gelijk. De enige aanwijzingen die ze hadden voor de moord op Amanda Hogaarth waren een Spaanstalig kookboek, een adoptiebureau en een martelmethode. Ze hadden meer nodig. Plotseling schoot Jake iets te binnen: de schone ring op de salontafel van Amanda Hogaarth, achtergelaten door een voorwerp dat de technisch rechercheurs hadden meegenomen. 'Hé, hebben die forensisch onderzoekers nog vingerafdrukken gevonden op dat ding dat ze uit het appartement van het slachtoffer hadden meegenomen, wat was het, een beker, een glas?'

Pasquarelli dronk zijn mok bier leeg en keek om zich heen.

'Wil je nog een biertje?' Jake stak zijn hand op om de serveerster te roepen. 'Daar is onze serveerster.'

De rechercheur sloeg Jakes hand naar beneden. 'Nee! Niet doen.' Pasquarelli leunde naar voren en Jake deed hetzelfde, en hij moest zijn best doen om het plotselinge gefluister van zijn vriend boven de luidruchtige mensen aan de bar uit te kunnen verstaan. 'Eigenlijk mag ik dit aan niemand vertellen. Ze hebben een perfecte vingerafdruk van een koffiemok weten af te halen. We hebben hem naar SAFIS gestuurd, de nationale database met vingerafdrukken, en voordat ik het wist kreeg ik een telefoontje.'

Pasquarelli keek weer uitgebreid om zich heen. Jake dacht dat hij als het had gekund zijn hoofd 360 graden had gedraaid. 'Ik moet me morgen op Federal Plaza nummer zesentwintig melden, om die vingerafdruk te bespreken met niemand minder dan de onderdirecteur van de FBI, David Conroy. Hij komt helemaal uit Washington, DC, voor deze bespreking.'

HOOFDSTUK VIJFTIEN

Sam zat aan de eettafel van zijn broer de *New York Times* te lezen, met een kop dampende koffie voor zich. Het was er hier zeker op vooruitgegaan sinds Jake iets met Manny had. Nu was er altijd versgemalen koffie in huis en toast gemaakt van Portugees zoet brood, om maar te zwijgen van wc-papier. O, de beschavende invloed van een vrouw! Hij wierp een blik op zijn broer, die tegenover hem ook in de *Times* was verzonken. Eén ding was niet veranderd. Er werd maar één exemplaar van de krant bezorgd, en als ongenode gast moest hij zich tevredenstellen met de katernen die Jake had afgedankt. Hij had het kunstkatern en het uit-katern al gelezen, en hij was totaal niet geïnteresseerd in het economische nieuws. Dan bleef er niets anders over dan het regionale nieuws, aangezien Jake zo zelfzuchtig was zowel het sportkatern als het hoofdkatern bij zich te houden. Hij pakte het zonder enthousiasme.

BURGEMEESTER BELOOFT ANALFABETISME TERUG TE DRINGEN. Ja, ja, dat verhaal hielden ze gewoon in het archief, waar ze het elk jaar sinds hij op de kleuterschool zat uithaalden. MENSEN MOGEN ZELF GESLACHT KIEZEN OP HUN GEBOORTEAKTE – dat kon alleen maar in New York. Sam sloeg de bladzijde om. POLITICUS LONG ISLAND BESCHULDIGD VAN CORRUPTIE. Alsof dat nieuws was. Hij keek naar zijn broer, die geheel verzonken leek te zijn in de opiniepagina. Waarom kon hij dan niet sport krijgen? Nonchalant stak Sam zijn lange vingers uit en hij trok langzaam het verhaal over de New York Yankees dichterbij.

Pats!

Het sportkatern werd teruggegrist.

'Kom op, Jake, je kunt toch geen twee katernen tegelijk lezen. Ik wil alleen even de stand zien.'

'Nee, dan krijg ik hem niet meer terug. Ik wil rustig de krant lezen voordat ik naar m'n werk ga. Jij hebt de hele dag de tijd om hem te lezen. Wacht maar even.'

Sam zuchtte en keerde terug naar het regionale nieuws. Geen nieuwe verhalen over de Vampier of de Kakkerterrorist. Er was echt geen nieuws vandaag. Hij kwam bij bladzijde drie van het katern en las de korte berichten. Een brand in Westchester, een overval in Connecticut... Zijn blik gleed verveeld langs de kolommen, maar bleef toen plotseling steken.

EXECUTIE IN KEARNY. Op 24 mei trof de politie op een met afval bezaaid perceel in Kearny, New Jersey, het lichaam aan van een drieëntwintigjarige man. Hij was eenmaal in zijn slaap geschoten, als bij een executie. Het slachtoffer is geïdentificeerd als Benjamin Hravek, die af en toe als dakdekker werkte. De politie is op zoek naar een lange, magere blanke man met zilvergrijs haar in een paardenstaart, leeftijd ongeveer vijfendertig, die een aantal dagen voor Hraveks dood een gewelddadige ontmoeting met hem had in de Gateway Inn.

De krant gleed op tafel en Sam staarde over de linkerschouder van zijn broer heen uit het raam.

'O, hier, neem de sport dan maar verdomme.' Jake gooide het katern naar hem toe.

Maar Sam was de kamer al uit voordat de krant weer op tafel was beland.

Manny beende heen en weer voor haar bureau, met de telefoon tegen haar oor gedrukt. Ze legde de afstand af in een paar passen van haar lange benen, draaide zich om bij de eerste witleren Carrera-stoel die ze had gekocht om haar klanten zich op hun gemak te laten voelen en beende naar de andere stoel, waarop Mycroft zijn pootje zat te likken.

'Ik wil met je cliënt praten om erachter te komen wat er godverdomme aan de hand is.' Sams stem kwam zo hard door de telefoon dat Mycroft zijn oortjes spitste. 'Door die opdracht van je word ik straks nog gearresteerd voor moord.'

'Bekijk het eens van de zonnige kant, Sam. Dan heb je wel de beste advocaat van de hele oostkust.'

'Godverdomme, Manny! Het is niet grappig. Er is hier iets heel serieus gaande.'

'Dat weet ik, Sam. En ik weet niet zeker of het wel iets te maken heeft met de zaak-Iqbar en islamitisch terrorisme. Brueninger heeft talloze controversiële zaken voorgezeten. Stel dat de FBI door Travis' boekenplank op een verkeerd spoor is geraakt? Stel dat ze dit helemaal van de verkeerde kant bekijken?'

'Daar zeg je wat. Zo iemand als Boo zie ik nog niet voor een stelletje moslimextremisten werken. Hij lijkt me eerder iemand voor de georganiseerde misdaad.' Sam zweeg. 'Leek, moet ik zeggen. Heeft Brueninger weleens maffiazaken gehad?'

'Ik heb een lijst van zaken die hij de afgelopen vijf jaar heeft behandeld,' zei Manny. 'Een tijdje geleden was er een maffiawitwaszaak, toen zijn er een paar capi uit het middenkader naar een gevangenis met minimale beveiliging gestuurd. Daar zie ik de maffia nog geen wraak voor nemen. Dat soort veroordelingen zien ze als bedrijfsrisico.'

'Ja,' stemde Sam met haar in. 'Een beetje rust en recreatie en die mannen zijn weer aan het werk. En trouwens, Boo is geen Italiaan. Wat is Hravek eigenlijk voor naam, Tsjechisch, Hongaars, Servisch?'

Manny keek de lijst met Brueningers zaken door. 'Hé, hier heb ik iets. De rechter heeft een paar mensen uit voormalige Oostbloklanden veroordeeld voor mensenhandel. Ze smokkelden arme meisjes uit Albanië het land in en dwongen ze tot prostitutie.'

'Seksslavenhandelaars. Dat soort kerels zou weleens wrok kunnen koesteren jegens de man die ze heeft opgeborgen.'

Manny had onder het praten met Sam de zaak gegoogled. 'Hij heeft ze blijkbaar aardig ver opgeborgen. Ze zijn het land uitgezet om hun straf in Albanië uit te zitten.'

'Jakkes, dat klinkt akelig. Als ze daar nog steeds zijn. Maar wie weet; als je daar de juiste mensen omkoopt, zouden ze nu alweer in New Jersey kunnen rondlopen.'

'Hoe komen wij daar ooit achter?' vroeg Manny. 'We kunnen geen informatie inwinnen in Albanië.'

'Ik ben blij dat je het zegt, want ik ga niet op excursie naar Tirana.'

Manny gaf gefrustreerd een schop tegen de zijkant van haar bureau, en sprong toen op en neer van de pijn. Mycroft keek haar treurig aan. Sinds hij bij Little Paws was weggestuurd omdat hij met een Bostonterriër had gevochten, zat hij hele dagen bij Manny op kantoor. 'We moeten erachter zien te komen wie Boo heeft ingehuurd, en waarom. Waarom wilde die bommenlegger Travis erbij betrekken?'

'Travis en/of Paco,' zei Sam. 'Die twee mannen die samen met Boo naar Club Epoch zijn gegaan, weten echt niets. We moeten die andere kerel opsporen, die Freak.'

'Of Deke of Zeke,' zei Manny. 'Niemand weet precies hoe hij heet, waar hij vandaan kwam of waar hij naartoe is gegaan.'

'De politie heeft een database met bijnamen die criminelen gebruiken,' zei Sam. 'Weet je of de FBI die database al heeft doorzocht?'

Manny liet zich in haar bureaustoel vallen en draaide rond, zodat ze uit het raam kon kijken. Twintig verdiepingen lager zag ze het gejaagde gedruis van Zuid-Manhattan. 'Als je het mij vraagt, probeert de FBI uit alle macht te doen alsof onze geheimzinnige man nooit heeft bestaan. En dat op zich vind ik al heel verdacht.'

'Ach, Manny, jij ziet overal samenzweringen. Waarom ga je niet eens uit van simpele incompetentie?'

'Je hebt gelijk, Sam. Op federaal niveau kun je dat bijna niet overschatten. Gelukkig ken ik een hoge pief bij het *Bureau of Criminal Justice* in New Jersey. Ik ga hem vragen of hij die namen voor ons door de computer wil halen – voor hun onderzoek.'

Manny gebaarde dat Kenneth binnen moest komen. Hij droeg een topje van neptijgerhuid met daaroverheen een jasje afgezet met een boa. Het jasje was een concessie aan de eis dat het advocatenkantoor toch enig decorum moest hebben. Ondanks zijn nieuwe acrylnagels in een natureltint had hij het verzoek dat de volgende dag moest worden ingediend, om een verkorte procedure in de zaak-Eduardo wegens dood door schuld, heel netjes uitgetypt.

'Bedankt, Kenneth. Ik teken even en dan kan het op de post.'

'Hallo? Ben je er nog?' wilde Sam weten.

'Sorry. Waar was ik?'

'We moeten Freak zien te vinden.'

'O ja. Als ik hem zou kunnen vinden, zou de FBI moeten accepteren dat Travis dit niet heeft bedacht. Als dat niet lukt, moet ik een andere manier zien te vinden om ze ervan te overtuigen dat Travis een onwetend slachtoffer was en geen samenzweerder.'

'Weet je zeker dát hij een slachtoffer is?'

Manny zuchtte. 'Niet helemaal. En dat is precies de reden waarom jij niet bij Travis Heaton in de buurt mag komen. Hij heeft elektronisch huisarrest en ik weet zeker dat zijn appartement in de gaten wordt gehouden door federale politiemensen. Als ze jou dat gebouw zien binnengaan, dan staat er een heel leger van patrouillewagens op je te wachten als je weer naar buiten komt. Ik praat wel met hem.'

Deze suggestie werd met stilzwijgen beantwoord. Uiteindelijk nam Sam weer het woord. 'Oké, misschien heb je wel gelijk.'

Manny glimlachte. Dat hoorde je een man niet vaak zeggen.

'Luister, ik wil dat je het volgende uitzoekt. Wiens idee was het om naar Club Epoch te gaan? Waarom die club, op die avond? Wist Travis dat ze daar iemand zouden ontmoeten?'

'Dat wil ik ook weten, Sam. En geloof me, ik zal erachter komen.'

'En die Paco, ga je nog met hem praten?' wilde Sam weten.

Manny verplaatste de telefoon naar haar andere oor en stak haar hand uit om Mycroft te aaien. Hij kefte en schoot weg onder haar hand. 'Mikey, wat is er...'

'Manny! Hoe zit het met Paco?'

Die vraag wilde ze niet graag beantwoorden. Paco Sandoval leek ongrijpbaar te zijn, en dat irriteerde haar mateloos. En ze maakte zich er zorgen om. Hij verschool zich achter zijn diplomatieke onschendbaarheid en liet zijn vriend voor de zaak opdraaien. Als Paco een onschuldig slachtoffer was, wat Travis claimde te zijn, waarom werkte hij dan niet gewoonweg mee aan de verdediging van zijn vriend? Ze verwachtte dat de mysterieuze beller die contact had opgenomen met Boo Hravek op de een of andere manier in verband stond met Paco. Maar hoe moest ze dat bewijzen als ze niet eens met die jongen kon praten? Het appartement waar hij woonde, dicht bij de VN, was een waar fort, en de Monet Academy had haar behandeld als een pedofiel toen ze Paco daar probeerde te bereiken. Maar ze wilde niet dat Sam in paniek zou raken. Dit kon ze wel aan.

'Travis is vandaag weer naar school gegaan, en hij zal tegen

Paco zeggen dat we met hem willen praten. Ik regel wel iets.'

'Dat is je geraden ook. Bel me zodra je klaar bent met die jongens.'

'Goed. Dat zal waarschijnlijk zo tegen vijven zijn.'

Zodra ze had opgehangen, pakte Manny Mycroft op om het pootje te onderzoeken waar hij zo aan likte. De hond bleef stil zitten terwijl ze voorzichtig voelde. Toen trilde en jankte hij, op het moment dat Manny de gezwollen wond tussen zijn krulletjes voelde. Hij was gebeten door die rotterriër! De knauw die hij Kimo had gegeven was uit zelfverdediging geweest.

'O, Mikey, je moet naar de dierenarts. Je bent gewond. En ook nog eens vals beschuldigd.'

Jake bestudeerde de weefselmonsters door een microscoop die op een bijzettafeltje in zijn kantoor stond. Terwijl hij zich op de Vampierzaak had gestort, hadden de andere gevallen zich opgestapeld. Er stonden hele stapels dossiermappen en ongelezen autopsierapporten op zijn bureau te wankelen. Zijn diploma's en onderscheidingen op medisch gebied die aan de muur hingen leken hem onder het werken te bespotten.

Hij probeerde de andere gevallen af te ronden, maar zijn gedachten dwaalden telkens af naar de Vampier.

Hij keek op toen er zacht werd geklopt. Vito Pasquarelli stond op de drempel van zijn kantoor, en zo somber en zenuwachtig had Jake hem nog nooit gezien.

'Wat is er?'

Vito kwam binnen, sloot de deur en leunde ertegenaan. 'Ik had vanochtend die bespreking met de FBI.' Hij sprak met halfgesloten ogen. 'Ze willen de zaak overnemen.'

'Dat is toch goed nieuws?' Jake stond op en gebaarde Pasquarelli naar een stoel naast zich. 'Door die Vampierzaak heb je de aandacht getrokken. Laat ze hem lekker hebben.'

Pasquarelli schudde zijn hoofd. 'De burgemeester maakt bezwaar. Sinds de FBI die zaak van die op het nippertje mislukte bomaanval op de ondergrondse in Brooklyn heeft verknald en de daders heeft laten ontsnappen, laat de burgemeester geen kans voorbijgaan om de FBI de voet dwars te zetten. Hij zegt dat niemand de New Yorkers beter kan beschermen dan de NYPD.'

Jake grijnsde. 'Het vertrouwen dat hij in je heeft is aangrijpend.'

'Ja, ja, ik weet er alles van. Dat zegt hij alleen maar omdat hij herkozen wil worden, en hij haalt uit naar onze congresleden omdat New York geen groter antiterrorismebudget van de overheid heeft gekregen. Dat ziet er allemaal prachtig uit op het nieuws, maar ik ben diegene die moet uitpuzzelen hoe we deze Vampierzaak moeten oplossen, en ik weet niet hoe ik dat moet doen als de FBI geïrriteerd raakt en weigert me te helpen.'

'Waarom willen ze de zaak op zich nemen? Wat weten zij dat jij niet weet?'

'Ze weten van wie de vingerafdruk op die koffiebeker was, maar ze weten niet hoe die daar is beland. En daar heb ik ook geen idee van.'

'Is dat niet gewoon gebeurd toen diegene uit die mok dronk?'

Vito leunde achterover en keek naar het kromgetrokken, groezelige plafond van Jakes kantoor. 'Misschien wel. Maar hij heeft zeker geen kopje koffie gedronken met mevrouw Hogaarth.'

'Waarom niet? Van wie is die afdruk dan?'

De rechercheur staakte zijn pogingen om de toekomst te voorspellen aan de hand van vlekken op het systeemplafond en keek Jake aan. Hij sprak de woorden uitermate zorgvuldig uit, alsof hij iemand het podium op riep om een onderscheiding in ontvangst te nemen.

'De voormalige president van de Verenigde Staten, Richard Milhous Nixon.'

HOOFDSTUK ZESTIEN

Manny stond op het stoepje van het vijf verdiepingen tellende flatgebouw zonder lift aan West Ninety-seventh Street en drukte op het knopje naast het verbleekte naamplaatje waarop HEATON stond. Toen er niets gebeurde, drukte ze nog een keer. Ze was op weg naar Travis' huis eerst nog even langs haar nieuwe dierenarts gegaan, maar daardoor was ze wel een kwartier te laat bij haar cliënt. Dr. Costello was heel behulpzaam geweest: hij had Mycroft direct onderzocht, hem verbonden en zelfs naar Little Paws gebeld om te vragen of Mycroft weer terug mocht komen, en dat was hem gelukt. Hij was efficiënt, aardig en nog knap ook. Maar dr. Frederic Costello was getrouwd met zijn receptioniste en zij had Jake, dus genoeg gedagdroomd.

Manny drukte weer op het knopje en riep iets in de bekraste en vieze intercom. 'Mevrouw Heaton? Ik ben het, Manny Manfreda.'

Op de tweede verdieping ging een raam open, waaruit een vrouw in een groen-oranje ochtendjas leunde. 'De bel doet het niet. Je moet ze opbellen.' Daarna schoof ze het raam met een klap dicht.

Manny zuchtte en haalde haar telefoon voor de dag. Maar terwijl ze het nummer intoetste, klonk de zoemer van de buitendeur en kon ze het gebouw in. In de kleine, betegelde hal werd Manny overvallen door een mengeling van geuren: industriële kakkerlakkenspray, gekookte kool en ammoniak. De trap was steil en smal. Manny keek treurig naar haar Chanel-schoenen met sleehak en begon aan de lange klim naar de vierde verdieping.

Op de tweede verdieping schalde een Spaanstalige religieuze dienst uit een radio. *Dios, Dios! Yo te amo Dios!* Steeds maar weer, nauwelijks gedempt door de gebutste bruinmetalen deur van nummer 2A. Met dit soort driekamerflats in Manhattan waren de meeste leerlingen van Monet niet bekend. Ze vroeg zich af of Travis ooit een vriend mee naar huis nam. Ze vroeg zich af hoe hij zich voelde als hij bij hen op bezoek ging in hun luxe appartementen en chique huizen.

Manny hing haar tas over haar andere schouder en klom verder. Op de volgende overloop bleef ze even staan om op adem te komen, maar de doordringende kookluchtjes op de derde verdieping deden haar snel doorlopen. Met steken in haar zij kwam ze aan bij nummer 4A. Ze ging recht voor het kijkgaatje staan voordat ze aanklopte, zodat mevrouw Heaton haar goed kon zien.

Ze had de deur nog maar amper met haar knokkels aangeraakt toen die al openvloog. 'Bedankt voor je komst. Sorry, ik heb mijn werkkleding nog aan. Ik ben pas thuis.' Maureen Heaton deed een stap naar achteren om Manny binnen te laten. Bij binnenkomst stapte je meteen de keuken in, waar groen gebarsten linoleum op de vloer lag en waar een raam was dat uitzicht bood op een muur. Manny had sinds haar laatste bezoek aan haar oudtante Cecilia niet meer zo'n oud gasfornuis gezien.

'Wil je iets drinken?' vroeg mevrouw Heaton. 'Limonade? Thee?'

'Een glas water graag.' Manny probeerde niet te hijgen terwijl ze het zei.

Mevrouw Heaton gaf haar een glas water en liep voor haar uit door een lange, smalle gang met dichte deuren, die uitkwam op een kleine, lichte kamer met uitzicht op Ninety-seventh Street.

'Ga zitten,' zei mevrouw Heaton. 'Travis kan elk moment thuiskomen.'

Dankbaar dat ze even kon uitrusten liet Manny zich op de bobbelige bank met een niet goed passende meubelhoes vallen. De kamer stond vol met boeken. Boeken, en foto's van Travis. Travis als baby, Travis op zijn eerste verjaardag, Travis op de schouders van een lange, magere man, die duidelijk meneer Heaton was. Van recenter datum: Travis viool spelend, Travis die een wetenschapsonderscheiding kreeg, en Travis tijdens een schermwedstrijd op de Monet Academy.

'Zo, Maureen. Kun je me voordat Travis er is wat vertellen over Paco Sandoval? Hoelang zijn ze al bevriend?'

Maureen zuchtte, zoals iedere moeder zucht die de vrienden van haar kind niet ziet zitten, maar niet weet wat ze eraan zou moeten doen. 'Paco. Tja, Paco is alles wat Travis niet is. Rijk, wereldwijs, populair, ligt goed bij de meisjes.'

Manny trok haar wenkbrauwen op. 'En hij is bevriend geraakt met Travis?' In haar ervaring ging het er op de middelbare school heel anders toe.

'Ze zijn aan elkaar gekoppeld in een bijlesprogramma,' legde Maureen uit. 'Paco stond onvoldoende voor wiskunde en scheikunde. Met Travis' hulp heeft hij zijn gemiddelde opgekrikt tot een acht.'

'Dus Travis heeft een scheikundeknobbel?'

'Jazeker! Hij heeft een speciale wedstr…' Maureen zweeg midden in haar woordenstroom en draaide zich naar Manny. 'Je wilt toch niet zeggen dat Travis volgens jou die bom heeft gemaakt?'

'Nee.' Op dit moment niet, maar vraag het me morgen nog maar eens. 'Maar, Maureen,' vervolgde Manny, 'ik moet absoluut alles weten van Travis' leven dat het OM tegen hem zou kunnen gebruiken.'

Maureen stond op en ijsbeerde door de kamer. 'Ik wist wel dat Travis door Paco in de problemen zou komen, maar ik dacht dat het om afkijken zou gaan, of drinken op een feestje. Niet dit: een federale terrorismezaak! Wat had ik kunnen doen? Ik heb geprobeerd met Travis te praten, maar hij wilde geen kwaad woord horen over zijn vriend. Travis liep op sociaal gebied altijd al een beetje achter. Hij had zijn eigen interesses, waar hij zich helemaal op stortte. Paco heeft hem geïntroduceerd bij de coole tieners. Travis zou alles doen voor die jongen.'

'Wij willen juist dat Paco iets doet voor Travis. Waarom kunnen we hem niet te pakken krijgen? Kunnen we een beroep doen op zijn ouders? Ken je die?'

Maureen stopte haar handen in de zakken van haar blauwgroene verpleegstersschort. 'Ik heb overdag geen tijd om allerlei vrijwilligerswerk op de Monet Academy te doen, zoals sommige andere moeders. Ik ken al die vrouwen amper.'

Manny voelde een steek van medelijden. Die arme Maureen was al net zo buitengesloten van het wereldje op Monet als haar zoon.

'Heb je de Sandovals nooit ontmoet bij een schoolconcert of sportdag?'

'Ze zijn vaak op reis. Ik zie ze vaker op de societypagina's van de *Sunday Times* dan op school. Maar ik heb ze één keer gezien bij een toneelvoorstelling van de hoogste klas. Paco had maar een kleine rol, maar mevrouw Sandoval gedroeg zich alsof hij Matthew Broderick was. Ambassadeur Sandoval leek verveeld en geïrriteerd. Hij is heel stug – heel anders dan Paco, hoewel ze qua uiterlijk wel op elkaar lijken.'

'Dus Paco vind je wel aardig?'

Maureen haalde haar schouders op. 'Dat kan bijna niet anders. Hij is grappig en charmant en heel goedgemanierd. Op en top de zoon van een diplomaat. Eerst vond ik het geweldig dat

Travis en hij vrienden waren geworden. Paco zorgde ervoor dat mijn zoon er op Monet bij ging horen. Travis had het daar de eerste twee jaar heel moeilijk. Hij bleef maar vragen of hij naar een openbare school mocht. Toen kwam Paco en Travis begon het leuk te vinden op die school.'

'En toen is er iets gebeurd?' hielp Manny.

Maureen haalde weer haar schouders op. 'Niet echt iets. Maar de afgelopen paar maanden praatte Travis niet zoveel met me; hij doet geheimzinnig en ik weet niet altijd waar hij is.' Ze friemelde aan de stethoscoop, die nog steeds om haar nek hing. 'Maar iedereen zei tegen me dat dat heel normaal was. "Hij wordt volwassen," zeiden ze. "Je moet hem loslaten." En moet je zien wat er is gebeurd. Ik…'

Manny sprong op van de bank in de hoop nog een emotionele instorting te voorkomen. Ze keek op haar horloge. 'Het is al bijna vier uur. Zou Travis niet al thuis moeten zijn?' Haar keel kneep even samen van bezorgdheid, die ze vastberaden weer wegstopte. Ze was advocaat, niet de al te beschermende moeder van een enig kind.

Maureen keek geschrokken op haar eigen horloge. 'Hij is altijd thuis om deze tijd. Hij zou zeker niet na schooltijd wegblijven zonder te bellen. Niet met wat er allemaal aan de hand is.' Ze stond op en keek uit het raam. 'Tenzij de metro vertraging heeft gehad…' Maureens bovenlip trilde. 'Wat kan er gebeurd zijn? Moet ik de school bellen?'

'Wacht eens even.' Manny keek naar de twee dichte slaapkamerdeuren. 'Zou het niet kunnen dat Travis al de hele tijd thuis is? Je zei toen ik aanbelde dat je pas net was binnengekomen. Misschien is hij wel op zijn kamer, met zijn koptelefoon op naar z'n iPod aan het luisteren.' De bezorgdheid trok weg. Dat moest het zijn. Ze vermoedde dat Travis helemaal geen zin had om opnieuw met haar te praten. Hij hield zich waarschijnlijk schuil op zijn kamer, in een poging het onvermijdelijke zo lang mogelijk uit te stellen.

De opluchting was van Maureens gezicht af te lezen, en ze liep met grote passen door de gang. 'Je hebt waarschijnlijk gelijk. Hij hoort me nooit als ik hem roep.' Ze klopte hard op de eerste deur. 'Travis, lieverd, ben je er? Mevrouw Manfreda is er om met ons te praten.'

Ze deed de deur open zonder op antwoord te wachten, met Manny op haar hielen.

Even zag Manny bij het schemerige licht dat door de dichtgetrokken gordijnen heen viel alleen maar papieren en kleren. Hele stapels, op de vloer, het bed en elk ander horizontaal oppervlak. Het volgende wat haar opviel was het elektronische gezoem dat niet één, maar drie computers verspreidden – twee desktops en een laptop –, en ze zag allerlei luidsprekers, harde schijven, routers en muizen. Was die bult in het bed Travis, of was het een slordige hoop lakens en dekens? Maureen haalde een schakelaar aan de muur om en de kamer was ineens felverlicht.

Manny zag hoe Maureens blik heen en weer schoot, wanhopig op zoek naar Travis, in een poging zijn aanwezigheid af te dwingen. Ze deed een stap naar voren om het netwerk van computers dat op het bureau en de klaptafel in de hoek van de kamer stond te inspecteren.

'Hij heeft nogal wat apparatuur.' Manny nam de spullen in zich op: de laatste modellen. Ironisch genoeg had ze die superdeluxe Applelaptop zelf gewild, maar na los te zijn gegaan op een pre-sale van Henri Bendel had ze die wens laten schieten.

'Travis leeft voor computers. Hij heeft het grootste deel hiervan zelf bij elkaar gespaard. Hij heeft zelf altijd zijn baantjes weten te regelen.'

Manny schatte dat je voor de apparatuur die voor haar stond

ongeveer twee decennia lang moest babysitten. Hoe meer ze over Travis te weten kwam, hoe meer ze zich zorgen om hem begon te maken.

Naast het bureau stond een boekenkast. Drie schappen stonden vol met boeken, de bovenste plank was leeg. Maureen zag Manny ernaar kijken. 'Daar stonden Travis' boeken die de politie heeft weggehaald.'

'Waarom hebben ze zijn computers niet meegenomen?'

'Om eerlijk te zijn had Travis ze de dag voordat hij werd aangehouden naar het huis van een vriend gebracht. Er stond hier nog een oudje op het bureau, en die heeft de FBI meegenomen,' legde Maureen uit.

Hoe meer Manny hoorde, hoe banger ze werd dat Travis schuldig was.

'Het lijkt ook wel alsof ze veel meer boeken hebben meegenomen dan wat hij voor geestelijke stromingen moest lezen.'

'Travis raakte geïnteresseerd in het onderwerp en las meer dan op de boekenlijst stond.' Maureen raakte geïrriteerd. 'Ik heb zijn intellectuele nieuwsgierigheid altijd aangemoedigd.'

'Hm. Hoelang is hij al geïnteresseerd in de islam?'

Maureen wendde zich af en begon de op het bed verspreid liggende kleren op te vouwen. 'Dat weet ik niet. Daar praatte hij niet over. Ik ben alleen maar zijn stomme oude moeder.' Plotseling begonnen haar schouders te schokken. 'Als zijn vader nog had geleefd, was dit allemaal niet gebeurd. Travis praatte altijd met zijn vader.'

Maureen was langer dan Manny, waardoor het ongemakkelijk was om haar te troosten. Manny improviseerde en gaf haar opgelaten een paar klopjes op haar rug. Terwijl ze dit deed, viel haar iets op in de berg kleren van Travis: zwart-witte blokjes, franje. Ze trok eraan. Er kwam een Palestijnse sjaal uit de stapel. Een keffiyeh, met hetzelfde patroon als Yasser Arafat altijd droeg.

Manny hield hem omhoog. 'Draagt hij deze veel?'

Maureen griste hem weg. 'Die heb ik nog nooit gezien. Iemand moet hem… Die moet hij van iemand hebben gekregen.'

Ja, van iemand. Maar van wie?

Manny ging weer naar de computers en zag dat er een papiertje op een van de monitoren geplakt zat. Ze kneep haar ogen tot spleetjes om de tienerhanenpoten te kunnen lezen:

Mam,

Raak niks aan. Laat de telefoon staan. Ik ben zo terug.

T

Maureen had ook meegelezen, en terwijl haar ogen over de woorden vlogen, kneep ze steviger in Manny's arm. 'Wat? Wat betekent dat, "Ik ben zo terug"? Hij kan alleen maar hier of op school zijn, dat zei de FBI in elk geval.'

Manny nam alles in haar op: de computers, de telefoon, het briefje, maar het lukte haar niet om de informatie zo snel te verwerken. De laatste keer dat ze hetzelfde gevoel had gehad dat er in slow motion een groot gevaar op haar afkwam, was toen ze in haar sportauto van een beijzelde weg was gegleden in de richting van een enorme eik. Hier in Travis' kamer kwam de klap toen de puzzelstukjes op hun plek vielen.

'Hij heeft op de een of andere manier geknoeid met het bewakingssysteem.' Manny's stem, vlak en doods, hing in de lucht, als toevoeging aan de vieze luchtjes in het gebouw.

'Wat bedoel je? Dat kan helemaal niet.' Maureen raakte nog erger in paniek. 'Als je de enkelband verwijdert, weet de FBI dat direct. Dat hebben ze ons allemaal uitgelegd.'

'Hij heeft hem niet van zijn enkel gehaald,' legde Manny uit. 'De enkelband stuurt via de telefoonlijn een signaal terug naar de FBI. Travis heeft een manier gevonden om dat signaal met zijn laptop te versturen. Het is een tiener, hij kan veel meer met elektronica dan die FBI-agenten. Hij is bijna een hacker. Travis moet hebben bedacht dat als hij het signaal op de een of andere manier via draadloze apparatuur door deze telefoon kan laten verzenden, het net lijkt alsof het signaal uit deze flat komt.'

Maureen draaide paniekerig haar hoofd heen en weer, op zoek naar een antwoord, naar een manier om aan de waarheid te ontsnappen. 'Bedoel je dat hij ergens in de stad is en we niet weten waar? Maar hoe heeft hij dat gedaan?'

'Ik weet het niet precies, maar blijkbaar werkt het, anders was hier al een heel contingent FBI-agenten binnengestormd.' Manny wreef over haar slapen. 'De vraag is: hoelang houdt hij het vol?' Manny keek op haar horloge. 'Ik geef hem tot zeven uur vanavond, dan moet hij thuis zijn. Zo niet, dan moet ik het aan de FBI melden.'

'Nee, dat kun je niet doen!' smeekte Maureen.

'Ik heb geen keus, Maureen. Anders word ik geroyeerd.'

'Maar wat als hij niet terugkomt?'

'Dan gaat hij weer naar de gevangenis. En dan kan ik niets meer doen om hem eruit te krijgen.'

HOOFDSTUK ZEVENTIEN

Jake keek lang en doordringend naar de twee mensen om wie hij het meest gaf. Er gingen ruim dertig seconden voorbij voordat hij zichzelf ertoe kon brengen iets te zeggen. 'Even zien of ik het snap. Jij,' hij knikte naar Sam, 'wordt verdacht van die "executie" in Kearny. En jij,' hij wendde zich tot Manny, 'hebt royement geriskeerd door drie uur te wachten voordat je hebt gemeld dat je cliënt aan het federale elektronische bewakingssysteem was ontsnapt, terwijl jij zijn moeder troostte.'

'Kort samengevat,' zei Sam. 'Ik moet zeggen, daar ben je een kei in.'

'Je had advocaat moeten worden,' mompelde Manny schaapachtig. Ze zat aan het ene eind van de bank, en Sam lag languit aan de andere kant.

'Ik sta versteld,' vervolgde Jake. 'Het staat buiten kijf wat jullie moeten doen. Sam, jij moet naar de politie van Kearny gaan en uitleggen wat er is gebeurd...'

'Dat is nog niet zo makkelijk,' onderbrak Sam hem. 'Ik heb Boo Hravek met geen vinger aangeraakt, maar ik heb zijn lijfwacht wel knock-out geslagen. Ik kan het risico niet nemen gearresteerd te worden voor mishandeling.' Hij grinnikte tegen zijn broer. 'Dat is slecht voor mijn carrière.'

Aangezien Jake nooit precies wist wat de carrière van zijn broer inhield, kon hij hier niets tegen inbrengen. Maar hij was er vrijwel zeker van dat zijn broer geen klusjes opknapte voor de maffia, en dat was de enige baan die hij kon bedenken waarbij een veroordeling wegens mishandeling goed stond op je cv.

'En jij, Manny? Jij gaat Travis' ontsnapping aan het elektronische huisarrest zeker vergoelijken door aan te voeren dat hij zo'n bandje helemaal niet had moeten krijgen.'

Manny wreef zo hard in haar vermoeide ogen dat ze de mascara uitsmeerde over haar jukbeenderen. 'Vanochtend zou ik inderdaad gezegd hebben dat hij dat huisarrest niet verdiend had. Nu weet ik het niet meer zo zeker. Laten we wel wezen: een jongen die slim genoeg is om die elektronische bewaking te ontduiken, is ook slim genoeg om een bom te maken.'

'Je hebt zijn afwezigheid aan de FBI gemeld. Laat hen het maar afhandelen.' Jake sprak op de gelijkmatige, logische toon waarop hij zijn assistenten ook toesprak. Hij verwachtte de eerbiedige, hoffelijke reactie die hij van hen altijd kreeg. Maar daar vergiste hij zich natuurlijk in.

Manny trok haar lange benen op en sloeg haar armen eromheen. 'Dat kan ik niet,' jammerde ze. 'Ik vertrouw ze niet.'

Ze sprong van de bank en schopte daardoor een stapel van Jakes boeken om. 'Ik kan hem niet voor maanden terugsturen naar de gevangenis en de aanklager meer belastend bewijs in handen geven zonder iets te doen om hem te helpen. Ik weet zeker dat Travis dit heeft gedaan zodat hij zijn maatje Paco kon ontmoeten. Maar de FBI weigert de Sandovals onder druk te zetten. Als ik die muur die rond Paco is opgetrokken zou kunnen doorbreken, zou ik Travis waarschijnlijk vinden.'

'Heb je al geprobeerd te bellen?'

Manny kapte hem met een ongeduldige handbeweging af. 'Ik heb alles al geprobeerd. Als ik de ouders bel, krijg ik zo'n uiterst vriendelijke secretaresse die mijn boodschap aanneemt, maar ik word niet teruggebeld. Als ik Paco's mobieltje bel, schakelt die onmiddellijk over naar de voicemail. Nummerweergave is een vloek. Als ik naar het appartementengebouw ga waar ze wonen, kom ik niet langs de huisbewaarder.'

'Ze gaan toch ook weleens naar buiten? Blijf gewoon buiten wachten.'

'Ze komen en gaan in een auto met chauffeur, via de garage van het gebouw,' zei Manny. 'Het is een van de tientallen zwarte Town Cars die daar de hele dag af en aan rijden.'

'Het leven van de mensen die rijk, maar niet zo beroemd zijn,' zei Sam. 'Volgens mij...'

Manny ijsbeerde nu heen en weer door de kamer. 'Sam, je bent geweldig. Ik neem alles terug wat ik ooit over je heb gezegd.'

Sam stond daar te glimmen als Mycroft, totdat hij besefte dat Manny's compliment een dubbele bodem had. 'Wat? Wat heb je dan over me gezegd?'

'Het leven van rijke mensen, zo kan ik doordringen tot de Sandovals. Maureen Heaton zei dat hun foto vaak in het societykatern van de krant staat.' Manny keek de rommelige kamer rond. 'Jake, waar is je laptop?'

Jake liep naar de met papier bezaaide tafel onder het raam aan de voorkant en haalde met tegenzin zijn computer tevoorschijn. Hij had het gevoel dat hij een alcoholist een fles wodka gaf, maar als Manny in zo'n bui was, was ze met geen honderd paarden tegen te houden.

'Waar ben je naar op zoek?' vroeg Sam toen Manny naar de site van de *New York Times* ging.

Manny gaf geen antwoord. Haar mond hing iets open, haar vingers vlogen over het toetsenbord, haar ogen waren strak op het scherm gericht.

'Sam, bestel nou maar wat te eten. In deze gemoedstoestand houdt ze pas op als ze heeft gevonden wat ze zoekt.' Jake pakte het laatste nummer van het *Journal of Forensic Sciences* op. 'Ze vertelt het ons wel als ze klaar is.'

Jake ging in de uitgewoonde clubfauteuil zitten en verdreef Manny, zijn broer, en de rest van de wereld uit zijn gedachten door zich te verdiepen in het tijdschrift met het saaie, blauwgrijze omslag. Na tien minuten besefte hij dat hij dezelfde alinea over het verband tussen wondpatronen en de seksuele psychose van de aanvaller drie keer had gelezen en nog steeds geen idee had wat de auteur betoogde. Hij bleef maar aan de Vampier denken.

Waar was de moordenaar naar op zoek? Waarom had hij van de eerste paar mensen alleen maar bloed afgenomen, en had hij Amanda Hogaarth gemarteld tot de dood erop volgde? Had hij zijn toevlucht genomen tot marteling omdat de informatie waarnaar hij in het bloed op zoek was niet aan zijn doel voldeed?

Was het de bedoeling geweest van de Vampier om haar te doden, of was haar dood gewoon een onbedoeld gevolg van de marteling? Hoe was hij haar appartement binnengekomen, terwijl mevrouw Hogaarth duidelijk niet iemand was die haar deur voor iedereen opendeed?

De enige manier waarop Jake de Vampier zou kunnen begrijpen was via zijn slachtoffers, maar ze leken allemaal zo raadselachtig, vooral mevrouw Hogaarth. Voorzover ze wisten, was ze nooit getrouwd geweest. Aan haar lichaam was zonder twijfel af te lezen dat ze nooit een kind had gebaard. Ze was oud en niet hip. Waarom had de Vampier dan toch voor deze specifieke vorm van seksuele marteling gekozen?

Jake liet het tijdschrift op zijn schoot zakken en deed niet langer of hij las. Manny tuurde nog steeds naar iets op de computer. Sam zat verwoed te sms'en. Zelfs Mycroft was elektronisch betoverd: hij zat geboeid naar een programma op Animal Planet te kijken dat zonder geluid op stond. Jake ging verzitten met zijn slungelige lijf. Hij had geen hardware, software of draadloze verbinding nodig om te doen wat nodig was. Hij moest alleen alle in zijn hersens opgeslagen informatie over deze zaak op een samenhangende manier met elkaar zien te verbinden.

Hij sloot zijn ogen, koppelde zijn geest los van het hier en nu en dwong zijn onderbewuste het over te nemen. Slachtoffers schijnbaar zonder onderling verband. Behalve het bloed. Het bloed moest de gemeenschappelijke band zijn. Bloedbanden... Het bloed kruipt waar het niet gaan kan...

De bel ging. Manny sprong op van de computer. 'Dat is de bezorger van de Chinese Muur. Kom op, jongens, het is etenstijd!'

Jake stond op en wreef over zijn slapen, terwijl zijn broer, de hond en Manny voorbij stormden.

Manny keek achterom naar hem. 'Wat is er? Was je in slaap gesukkeld?'

Jake schudde zijn hoofd. 'Nee. Er is iets, net buiten mijn bereik. Het komt wel, als ik me er niet te veel op focus.'

'Ik zeg het je toch, dit is dé manier.' Manny stak haar eetstokjes in de witte kartonnen beker en viste er een stukje kip kung pao uit. 'Volgens het Stijlkatern van de *Times* gingen drie van de vijf laatste benefietbijeenkomsten waar Monserrat Sandoval naartoe is geweest over dierenwelzijn. Het Howliday Ball, een diner van het Wereldnatuurfonds en een lunch van de ASPCA. Daar moeten Mycroft en ik volgend jaar een uitnodiging voor zien te versieren.'

'Dan zou ik maar zaken gaan aannemen waarmee je echt iets verdient,' raadde Sam haar aan. 'Een kaartje kost twintigduizend dollar.'

'Oké dan, over twee jaar. Maar snap je het niet? Dat is de perfecte manier om bij haar binnen te komen.'

'Via het kattenluikje,' grapte Sam.

'Via het poezenluikje,' deed ook Jake een duit in het zakje.

Manny schoot een waterkastanje over tafel heen, die vol op Jakes haakneus terechtkwam. 'Wat zijn jullie irritant samen.'

'Dus jij gaat je voordoen als een vertegenwoordiger van een liefdadigheidsinstelling voor dieren en dan praat je je een weg naar binnen.' Jake veegde zijn gezicht af en gaf de waterkastanje stiekem aan Mycroft. 'En dan? "Señora Sandoval, wilt u onze blaf-athon steunen en o ja, kan ik even met uw zoon, Paco, praten? Verlenen jullie soms onderdak aan voortvluchtigen?"'

'Wetenschappers!' Manny schudde haar hoofd. 'Die hebben totaal geen verbeelding. Laat de strategie maar aan mij over. Ik zal jouw rol wel uitwerken.'

'Mijn rol? Hoe bedoel je, mijn rol?'

Manny sperde haar blauwe ogen open. 'Dit lukt me natuurlijk niet in mijn eentje. Het is een tweemansoperatie.' Ze gaf Jake een klopje op zijn knie. 'En jij gaat met me mee.'

Hij duwde haar zachtjes weg. 'Dat gaat niet. Ik heb heel veel te doen.'

'Mooi is dat, Jake. Al die keren dat ik jou op je werk uit de penarie heb gehaald, en nu ik jou een keertje nodig heb, heb je het te druk.'

Jake vloog op. 'Wanneer heb je me ooit op mijn werk uit de penarie gehaald?'

'Eens even kijken... Twee weken geleden, toen je wilde verklaren dat die studente die van het balkon was gevallen was vermoord door een sadistische moordenaar, gezien de manier waarop haar schaamhaar was gewaxt. Toen heb ik je na een blik op de autopsiefoto verteld dat dat een Brazilian wax was. Er was geen sprake van een moordenaar. Hoewel het wel een erg sadistische ontharingsmethode is.'

'Oké, dat had je goed gezien. Ik wil je graag een wederdienst bewijzen, maar niet morgen.'

'Onzin. Het duurt maar heel even.' Manny pakte een gelukskoekje van de berg die midden op tafel was overgebleven en brak het open. '"Een reis van duizend kilometer begint met een enkele stap." Zie je wel? Het is voorbestemd.' Ze gooide hem een koekje toe. 'Wat staat er op die van jou?'

Jake brak het krokante koekje open en trok het witte papiertje eruit.

'Bloedschulden moeten in bloed worden terugbetaald.'

HOOFDSTUK ACHTTIEN

'Weet je wat het met jou is? Je brengt veel te veel tijd door met dode mensen.' Manny en Jake liepen onder één paraplu in flink tempo naar First Avenue, op weg naar het appartementengebouw van de Sandovals aan de East River. 'Je hebt er helemaal geen idee meer van hoe levende, ademende mensen reageren.'

Zoals Manny had voorspeld, was de ongrijpbare señora Sandoval onmiddellijk gevoelig geweest voor de zeer indrukwekkende smeekbede die Kenneth over de telefoon tegen haar had afgestoken om mee te denken over hoe dieren die elk jaar tijdens het orkaanseizoen aan de kust van de Golf van Mexico kwijtraakten en gewond raakten geholpen konden worden. De vriendelijke secretaresse hoefde alleen maar de woorden 'dakloze huisdieren' te horen en Kenneth was direct doorverbonden met de vrouw van de ambassadeur. Binnen een paar minuten had hij een afspraak gemaakt voor 'Jack Rose' en 'Franny Medford', vertegenwoordigers van Home Again, die maar een paar dagen in New York waren om geld in te zamelen voor noodlijdende dieren.

'Er staat vast wel ergens in de *Patriot Act* dat het een federaal misdrijf is om je voor te doen als dierenactivist,' klaagde Jake.

'Bekijk het eens van de positieve kant: dan krijgen we samen een geheel verzorgde vakantie van de rechter.'

'Geweldig. Dan kunnen we ons gemengd dubbelspel weer eens oppoetsen. Jij en ik tegen de corrupte politicus en failliete CEO in ons cellenblok.'

Manny grinnikte. 'Ik wist wel dat je de positieve kant ervan zou gaan inzien.'

Jake stapte van de stoep af, vlak voor een taxi die aan het keren was en liet die met zijn woeste blik stoppen. 'Iedereen met een beetje hersens doorziet deze list ogenblikkelijk. En hoe kletsen we ons daar dan weer uit?'

'De foto's, Jake, de foto's zijn het belangrijkste.' Manny zwaaide met een dikke zwarte map. 'Ik moet je zeggen dat ik zelf in tranen was toen ik dit samenstelde.'

Manny had de tactiek van haar meer succesvolle criminele cliënten gevolgd en een leugen gecreëerd die zo dicht mogelijk bij de waarheid lag. Er bestond echt een kleine organisatie in Mississippi die slachtoffers van stormen oplapte, en haar website stond vol met hartverscheurende foto's van natte, uitgehongerde honden en katten met gebroken poten. Daardoor geïnspireerd had Manny andere, gelijksoortige foto's gevonden en daarvan had ze een presentatie gemaakt om señora Sandoval in te pakken. Toen had ze een introductiebrief geschreven voor Jack en Franny met als briefhoofd het logo van Home Again, gekopieerd met een grafisch programma, en visitekaartjes geprint bij een kantoorboekhandel. De advocaat in haar moest even slikken toen ze zag hoe perfect haar vervalsing was, en ze overwoog om het logo een beetje aan te passen om de wetgeving omtrent het auteursrecht niet te overtreden. Toen moest ze lachen: een inbreuk op een handelsmerk zou wel haar minste probleem zijn als ze bij dit toneelstukje werd gesnapt.

'Hier zijn je kaartjes.' Ze gaf er een paar aan Jake toen ze in het zicht kwamen van het gebouw waar de Sandovals woonden. 'Neem je identiteit maar aan.'

Jake bekeek ze heel nauwkeurig. 'Ze zien er goedkoop uit,' klaagde hij. 'Zo ziet ze direct dat ze nep zijn.'

'We proberen onszelf niet voor te doen als investeringsbankiers. We zijn van een liefdadigheidsinstelling met een klein budget; soberheid hoort bij onze dekmantel.'

'Oké, laten we er eens van uitgaan dat ze gelooft dat we van Home Again zijn. Hoe hou ik haar bezig terwijl jij op onderzoek uitgaat?'

'Dat hebben we al besproken. Je moet haar de foto's laten zien. Vertel welke behandeling de dieren krijgen.'

'Maar dat weet ik helemaal niet,' wierp Jake tegen. 'Ik ben geen dierenarts.'

Manny bleef midden op de stoep staan en pakte Jake bij zijn schouders. 'Luister goed naar me: verzin iets. Je bent geen autopsierapport aan het opstellen. Het hoeft niet waar te zijn, het hoeft alleen maar aannemelijk te zijn. Praat over infecties, over parasieten. Blijf praten totdat ik terug ben. Begrepen?'

'Begrepen. Ik doe alsof ik een advocaat ben en lieg me een slag in de rondte.'

'Daar zal je haar echt niet nog meer van in de war raken.'

Manny herinnerde zich de eerste keer dat ze Jake had gezien. Hij kwam toen uit een helikopter gestapt. Zijn hoofd vol warrig peper- en zoutkleurig haar deed haar denken aan een kruising tussen Albert Einstein en dr. Frankenstein. Het was liefde op het eerste gezicht geweest.

Ze stonden aan de oostkant van First Avenue, de mensen verdrongen zich om hen heen en heel even dacht Manny dat ze te ver was gegaan, dat Jake zich zou omdraaien en haar daar zou laten staan. Maar toen sloeg hij zijn ogen ten hemel, schudde zijn hoofd en liep verder naar hun bestemming.

Terwijl ze de luifel naderden waar een portier in uniform stond, gaf Manny hem een kneepje in zijn hand. 'Bedankt, Jake. Je bent geweldig.'

'*¡Ay! ¡Pobrecito!*'

Monserrat Sandoval ging met haar fraai gemanicuurde handen over de samengeklitte vacht van een geredde straathond die op een bed van allerlei lappen lag in de opvang van Home Again. De foto was een van de beste in Manny's map en hij had het gewenste effect. Manny zag dat er bij señora Sandoval tranen opwelden toen Jake, die naast haar op de met weelderig brokaat beklede sofa zat, erover vertelde.

'Ja, Comet werd zwemmend in een vervuild kanaal aangetroffen. Hij had een nare *giardiasasis* opgelopen doordat hij besmet water had gedronken.'

'Dronk hij van dat smerige water, ook al smaakte het vies?' Señora Sandoval praatte met een sterk accent.

Jake stak zijn hand uit en aaide het smetteloze Maltezer leeuwtje dat bij señora Sandoval op schoot zat. Deze hond had nooit iets anders geproefd dan bronwater met bubbels, en had een even goed verzorgd uiterlijk als zijn vrouwtje. 'Uit wanhoop,' zei Jake. 'We doen allemaal wat nodig is om te overleven.'

Manny liet de glimlach die ze voelde opkomen haar lippen niet bereiken. Voor een man die zei niet te kunnen acteren deed Jake het verrekte goed. Robert de Niro, hou je Oscars in de gaten, Jake Rosen zit je op de hielen.

Het ging nog beter dan ze had verwacht. Het was vrijdag, en Paco zat op school, of preciezer: was de hele dag op excursie. Het komende halfuur moest Manny een aanwijzing zien te vinden over de verblijfplaats van haar cliënt.

Nu Jake de volledige aandacht van señora Sandoval had, kon Manny het appartement gaan doorzoeken. De hal scheidde de woonkamer van de slaapkamers. In de hal waren twee dichte deuren; Manny vermoedde dat de ene een ingebouwde kast was en de andere een toilet. Gelukkig hielden de Sandovals niet van een minimalistische inrichting. Het appartement was zeer smaakvol ingericht, en het stond vol met kunst en antiek dat ze op hun wereldreizen hadden verzameld. Vanaf de plek in de woonkamer waar ze zaten werd het zicht op de gang met slaapkamers deels belemmerd door een grote etagère die vol stond met porselein en beeldjes. Als Manny zou vragen of ze van het toilet gebruik mocht maken, was ze er zeker van dat ze ongemerkt door die gang kon lopen, zolang Jake señora Sandoval bezighield met die foto's.

Jake sloeg een bladzijde om en Manny waagde het erop.

'Pardon, mevrouw, mag ik even gebruikmaken van uw toilet?'

'Natuurlijk. Ik zal u even voorgaan.' Señora Sandoval kwam al in beweging, maar Manny gebaarde dat ze niet hoefde op te staan.

'Blijven jullie maar praten. Is het daar in de hal?'

'Ja, de tweede deur.'

Manny liep snel de kamer door, en toen ze bij het toilet kwam, keek ze achterom en zag dat ze allebei over het boek met foto's gebogen zaten. Ze opende de toiletdeur, deed het licht en de ventilator aan en sloot de deur weer, waarna ze verder de gang door liep. Ze had zich gekleed naar haar rol als geëngageerde dierenwelzijnswerker en droeg zwarte Crocs – versierd met talloze felgekleurde poedeltjes, natuurlijk – zodat haar hakken niet zoals gewoonlijk op de vloer klikten.

Ze nam aan dat de deur aan het einde van de gang die van de ouderslaapkamer was. Dan bleven er nog een deur rechts en een links over. Ze deed de deur links open en stond op het punt die weer te sluiten, omdat ze dacht dat zo'n nette opgeruimde kamer wel een logeerkamer moest zijn. Maar toen zag ze op een kussentje het logo van de Monet Academy en besefte ze dat ze in Paco's kamer was.

Manny ging naar binnen en deed de deur zachtjes achter zich dicht.

Wat een verschil met Travis' slaapkamer! Geen stapels kleren en een onopgemaakt bed; de Sandovals hadden natuurlijk een dienstmeisje om daarvoor te zorgen. Maar er was ook geen spoor van de persoonlijkheid van de bewoner. Aan de op elkaar afgestemde gordijnen en het beddengoed in frisse kleuren was alleen de smaak van een dure binnenhuisarchitect af te lezen. In plaats van posters van popsterren en sporters hingen er antieke prenten van zeilboten aan de muur. En het bureau leek wel van een receptioniste bij een pretentieus advocatenkantoor aan Park Avenue: geen papier, geen pennen, alleen een perfect geplaatste computer en een telefoon. Griezelig, eigenlijk. Wat voor jongen leefde zo?

Haar oog viel op een ingelijste foto, het enige persoonlijke tintje in de kamer. Op de foto stond een glimlachende Paco met zijn arm om een man die ongeveer tien jaar ouder leek te zijn. Manny vermoedde dat hij een oudere broer was, of misschien een neef. Ze hadden allebei donker haar, een brede glimlach en droegen beiden een modieuze blauwe blazer. Op de achtergrond een fonkelende blauwe zee en glimmende zeilboten. Een gelukkige gezinsfoto, ongetwijfeld.

Ze doorzocht de ladekast. Netjes opgevouwen truien en polo's, stapels boxers en T-shirts, en een sokkenla waarvan een drilinstructeur van vreugde in huilen zou uitbarsten. De kast: geen troep, geen geheime bergplaatsen, alleen twee stangen met overhemden, jasjes en broeken. De laden van het bureau onthulden evenmin iets: het leek wel een advertentie voor een kantoorboekhandel. Shit! Al die moeite die ze had gedaan om hier binnen te komen, en dan trof ze dit aan: een modelkamer van een chique meubelzaak.

Dan was er alleen de computer nog. Manny keek op haar horloge. Ze was nu tweeënhalve minuut weg. Jake moest haar lange verblijf op de wc verklaren met het verhaal dat ze een probleem met haar spijsvertering had, een infectie die ze bij de dieren had opgelopen, waardoor ze af en toe aanvallen van misselijkheid kreeg. Had ze nog genoeg tijd om de computer op te starten en Paco's documenten te doorzoeken? Ze was al zo ver gekomen. Ze kon net zo goed doorgaan.

Anders dan Travis had Paco een standaardcomputer zonder toeters en bellen. Manny bewoog de muis en het scherm kwam tot leven. Gelukkig, hij had alleen maar in de slaapstand gestaan. Ze klikte op het icoontje 'documenten'. Zou dat beveiligd zijn met een wachtwoord? Nee, het ging gewoon open.

Er stonden mappen in voor elk schoolvak, een map met essays om toegelaten te worden op een universiteit en eentje voor de begeleidende brieven. Tjezus, dat joch was echt een controlfreak. Ze had geen tijd om alle mappen te openen, ze moest er maar van uitgaan dat de titel de lading dekte. Bijna onder aan de alfabetische lijst mappen stond er een die 'Van alles' heette. Dat zou misschien iets kunnen zijn. Manny dubbelklikte erop en zag drie documenten, die allemaal een naam hadden van een paar letters. Eentje heette TAH. Travis Andrew Heaton? Ze opende hem.

Het was een document met enkele regelafstand, als een brief, maar er stond geen aanhef of afsluiting. Was het een concept voor een brief, een plan? Manny's hart begon te bonken. Ja hoor, Travis' naam werd een aantal keer genoemd. Helaas was de rest in het Spaans. Ze kon wel een paar woorden vertalen: *problema*, *ayuda*, *solamente*.

Iets over een probleem en hulp nodig hebben. Ze had een native speaker, of in elk geval een goed woordenboek nodig om echt te begrijpen wat Paco hier zei. Ze moest dit document printen en meenemen.

Manny liep naar de deur en luisterde. Ze kon Jake en señora Sandoval niet horen, dus zouden zij de printer waarschijnlijk ook niet horen. Even zien: er waren vijf minuten verstreken. Ze rende terug naar de computer en gaf het commando om te printen. De printer, een goedkope inktjet, kwam zoemend en ratelend tot leven. Er verscheen een venster op het scherm met het bericht: 'Printen pagina een van drie.' De printer maakte een vreemd gorgelend geluid en trok nijver een blaadje in zijn muil. Langzaam, heel langzaam verschenen er woorden. Manny stond er angstvallig bij en spoorde hem in stilte aan op te schieten. Kom op, schiet op. Je zou toch denken dat de Sandovals zoonlief wel een snelle laserprinter konden geven.

Eindelijk viel de eerste pagina in het bakje. Manny griste hem eruit en keek waar de volgende bladzijde bleef. De printer viel stil.

Wat nou dan, verdorie? Ze ging voor het scherm zitten en probeerde erachter te komen wat er mis was. Net toen ze weer dubbelklikte op het printericoontje kwam de printer weer tot leven, gorgelde weer en trok een tweede blaadje door de feeder. Nu had ze opdracht gegeven om het document nog een keer af te drukken en moest ze hier wachten totdat er zes pagina's waren uitgespuugd in plaats van drie. Verwoed zocht ze naar een manier om die tweede printopdracht op te heffen.

Terwijl ze het configuratiescherm doorzocht, spuugde de printer de tweede bladzijde uit. Daarna pauzeerde de printer even, maar nu wist Manny dat hij alleen even op adem moest komen. Ze wendde haar ogen van de printer af en ging verder met haar pogingen de tweede printopdracht op te heffen. Er klonk weer gegorgel, gevolgd door een afschuwelijk geknisper en geknars. Ze keek weer naar de printer en zag nog net dat het laatste blaadje in een hoek van 30 graden het apparaat in werd gezogen. De computer piepte en er verscheen weer een berichtvenster. 'Er is een papierstoring opgetreden. Verwijder het vastgelopen papier en hervat het printen.'

Ze keek op haar horloge. Er waren acht minuten voorbij, en nu moest ze verdorie ook nog een computer repareren. Ze haalde diep adem. Dat kun je best. Je bent goed met elektronica. Een vrouw die alle functies van haar mobiele telefoon gebruikt kan deze printer ook doorkrijgen. Maar dat stomme apparaat leek in de verste verte niet op de printer die ze thuis had, of op kantoor. Ze zag niet eens hoe ze hem open moest krijgen. Ze trok aan het vastgelopen papier, met als enige effect dat het scheurde. Nog een keer diep ademhalen. Concentreer je. Bekijk hem goed. Kijk hoe hij in elkaar zit.

En toen hoorde Manny, voor de eerste keer sinds ze in Paco's kamer was, een geluid buiten de kamer.

'Hoi, mama! Ik ben thuis!'

Voor minstens de honderdste keer sinds Manny de kamer had verlaten, keek Jake op zijn horloge. Er waren acht minuten en drieënveertig seconden verstreken. Na vijf minuten had señora Sandoval opgekeken van de map met dierenfoto's en had ze een vragende blik op de wc-deur geworpen. Jake had Manny's plotselinge misselijkheid als verklaring aangevoerd, en verbazingwekkend genoeg had señora Sandoval iets meelevends gemompeld en was ze weer verdergegaan met het bekijken van de foto's. Toen ze een deur hoorden opengaan keken ze allebei op van het fotoboek. Jake keek onmiddellijk naar de flauw verlichte gang die naar de slaapkamers leidde. Als Manny daarvandaan kwam, hoopte hij bij god dat ze daarvoor een plausibele verklaring aan hun gastvrouw kon geven. Maar daar bewoog niets en daardoor kreeg hij de hoop dat ze Paco's kamer al uit was en uit het toilet tevoorschijn zou komen. Maar toen hij naar de wc-deur keek, zag hij dat die nog dicht was en dat er een streepje licht onderdoor scheen.

Welke deur was er dan opengegaan?

'Hoi, mama! Ik ben thuis!'

Jake kreeg plotseling een steek in zijn borst en voelde zijn beenspieren verkrampen, hij kreeg ineens hoofdpijn aan de linkerkant van zijn hoofd en zijn hart sloeg op hol. Dit had helemaal niet moeten gebeuren. Paco had de hele dag op excursie moeten zijn.

Er verscheen een slanke jongeman met donker, golvend haar in de hal, die de woonkamer in keek.

'Paco, lieverd. Wat een verrassing. Waarom ben je zo vroeg thuis?'

'Het regende, dus ze hebben de rest van de excursie afgelast.'

'*Ah, qué malo.* Kom meneer Rose eens begroeten. Hij is hier om met me te praten over een project om dieren te redden aan de kust van de Golf van Mexico. Moet je die foto's eens zien, lieverd. Ze zijn zo zielig!'

Jake keek Paco strak aan en probeerde hem te dwingen de woonkamer binnen te komen en bij hen op de sofa te gaan zitten. 'We hebben heel veel jonge mensen die vrijwilligerswerk bij ons doen,' zei Jake, die probeerde dit achteloos te zeggen. 'Misschien wil Paco wel weten welke mogelijkheden daarvoor zijn.'

Paco glimlachte, een oogverblindende flits wit in zijn knappe, olijfkleurige gezicht. 'Ja, zeker. Ik hou van dieren. Ik wil er graag alles over horen.'

Jakes hartslag kwam iets tot rust.

Paco stak een voet naar voren. 'Ik ga alleen even mijn schoolspullen wegleggen en andere sokken aantrekken. Op weg naar huis ben ik in een plas gestapt.'

Het kostte Jake alle zelfbeheersing die hij had om niet op te springen en te roepen: 'Nee! Kom nu meteen hier.'

Hij keek vol ontzetting toe hoe Paco zich omdraaide naar de lange gang. Wat zou hij doen als hij een vreemde vrouw in zijn slaapkamer zou aantreffen? Wat zou Manny doen als die slaapkamerdeur openging? Wist ze überhaupt dat Paco was thuisgekomen? Had ze een of andere halfslachtige verklaring of zou ze, als ze in de hoek werd gedreven, de waarheid eruit flappen?

Misschien zou de waarheid haar wel redden. Señora Sandoval was duidelijk heel goedaardig. Manny zou een beroep kunnen doen op de goedheid van de vrouw en uitleggen dat ze een overdreven toegewijde strafrechtadvocaat was die alleen maar probeerde haar cliënt te beschermen. Maar welke reden zou híj kunnen aanvoeren voor het feit dat hij, lijkschouwer van de stad New York, haar hielp en bijstond? Wat Pederson betrof bevond hij zich al op dun ijs. Zijn baas had geen verdere rechtvaardiging nodig om zich te ontdoen van een lastige werknemer die de Medical Examiner's Office te schande maakte.

Hij kon Paco niet meer zien, maar hoorde een klik, het teken dat er een deur werd geopend. Hij hield zijn adem in en wachtte op de commotie die zou ontstaan.

In een film was dit het moment waarop de onverschrokken heldin achter de golvende gordijnen dook om zich te verbergen. Alleen hadden kamers op filmsets nooit eenvoudige op maat gemaakte valletjes en bijpassende vouwgordijnen. Manny keek de belachelijk nette kamer rond om een andere verstopplek te vinden. Het bed stond niet op pootjes, maar had een massieve onderbouw die rechtstreeks op de vloer stond. Ze overwoog de kast in te duiken, maar wat zou ze daarmee opschieten? Paco zou zien dat zijn computer aan was, hij zou zien dat er papier vastzat in de printer. Als hij de kastdeur opendeed, zou ze daar staan, in elkaar gedoken als een in de val gelopen dier, zonder excuus voor haar gedrag.

Er stond hier meer op het spel dan dat ze in verlegenheid werd gebracht. Als señora Sandoval vermoedde dat zij en Jake oplichters waren, zou ze de politie bellen. En als ze erachter kwam wie ze waren, zou de hel pas echt losbarsten. Er verscheen een levendig beeld van een zitting voor de orde van advocaten voor haar geestesoog. Toen zag ze zichzelf in gevangeniskleding. Zelfs al was die niet meer zwart-wit gestreept, wat helemaal niet afkleedde, die feloranje overalls waren in de verste verte geen Chanel.

Er was geen enkele manier om zich te verdedigen. Haar enige optie was een brutale aanval.

Manny drukte zich tegen de muur naast de slaapkamerdeur en wachtte.

De seconden kropen voorbij. Ze hoorde stemmen, maar kon niet verstaan wat er werd gezegd. Misschien kwam Paco helemaal niet naar zijn kamer. Misschien had Jake hem er op de een of andere manier van weerhouden. Misschien verspilde ze nu de laatste paar seconden die ze had om ongezien de kamer uit te komen. Wat moest ze doen? Ze had het gevoel dat haar hart reusachtig groot was, het hamerde tegen haar ribben en drukte de lucht uit haar longen.

Ze kon niet tegen besluiteloosheid. Manny besloot dat ze de deur op een kiertje zou openen en zou kijken wat er aan de hand was. Alles was beter dan hier te staan wachten.

Ze ging voor de deur staan. Voorzichtig stak ze een hand uit en pakte de deurknop vast.

Aan de andere kant van de muur kraakte een vloerplank. Onmiddellijk drukte ze zichzelf weer tegen de muur naast de deur.

De deur ging open.

Paco stond twee stappen voor Manny, zich niet bewust van haar aanwezigheid. Ze schatte dat hij nog geen tien centimeter langer was dan zij, en hij was heel mager. Maar dan nog, een jonge, sportieve man was sterker dan een vrouwelijke advocaat die niet half zo vaak naar sportschool ging als ze van zichzelf zou moeten. Haar enige voordeel was het verrassingselement. Als ze aarzelde, was alles verloren.

Paco sloot de deur achter zich. Manny sprong.

Ze sprong op zijn rug en sloeg haar benen om zijn heupen, als een kind dat paardjerijdt. Ze legde een hand stevig over zijn mond en sloeg haar andere arm om zijn borst ter ondersteuning. Hij wankelde even onder haar gewicht, maar bleef in evenwicht.

'Je houdt je mond dicht,' fluisterde Manny in zijn oor. 'Ik heb het document gelezen dat je over Travis hebt geschreven. Ik wil weten waar hij is. Als ik je laat gaan, ga je niet schreeuwen. Als je dat wel doet, laat ik de brief aan je moeder zien. Begrepen?' Paco knikte.

'Goed. Ik ga van je af. Je zegt niets totdat je muziek hebt opgezet. Ga je gang.' Ze gleed van zijn rug.

Paco liep naar het geluidssysteem op zijn boekenplank, terwijl hij een blik achterom wierp alsof hij een oogje op het driekoppige buitenaardse wezen wilde houden dat hem wilde ontvoeren.

'Ik ben de advocaat van Travis Heaton,' zei Manny toen de muziek aanstond. 'Ik wil weten waarom je niet met me samenwerkt. Wie heeft die bom geplaatst? Waar is Travis nu?' Ze moest zoveel zien te achterhalen in zo'n korte tijd.

Manny zag dat Paco niet meer angstig keek, maar alleen nog maar op zijn hoede was. 'Het is te ingewikkeld om dat nu allemaal uit te leggen. Zullen we ergens afspreken?'

'Wat denk je zelf? Je doet nu je mond open of ik laat je moeder het document zien.'

Zelfs al begreep ze niet alles wat er in het document stond, Manny wist wel dat ze daarmee een krachtig wapen in handen had. Ze zag dat Paco de risico's afwoog, zijn ogen schoten heen en weer.

'Nee!' Zijn vingers, slank maar sterk, drukten in haar onderarm. 'Travis zit in een flat in Brooklyn. Rosamond Street 329, nummer 4A. Hij belde me daar gisteren vandaan, maar hij kon niet met me praten.'

'Wat...' Maar Manny werd onderbroken door een hoge stem die dichtbij klonk.

'Mevrouw Medford? Bent u ziek? Hebt u hulp nodig?'

Manny duwde Paco naar de deur. 'Zorg dat je moeder de woonkamer weer in gaat. Zeg maar dat je me in de hal bent tegengekomen en dat je me de keuken hebt gewezen omdat ik iets te drinken wilde halen. Ik kom zo achter je aan.'

Het regende niet meer. Jake liep met lange passen First Avenue af en probeerde zo veel mogelijk bebouwing tussen zichzelf en het appartementengebouw van de Sandovals te krijgen.

Onder het lopen stak hij een felle preek af. 'Volslagen onverantwoordelijk... roekeloos en onvolwassen... alleen maar geïnteresseerd in wat belangrijk voor jou is...'

Manny, die vier stappen achter hem liep, verstond slechts delen van de tirade, maar ze begreep de strekking. Ze deed geen poging zichzelf te verdedigen. Jake had gelijk: dit had hem zijn baan kunnen kosten. Ze had erover moeten nadenken wat de gevolgen op lange termijn waren als ze waren gepakt. Maar het voornaamste was dat het gelukt was. Dus waarom zo verontwaardigd? Ze had er het land aan als hij zich als een gebelgde vader gedroeg. 'Loop eens niet zo snel,' zei ze, naar adem snakkend. 'Dit is zwaarder dan een lesje spinning.'

'Doe maar rustig aan. Je hoeft me helemaal niet bij te houden. Ik heb je doel gediend, laat me nu maar met rust.'

O, dit was de ge- en misbruikte *toy boy*. 'Waarom ben je zo geïrriteerd? Het is allemaal prima verlopen. Ik heb een document waarmee ik kan uitpuzzelen wat er aan de hand is, en ik weet nu waar Travis is. En...' Manny stak haar hand in haar zak en haalde er een klein, geel rechthoekje uit, 'we hebben een cheque van vijfduizend dollar gekregen.'

'Wat dacht je daarmee te gaan doen?'

'Die stuur ik naar Home Again. Als ik ze vertel wat een fantastische fondsenwerver jij bent, krijg je geheid een plekje in de raad van bestuur.'

Zelfs geen glimp van een glimlach. Jemig, hij was echt pisnijdig. Manny probeerde het nogmaals.

'Jake, kijk! Souvlaki King.' Ze pakte hem bij zijn arm en trok aan hem totdat hij stilstond. 'Zullen we hier wat gaan eten? Ik rammel van de honger.'

'Eten! Hoe kun je daar op zo'n moment aan denken? Er spuit zoveel adrenaline door mijn lichaam dat ik tot volgende week dinsdag niet kan eten en slapen.'

'Ik heb last van een parasiet, weet je nog? Dat moet wel een lintworm zijn.'

Jake keek haar even aan. Toen trok hij met zijn bovenlip. Even later schokten zijn schouders. Toen ze de Souvlaki King binnen stommelden, lachten ze allebei zo hard dat ze alleen nog maar de gyros-special konden aanwijzen en zich op een bankje van rood vinyl konden laten vallen.

HOOFDSTUK TWINTIG

'Er zit tzatziki op je kin.' Jake glimlachte naar Manny en wees de plek aan op zijn eigen gezicht.

Ze grijnsde en veegde haar mond af met een handvol van de dunne servetjes die ze bij zo'n Grieks restaurantje hebben. Het bleef Jake verbazen hoe onverstoorbaar Manny was. Als hij dat tegen zijn ex-vrouw, Marianna, had gezegd, zou ze gepikeerd zijn opgesprongen en zou het haar twintig minuten hebben gekost om op de dames-wc de schade te repareren. Niet dat Marianna ooit bij de Souvlaki King zou zijn gaan eten. En als ze daar toevallig zou zijn beland, zou ze nooit de gyros-special hebben besteld. Zijn ex-vrouw at geen morsige etenswaren: geen ribstuk, geen kreeft in de schaal, geen maiskolf, nooit. Geen wonder dat ze had gewalgd van zijn werk.

Manny leunde achterover tegen de rugleuning. 'Wauw, dat vult, zeg. Net wat ik nodig had voor een lange rit naar Brooklyn.'

Jakes welwillende bui verdween. 'Brooklyn? Daar kunnen we nu niet naartoe. Ik moet terug naar kantoor.'

'Wie had het over "we", mijn beste? Volgens mij heb ik je helemaal niet meegevraagd.'

Jake keek haar aan. 'Je kunt niet in je eentje naar een verdacht appartement in Brooklyn gaan. Je hebt geen idee wat je daar zult aantreffen, en of er nog iemand bij Travis in de flat is.'

'Het loopt wel los.' Manny stond op en streek de ingetogen rok glad die ze had aangetrokken om zich als dierenactiviste voor te

141

doen. 'Kijk dan hoe ik eruitzie: als een saaie muis. Niemand zal ook maar de geringste belangstelling voor me hebben.'

Jake gleed van het bankje af om haar tegen te houden, waardoor de bezorgde ober kwam aansnellen met de rekening. 'Manny, alsjeblieft. Dit is nodeloos riskant. Wacht nou gewoon tot halfzes, en dan gaan we samen.'

Manny dook langs hem heen. 'Ik heb geen chaperonne nodig. Hoe langer Travis van huis wegblijft, hoe zwaarder hij in de problemen raakt met de FBI. Ik moet met hem praten en erachter komen wat er aan de hand is, en hem dan op mijn voorwaarden terugbrengen, niet op die van de overheid.'

'Doe toch niet zo roekeloos!' Jake greep haar bij haar schouder, maar ze trok zich los en beende weg over het middenpad van het restaurant. Jake liep achter haar aan. Het was net *Groundhog Day* met een vleugje *Il Postino*.

'U moet betalen! U moet de rekening nog betalen!' riep de ober.

'Geef die man zijn geld, Jake,' beval Manny toen ze de deur van het restaurant bereikte.

'Bel dan in elk geval Sam, zodat die met je mee kan gaan!' riep Jake haar na terwijl hij naar zijn portemonnee graaide.

'Ja hoor, is goed. Dag, bedankt voor de lunch!'

En weg was ze.

Jake stond bij de kassa en zag haar rode haar in de menigte verdwijnen. Hij wist heel goed dat ze Sam niet zou bellen. Moest hij haar naar Brooklyn volgen? Tegen de tijd dat zij met haar auto door het drukke verkeer heen was, kon hij met de metro al in Rosamond Street zijn. Hij dacht aan de stapel werk op zijn bureau, de uren die hij die ochtend niet had gewerkt. Het schuim stond Pederson waarschijnlijk al om de mond.

Jammer dan voor Pederson. Hij zou Manny's leven niet op het spel zetten om een confrontatie met zijn baas te vermijden. Wat waren ook alweer het adres en het nummer van de flat die Paco haar had gegeven? Jake sloot zijn ogen en probeerde zijn gedachten tot rust te brengen zodat het hem te binnen zou schieten.

'Hé.' De ober stootte hem aan. 'Hier is je wisselgeld. Ben je soms een paard? Slaap je staand?'

Jake wierp hem een dreigende blik toe. Je kon niet zeggen dat die vent onderdanig naar een fooi hengelde. De kans dat het adres hem nu nog te binnen zou schieten, was nu wel verkeken.

Hij dacht dat Rosamond Street een korte straat was in Carroll Gardens, maar om dat zeker te weten, moest hij op de kaart kijken. Het leek hem het beste om daar op straat te blijven wachten totdat Manny's opvallende zwarte cabriolet arriveerde.

Verdomme, hij zat echt niet op al dit gedoe te wachten. Manny was een complicatie in zijn leven, een complicatie waardoor hij zich niet honderd procent op zijn werk kon concentreren.

Zijn mobiele telefoon ging. De spanning in zijn buik loste op. Dat moest Manny zijn, om te zeggen dat ze van gedachten was veranderd en dat ze tot halfzes zou wachten, zodat ze samen met hem naar Brooklyn kon gaan.

'Hallo.'

'Rosen, je moet naar West 164th Street nummer 233 1/2,' snauwde Pederson. 'Er wacht weer een lijk op je. Je Vampier heeft weer toegeslagen.'

Jake liep naar buiten en bleef op de stoep even staan kijken in de richting waarin Manny was weggestormd. Toen draaide hij zich om en liep de andere kant op. Wat Manny ook te wachten stond in Rosamond Street, ze moest het alleen afhandelen.

Jake arriveerde in een straat in het noorden van Harlem waar het blauw zag van de politieauto's en trof daar Pasquarelli aan, die met een grauw gezicht ijsbeerde voor een dichtgetimmerde kerk die in een bedrijfsgebouw was gevestigd. TABERNACLE OF

LIVING PRAISE stond op het vieze raam gekalkt, maar net zichtbaar achter een roestig metalen traliewerk dat permanent was dichtgelast. De yuppificatie die het centrum van Harlem met al zijn herenhuizen had overspoeld had deze grimmige kleine enclave van huurkazernes, slijters en kantoortjes waar je cheques kon inwisselen nog niet bereikt. De buren zaten op de stoepjes voor hun huis en leunden uit de ramen, en ze bekeken het drama dat zich ontvouwde met ongeveer net zoveel belangstelling als ze voor een herhaling van *Beverly Hills, 90210* zouden hebben.

'Kom maar mee naar het lijk,' zei Pasquarelli tegen Jake. 'Ik heb zo het idee dat ik wel weet wat je gaat zeggen. Ik hoop bij god dat ik het fout heb.'

Jake liep achter hem aan een schemerige gang in. Er zat een grote rat op de trap naar de eerste verdieping, niet onder de indruk van alle opschudding en alert op het voedsel dat deze invasie hem mogelijk zou opleveren. Terwijl de mannen voorbijliepen, uitte de rat een geluid dat klonk als een sarcastisch gegniffel.

Pasquarelli kromp ineen. 'Kloteratten, het zit er hier vol mee. Ze zeggen dat als je er een ziet, er drie nog ergens verstopt zitten.' Dat hoefde je Jake, wiens neus even gevoelig was voor alles wat met de dood te maken had als de neus van een jachthond voor de levenden, niet te vertellen. Hij rook hun aanwezigheid overal om zich heen: de keutels, de huidschilfers, de ontbindende lijkjes. De geur van knaagdieren was vermengd met iets veel ergers: menselijke uitwerpselen, menselijke rotting, menselijke angst.

De gang liep helemaal van voren naar achteren langs twee kamers. In de voorste kamer stond het vol met een allegaartje aan oude stoelen en een kleine katheder, flauw verlicht door het stoffige zonlicht dat door het raam en traliewerk naar binnen drong. Hoewel daar ook een paar technisch rechercheurs bezig waren, vormde de kleine, raamloze achterkamer het centrum van de activiteit.

De elektriciteit in het gebouw was al lang geleden afgesloten en er kronkelde een oranje verlengkabel naar een politiegenerator op straat. Felle lampen tekenden elk detail van de kamer scherp af.

Het naakte lichaam van een man, de armen en benen gespreid, was vastgebonden op een brede oude deur die op twee stevige schragen lag, die blijkbaar van een bouwterrein waren gehaald. De man was strak aan de deur vastgemaakt met touw dat aan grote metalen ringen was bevestigd die in het hout waren geschroefd. Elke hand en voet was aan een ring vastgebonden, en het touw liep op twee plaatsen strak over zijn borst heen.

Jake wendde zich tot Pasquarelli. 'Waarom denk je dat dit het werk is van de Vampier? Alle andere slachtoffers zijn in hun eigen huis aangevallen.'

De rechercheur wees ergens naar.

In de kromming van de linkerelleboog van het slachtoffer zat een stukje pleister dat een wattenbolletje op zijn plek hield, zoals een verpleegkundige dat aanbrengt na het bloedprikken. Op de pleister stond netjes met zwarte inkt geschreven: 'Kijk hier.' Dat deed Jake, en hij zag een gaatje dat erop wees dat er bloed was afgenomen.

Het smaakvolle geruite pak van een man was netjes om een hanger gedrapeerd; opgevouwen op een stoel lagen een overhemd en ondergoed, met een paar vintage-Weejun pennyloafers naast elkaar eronder. De kleren van het slachtoffer; dit was geen zwerver. Maar toch was Jake nog niet helemaal overtuigd.

'Het kan een copycat zijn.'

Pasquarelli gebaarde opgelaten naar de romp van het lijk. 'Jij bent de expert, maar lijken die brandwonden niet op die van mevrouw Hogaarth? En dat detail is niet vrijgegeven aan het publiek.'

Jake haalde zijn vergrootglas tevoorschijn. 'Ik kan het pas na de autopsie met zekerheid zeggen, maar ik denk dat je gelijk hebt. Weet je wie het is?' vroeg hij Pasquarelli.

'Ene dr. Raymond Fortes. Hij werkt voor een klein farmaceutisch bedrijf. Hij is woensdag als vermist opgegeven.'

Jake schudde zijn hoofd. 'Hij ligt hier al veel langer.' Hij begon zijn onderzoek aan het lijk en sprak hardop onder het werken. 'Talloze vleeswondjes en kneuzingen. De kneuzingen hebben verschillende kleuren: deze gele zijn ouder, de paarse zijn recenter. Rattenbeten, toegebracht gedurende een periode van een paar dagen.'

'Wat is dat bruine, modderachtige spul in zijn borsthaar en op zijn been?' vroeg Pasquarelli.

Jake stak zijn vinger erin en bracht zijn hand naar zijn neus. Net wat hij dacht. 'Pindakaas.'

'Wa...' Er daagde begrip in Pasquarelli's trieste bruine ogen. 'O jezus. Ze hebben hem ingesmeerd met pindakaas om de ratten aan te trekken.'

'Heb je de naaste familie al ingelicht?' vroeg Jake. 'Het zal niet makkelijk zijn om dit te vertellen.'

'Het slachtoffer was weduwnaar, en hij had niet veel vrienden. Toen hij op maandag niet op zijn werk kwam, vonden ze dat niet zo vreemd. Soms werkte hij thuis en dan wilde hij niet gestoord worden. Dr. Fortes was blijkbaar niet hun populairste werknemer. Maar woensdag belden ze hem maar eens, en toen ze hem niet te pakken kregen, hebben ze hem als vermist opgegeven.'

'En de politie heeft hem hier aangetroffen?'

'Natuurlijk niet. Als een man van middelbare leeftijd zonder gezin dat stennis kan schoppen verdwijnt, doen we daar niet zoveel aan. We hebben eerst gekeken of hij niet in het lijkenhuis lag. Een paar geüniformeerde agenten zijn naar zijn flat geweest. Daar wees niets op problemen, dus ze gingen ervan uit dat hij besloten had zijn leven in New York vaarwel te zeggen. Dat gebeurt aan de lopende band.'

'Wie heeft hem dan gevonden?'

'Een ongediertebestrijder van de gemeente. Mensen van het gebouw hiernaast klaagden dat ze van hieruit werden belaagd door ratten. Er was een baby gebeten, dus kwam die rattenman hiernaartoe om gif neer te leggen en holen dicht te maken.' Pasquarelli stopte zijn handen in de al uitgelubberde zakken van zijn bruine tweedjasje. 'Die man heeft al een rotbaan en vandaag was het nog erger.'

Jake knikte terwijl hij het lijk bleef onderzoeken. Op sommige plaatsen was er vrij veel vlees weg. Een paar van de oudere wonden waren ontstoken en overdekt met pus. Jakes zwijgende onderzoek maakte Pasquarelli onrustig. 'Hoelang is hij al dood?' vroeg de rechercheur.

'Ik zou zeggen dat zijn hart er twee dagen geleden mee is opgehouden. Maar het overlijdensproces is al dagen daarvoor ingezet.'

'Waar is hij uiteindelijk aan overleden?'

'Dat kan ik pas zeggen als ik hem heb opengemaakt. Waarschijnlijk een combinatie van een aantal dingen: shock, uitdroging, bloedverlies en een infectie. Hij was niet jong meer, waarschijnlijk voor in de zestig.'

'Dagenlang lijden,' zei Pasquarelli. 'Hoe kan een mens dat een ander aandoen? Ik heb moorden gezien, zelfmoorden, broedermoorden, vadermoorden en zo ongeveer elke andere soort moord, maar zoiets heb ik nog niet eerder gezien. Het begint erop te lijken dat die Vampier echt een bovennatuurlijk kwaadaardig wezen is.'

Jake schudde zijn hoofd. 'Laat je verbeelding niet met je op de loop gaan, Vito. Als we die kerel vangen, zul je zien dat hij net zo doorsnee is als jij of ik. Geen overduidelijk monster, maar iemand met een normaal leven, net als concentratiekampbewaarders of die soldaten in de Abu Ghraib-gevangenis.'

Pasquarelli was niet overtuigd. 'Maar die mensen praten hun handelingen goed door aan te voeren dat ze alleen maar bevelen in oorlogstijd opvolgden. Dat is hier niet het geval.'

'Misschien vecht hij zijn eigen privéoorlog uit, Vito. En wij moeten erachter komen waar die oorlog om gaat.'

HOOFDSTUK EENENTWINTIG

Ze zat vast.

Manny haalde diep adem om haar bonzende hart tot bedaren te brengen. Voor minstens de tiende keer sinds ze in deze ellende was terechtgekomen, was ze op zoek naar een uitweg. Hopeloos. Een bezorgauto van een broodjeszaak voor zich, een taxi naast zich, een intimiderende suv op haar bumper. En onder zich het water van de haven van New York. Ze vond het vreselijk te moeten toegeven dat Jake gelijk had gehad, maar de metro naar Rosamond Street zou veel sneller zijn geweest. Het had haar niet moeten verbazen dat het verkeer in Brooklyn midden op de dag bumper aan bumper stond.

Maar toch was het niet alleen maar dom geweest om met de Porsche te gaan. Als ze Travis had gevonden, wilde ze hem snel die flat uit loodsen. Op een perron op de metro gaan staan wachten paste niet echt in haar plan voor een snelle ontsnapping.

Manny schoof heen en weer op haar stoel zonder haar voeten van de koppeling of het rempedaal af te halen. Wat stond haar in Rosamond Street te wachten? Zou Travis alleen in de flat zijn? Zou hij voor rede vatbaar zijn en gewillig met haar meekomen? Wat zou ze doen als hij weigerde, of als degene die misschien in die flat woonde weigerde hem te laten gaan?

De kans dat er problemen zouden ontstaan leek nu ze vastzat in het verkeer groter, veel groter dan die had geleken toen ze in het restaurantje zat met Jake.

De taxichauffeur, afgeleid doordat hij in zijn headset praatte, liet een gat voor zich vallen. Manny trok aan het stuur en gaf gas, ze wurmde zich in het plekje en kroop voorbij de bezorgauto. De manoeuvre gaf haar even het gevoel dat ze iets had bereikt, totdat ze de enorme verkeersopstopping voor zich zag. Van de regen in de drup, dat ging de hele dag al zo. Ze zag zichzelf niet als roekeloos. Als advocate was ze erin getraind logisch te handelen. Maar op de een of andere manier leek ze in vergelijking met Jake, met zijn methodische en nauwgezette benadering van elk probleem, altijd heel impulsief.

Ze werd uit haar mijmering opgeschrikt door een plotseling toeterconcert. Manny leunde ook op haar claxon. Kon haar het schelen. De rij auto's werd er niet korter van, maar het gaf haar een lekker gevoel.

Toen het geclaxonneer was weggestorven, hoorde ze iets piepen. Manny spitste haar oren, en rommelde toen in haar tas op zoek naar haar BlackBerry. Hij piepte om haar aan een afspraak te herinneren. Ze kon zich niet herinneren dat ze vandaag iets had staan, ze hoefde in elk geval zeker niet bij de rechtbank te zijn. Ze pakte het apparaatje en scrolde naar de kalender. 'Mycroft dierenarts 15:00' flitste op.

O shit! Omdat Kenneth bij de rechtbank was om een verzoek in te dienen, zou zij met Mycroft naar dr. Costello gaan voor een vervolgafspraak om te controleren of de beet die hij van Kimo had gekregen goed heelde. Zelfs als ze omdraaide, zelfs als ze kón omdraaien, redde ze het nooit om haar hond op te halen en om drie uur bij dr. Costello te zijn. Ze moest bellen om een andere afspraak te maken.

Manny verwachtte de receptioniste aan de lijn te krijgen, maar de stem die ze hoorde was van een man, en hij klonk bekend. 'Dr. Costello? Met Manny Manfreda.'

'Ah, hallo mevrouw Manfreda. Hoe gaat het? En hoe gaat het met Mycroft?'

'Ik heb een beetje een probleem. Ik zit vast op de Brooklyn Bridge, met mijn neus de verkeerde kant op, dus ik wil graag Mycrofts afspraak verzetten. Sorry dat ik op het laatste moment bel, maar zouden we misschien morgen kunnen komen?' 'Ik heb de agenda niet, die staat in de computer van mijn vrouw. Ik zal even gaan kijken.' Manny hoorde geruis en geschuifel over de lijn, maar dr. Costello bleef praten. 'Ik zie dat we een beroemdheid in ons midden hebben. Toen ik naar mijn werk ging, zag ik op de tv in de taxi dat u een paar van die tieners verdedigt in die zaak in New Jersey. Dat klinkt heel interessant.' 'Ach ja, het OM staat niet erg sterk.' Manny dacht dat ze net zo goed kon oefenen om dat verwaande air van zelfvertrouwen uit te stralen dat alle beroemde strafpleiters hadden, ook al praatte ze alleen maar met haar dierenarts.

'Mooi zo. Advocaten zoals u moeten ervoor zorgen dat de overheid haar grenzen niet overschrijdt.'

Manny glimlachte. Niet alleen zorgde haar nieuwe dierenarts heel goed voor Mycroft, hij deelde ook nog eens haar vrijheidsgezinde overtuiging. Je hoefde niet per se dezelfde politieke opvatting te hebben als je dierenarts, maar het was een leuk extratje. 'Dat hoor ik niet vaak, dr. Costello. Volgens mij vinden heel veel mensen dat de Kakkerterroristen het verdienen te worden opgesloten.'

De dokter ademde zwaar, en daardoorheen hoorde ze het tingelgeluidje dat aangaf dat er een computerprogramma werd geopend. 'Aha, hier is de agenda van morgen. Zo te zien is er nog een gaatje om twee uur en een om halfvier.'

'Halfvier graag.'

Dr. Costello zuchtte. 'Het lijkt niet erg eerlijk.'

'Nee hoor, echt, ik ben heel blij dat u me ertussen propt. Halfvier is prima.'

Dr. Costello lachte. 'Mag ik morgen uw handtekening?'

Manny gaf gas en kwam twee autolengtes dichter bij het einde van de brug. Ze herhaalde nu waar haar docenten in het eerste jaar rechten voortdurend op hadden gehamerd. 'De rechtspleging is nooit perfect. Maar zolang ik mijn zegje mag doen, functioneert het systeem.'

'Ik hoop dat u gelijk hebt.'

Zonder aanwijsbare reden kwamen de auto's voor Manny in beweging. Ze reed de Brooklyn-Queens Expressway op en genoot van het gevoel dat ze tachtig kon rijden. Nu begreep ze waarom ze in Californië al spraken over een wilde achtervolging als je snelheidswijzer boven de tien kwam. 'Dat weet ik zeker.'

HOOFDSTUK TWEEËNTWINTIG

Manny parkeerde op het laatste plekje in Rosamond Street. Een voorbijlopende man schudde zijn hoofd, zichtbaar twijfelend of ze de Porsche in zo'n klein plekje kon proppen. Maar met een paar behendige stuurbewegingen stond de auto strak langs de stoeprand geparkeerd. Succes met fileparkeren, in het leven en in het recht hing af van je aanpak.

Ze ontspande zich toen ze de omgeving in zich opnam. Rosamond Street was een aardige middenklassenstraat, met lage, nietszeggende flatgebouwen van rode baksteen. Niet modieus, niet hip, niet eng. Dit was een buurt waar leraren, brandweerlieden en postbodes hun kinderen grootbrachten, en zo de drama's in de hoogste en laagste klasse van de New Yorkse maatschappij ontliepen.

Ze vond nummer 329 en bleef even op de stoep staan om haar aanpak te overdenken. Zou Travis haar binnenlaten als ze bij nummer 4E aanbelde en zei wie ze was? Het probleem loste zichzelf op toen een man het gebouw uit kwam en hoffelijk de deur voor haar openhield.

Die is goed van vertrouwen, dacht Manny. Ik zie er zeker niet zo bedreigend uit. Binnen in het halletje van het gebouw aarzelde Manny: een oude, claustrofobie opwekkende lift of een donkere, steile trap? Ze nam aan dat ze niet zo gezaghebbend zou overkomen als ze naar adem snakkend bij Travis' schuilplaats aankwam, dus Manny stapte met tegenzin de kleine lift in.

Een paar schokkerige, piepende minuten later stapte ze uit op de vierde verdieping. Toen ze de L-vormige gang doorkeek om zich te oriënteren, kwam er een slanke persoon met een honkbalpet op en een spijkerjasje aan de hoek om, die snel de trap af glipte. 'Travis!' riep Manny, en ze rende naar de trap. Ze kwam bij de balustrade en keek naar de persoon op de overloop een verdieping lager. Ze zag dat er een paardenstaart onder de honkbalpet uit kwam en slaakte een zucht van opluchting. Dat was Travis helemaal niet.

Toen ze verder de gang door liep, zag ze dat de derde deur aan de linkerkant op een kiertje stond: 4E. De gyros-special lag plotseling als een baksteen op haar maag. New Yorkers, zelfs degenen die in veilige middenklassenbuurten woonden, lieten de deur van hun flat niet openstaan.

Manny drukte zich tegen de linkermuur in de gang aan en bewoog zich behoedzaam naar de deur. Binnen was het donker, te donker om te zien of er iemand naar haar stond te kijken. Toen Manny de deur op zo'n dertig centimeter genaderd was, stak ze haar hand uit, ze duwde snel de deur open en drukte zich weer tegen de muur.

Er gebeurde niets.

'Travis?' riep ze. 'Travis, dit is Manny Manfreda, je advocaat. Ik kom je helpen. Kun je me horen?'

Geen geluid. Geen beweging.

Wat nu? Het alarmnummer bellen? En wat moest ze dan zeggen? 'Hallo, mijn cliënt is een ontsnapte federaal gevangene en hij zou zich in deze flat moeten bevinden, maar dat is niet zo, en de deur staat wijdopen, kunt u hier iemand naartoe sturen?' Er zou zeker hulp komen: twee mensen van de psychiatrische afdeling van het Kings County Hospital met een spuit vol verdovingsmiddel.

Zou ze naar binnen gaan en de flat doorzoeken? Nee, dit leek te veel op die slasherfilms voor tieners, waarin een meisje een geluid hoort in de kelder en alleen naar beneden gaat om op onderzoek uit te gaan, zelfs al weet ze dat er een krankzinnige moordenaar rondloopt. TSOTL: te stom om te leven.

Manny hoorde plotseling harde stemmen door de muur, maar ze klonken niet boos. Ze luisterde. Een vrouwenstem: 'Wil je soep?' Een man: 'Nu niet. Misschien later.' 'O, later. Dan hoor ik het wel, prins van me.'

Ze snoof. De geur bracht haar terug naar de keuken van haar ouders in Red Bank. Pasta fagioli, absoluut. Ze kon misschien wel aanpappen met de mensen in 4D.

Ze klopte aan en hoorde voetstappen naar de deur komen. 'Wie kan dat nou zijn?' mompelde de vrouw binnen.

Manny stond recht voor het kijkgaatje, glimlachend en wuivend als koningin Elizabeth. De deur ging met de ketting er nog op een klein stukje open en er keek een donker oog door de kier.

'Hallo! Zou u mij misschien kunnen helpen? Ik ben op zoek naar uw buren.'

'Maria en de kinderen? Die zijn vorige maand verhuisd. Ze hebben een huis gekocht in Jersey.'

'Nee, niet Maria. De mensen die er nu wonen.'

'Er woont nu niemand. De huurbaas gaat het opknappen, dan kan de huur omhoog.'

Manny ontspande zich iets nadat de vrouw zich had voorgesteld als Lena Castigliore. Mevrouw Castigliore had hetzelfde gebroken Engelse accent als Manny's geliefde oma Adeline. Misschien stond de deur daarom open: er liepen werklui in en uit.

'O, ik was alleen maar bezorgd omdat de deur openstaat.'

Nu opende de vrouw in 4D de deur en schuifelde op haar blauwe doorgestikte sloffen de gang in. Deze verstoring in haar gebouw moest ze wel onderzoeken. 'Daar klopt iets niet. Ik bel de conciërge.'

'Goed idee.'

Manny gebruikte de eindeloze minuten waarin ze op de conciërge wachtten om bevriend te raken met mevrouw Castigliore. Met complimenten over het aroma van haar soep kreeg ze de oude vrouw wel aan het praten. Op haar leeftijd greep die elke kans aan om met iemand over wat dan ook te kletsen en vroeg ze zich niet af waarom haar iets werd gevraagd. Ja, ze had de afgelopen dagen de deur van 4E een paar keer open en dicht horen gaan. Ze had aangenomen dat het werklui waren. Nee, ze had ze niet echt gezien. O wacht, één keer had ze een man naar binnen zien gaan. Ja, een jongeman. Nee, geen achttien, eerder dertig, vijfendertig. Nee, ze had geen gepraat gehoord; helemaal geen geluid.

De conciërge arriveerde, een kleine Latijns-Amerikaanse man met een dikke bos donker haar en een grote sleutelbos. Hoewel mevrouw Castigliore had gebeld om te melden dat de deur openstond, bleef de conciërge met zijn hoofd schuin en zijn ogen tot spleetjes geknepen voor de deur van de flat staan, duidelijk in de war door het feit dat die inderdaad open was. Manny's ongemakkelijke gevoel kwam terug.

'Zijn er de laatste paar dagen werklui geweest?'

'Nee, nog niemand. De baas zei dat ze *miércoles* komen, woensdag.' Behoedzaam stapte de conciërge de flat in. Manny en mevrouw Castigliore liepen vlak achter hem aan. Manny had haar verhaal al klaar: haar zus wilde naar New York verhuizen en zocht een flat, maar niemand kwam op de gedachte te vragen waarom zij er was.

De voordeur kwam direct uit op een grote woonkamer. Krassen op de vloer verraadden waar het meubilair had gestaan, maar afgezien van een half leeggelopen bal was de kamer leeg.

Ze liepen achter elkaar aan door de kamer naar een gang waaraan de slaapkamers lagen. De houten omlijsting rond de deur van de eerste slaapkamer was zwaar bekrast. De conciërge schudde zijn hoofd en mompelde: 'El gato.' In de kamer lag een verkreukelde slaapzak.

'Heeft Maria die achtergelaten?' vroeg Manny.

Mevrouw Castigliore schudde haar hoofd. 'Ik heb op de dag dat ze verhuisde afscheid van haar genomen. Ik zag dat ze elke kamer nakeek. Zij heeft hem niet achtergelaten.'

Ze keken in de badkamer: een papieren bekertje, een leeggeknepen tube tandpasta en een gebruikte handdoek.

'Nee,' zei mevrouw Castigliore. 'Maria heeft het schoon achtergelaten. Er heeft hier iemand geslapen.'

Manny's blik schoot heen en weer, op zoek naar een teken dat diegene Travis was. Er lagen geen papieren of kleding in het zicht. Kon ze nog iets verder gaan en kasten opentrekken?

De conciërge en mevrouw Castigliore liepen het piepkleine keukentje in. In de deuropening bleef de oudere vrouw plotseling staan. Manny, die achter haar aan liep, botste tegen haar op. De kamer veranderde in een soort Toren van Babel: een waterval van Spaans stroomde uit de mond van de conciërge, een daarmee concurrerende stortvloed van Italiaans uit die van mevrouw Castigliore. Manny wrong zich langs hen heen en voegde haar eigen bijdrage aan de mengeling toe.

'O mijn hemel!'

HOOFDSTUK DRIEËNTWINTIG

Bloed, heel veel bloed, opgedroogd en bruin, maar het was onmiskenbaar bloed. Het was over het aanrecht gespetterd, van de kastjes af gedropen en over de vloer uitgesmeerd. Toen het nog vers was, was iemand erin gestapt, en die had een spoor van vlekkerige voetafdrukken naar de koelkast getrokken. Op het handvat van de koelkast stonden bloederige handafdrukken, een gruwelijke versie van de plakkerige vlekken die de kinderen die hier gewoond hadden ook moesten hebben achtergelaten.

Manny voelde haar eigen bloed door haar aderen stromen, voortgestuwd door een hart dat twee keer zo snel klopte als normaal. Was dit Travis' bloed? Stel dat hij was gestorven omdat de FBI had geweigerd de Sandovals te ondervragen?

'We moeten het alarmnummer bellen.' Mevrouw Castigliore was weer overgeschakeld op Engels toen ze een stap achteruit deed, weg van het vreselijke tafereel.

'Ja, belt u ze maar vanuit uw appartement,' zei Manny. 'Wij blijven hier wachten.' Ze greep de conciërge bij zijn elleboog en trok hem naar de gang. 'We mogen niets aanraken. De politie wil niet dat we binnen blijven.'

'Ik ga naar beneden,' zei hij. 'Ik weet hier helemaal niets van, en ik hou niet van bloed. De politie kan me daar komen opzoeken.'

Manny was blij dat hij wegging. Ze wist dat ze eigenlijk in de gang op de politieagenten zou moeten wachten, maar ze kon de aandrang niet weerstaan om nog een beetje rond te kijken. Ze had de plaats van het misdrijf toch al besmet doordat ze door elke kamer had gelopen. Ze zou het niet erger maken als ze er nog een keertje doorheen liep, toch? Ze wist wat Jake daarop zou antwoorden, maar ze sloot zijn stem buiten.

Maar terwijl ze door het appartement snuffelde, bleef Jakes stem haar achtervolgen. Je moet overal van afblijven, zei hij.

'Ja, ja, dat doe ik ook,' mompelde Manny, die amper besefte dat ze hardop praatte. 'Ik ga alleen nog een keer in de badkamer kijken. Is dat niet een van de eerste plaatsen die jij controleert?' Ze stak haar hoofd weer om de deur. De wc-bril stond omhoog, wat erop wees dat er een man had gelogeerd. Ze keek in de pot voor het geval er iets achteloos was weggegooid, maar die was leeg. Ze wist dat het hier zou wemelen van de vingerafdrukken, op de wc droeg je geen handschoenen. Ze wilde niets besmeuren, of haar eigen afdrukken eraan toevoegen. Maar het medicijnkastje was verleidelijk. 'Alsof jij dat niet zou openmaken. Ik doe heel voorzichtig,' verzekerde ze haar innerlijke Jake.

Ze rommelde in haar tas en vond een potlood. Ze zette het gummetje onder de rand van het deurtje en trok het open. Het kastje was roestig, stoffig en leeg, afgezien van twee hulzen in een papieren verpakking. Tampons. Waren die nog van Maria, of was er ook een vrouw geweest?

Ze ging de slaapkamer weer in. Haal het niet in je hoofd om die slaapzak aan te raken! waarschuwde Jakes stem.

'Maak je maar geen zorgen. Ik weet dat hij vol zit met haar en huidschilfers. Ik neem alleen een kijkje in de kast.' Maar de kasten in beide slaapkamers waren leeg, en Manny werd terug naar de keuken gezogen. Ze zou zweren dat Jake haar tegenhield.

Ze schudde hem van zich af. 'De politie kan er elk moment zijn. Dit is mijn laatste kans. Ik doe voorzichtig.'

Manny bleef op de drempel staan en bekeek de slachting in

de keuken. Ze dacht aan alle uren die ze met Jake in zijn laboratorium had doorgebracht, terwijl ze foto's van plekken van misdrijven bekeken... alles wat hij haar over bloedspatpatronen had verteld. Lage snelheid: grote ronde symmetrische druppels betekenden dat iemand bloed verloor terwijl hij heel langzaam bewoog of stilstond. Middelmatige snelheid: elliptische druppels met een staart, die aangaf in welke richting de bloeddruppel zich bewoog. Hoge snelheid: doorgaans veroorzaakt door een wapen dat met grote kracht werd gehanteerd, heel veel minuscule deeltjes. Deze bloedspatten pasten in geen van die patronen.

'Hier is iets vreemds aan, vind je ook niet?' fluisterde ze.

Waarom lag het meeste bloed op het aanrecht, en niet op de vloer? Ze probeerde zich voor te stellen hoe dat gebeurd kon zijn. Het slachtoffer was neergeschoten en viel tegen het aanrecht aan? Maar waar was het kogelgat dan? En waarom had mevrouw Castigliore dan niets gehoord? Oké, de persoon was niet neergeschoten, maar neergestoken. Maar als het slachtoffer op het aanrecht viel, zou de aanvaller hem vanaf het midden van de keuken hebben moeten aanvallen. Dan zou het bloed eruit spuiten en door de hele keuken heen spatten, en niet uit de rug van het slachtoffer op het aanrecht vloeien. En waarom die perfecte druipsporen voor op de kastjes? Als het slachtoffer op de grond ineengezakt was, zou dat bloed uitgesmeerd zijn.

Dit patroon zag er bekend uit, maar niet van foto's van plaatsen delict. Het deed haar denken aan iets wat haar vorige week in haar eigen keuken was overkomen. Ze had een glas sinaasappelsap omgestoten, dat had een plas op het aanrecht gevormd, was toen langs de kastjes naar beneden gedropen en had een kleinere plas op de vloer gevormd. Toen kwam Mycroft eraan snuffelen, en hij had een heel spoor van sap over de vloer gemaakt.

'Moet je zien, Jake. Lijkt het er niet op dat dat bloed is gemorst, letterlijk? Uit een verpakking? Maar wie heeft er een verpakking bloed?'

Manny's hoofdhuid begon te prikken. Haar blik gleed naar de bloederige afdrukken op de koelkast. 'Kom op, Jake, ik moet wel. Ik kan hem niet níet openmaken.' Manny groef weer in haar tas, en deze keer haalde ze een zijden sjaal tevoorschijn. Ze zuchtte. 'Nou ja, het is in elk geval niet de Hermès.' Ze wond hem om haar hand en gebruikte maar twee vingers om de koelkast open te maken.

Daarin was nog meer bloed aanwezig. Niet gemorst, maar netjes in buisjes. Manny telde er zeven. Een voor ieder slachtoffer van de Vampier.

HOOFDSTUK VIERENTWINTIG

Jake en Mycroft keken naar de persoon die gestrekt op de bank lag. Zacht jankend likte Mycroft de slappe hand die vlak boven de vloer hing. Jake masseerde de voeten, die onder de blaren zaten.

'Weet je zeker dat ik geen eten moet gaan halen?' vroeg hij. Manny hief haar hand afwerend en draaide haar hoofd om. 'Ik ben te moe om te eten.'

Het was ongeveer zeventien uur geleden dat Manny en Jake het appartement van de Sandovals waren binnengedrongen. Iets meer dan vijftien dat ze naar Brooklyn was gegaan om Travis te zoeken en Jake naar het laatste slachtoffer van de Vampier was geroepen. Jake had het gevoel dat er wel drie weken gevuld konden worden met wat er was gebeurd. Voor Manny waren dat waarschijnlijk zelfs drie levens.

Hij ging naast haar zitten en streek een lok haar van haar voorhoofd. 'Je moet jezelf niet de schuld geven. Dit had niemand kunnen voorzien.'

Manny duwde zijn hand weg en ging rechtop zitten. 'Je hebt gelijk. Niemand had kunnen voorzien dat van alle miljoenen flats in New York Paco Sandoval me naar de flat zou sturen die blijkbaar door de Vampier werd gebruikt.' Manny sprong zo energiek van de bank af dat Mycroft op een holletje dekking zocht. 'Niemand had kunnen voorzien dat een jongen die al belachelijk in de problemen zat omdat hij in de buurt was toen een brievenbus ontplofte, nu absoluut waanzinnig in de problemen zou zitten omdat hij een ontsnapte federaal gevangene is en een verdachte in de bizarste moordzaak in New York sinds de Son of Sam.'

Manny schopte tegen de stapel tijdschriften die haar rusteloze geijsbeer in de weg stond. 'Je hebt helemaal gelijk, schat. Zelfs iemand met zo'n hyperactieve verbeelding als ik had dit niet kunnen voorzien!'

Jake keek haar met stijgende bezorgdheid aan. De uren van ondervraging door de politie van New York, de federaal aanklager en de FBI hadden hun tol geëist. Manny verkeerde op de rand van de totale uitputting.

'Je hebt slaap nodig. Kan ik iets doen om je te helpen ontspannen?'

'Wat dacht je van een in ether gedrenkte lap? Dat zou het gewenste resultaat moeten geven.' Manny plofte weer op de bank.

'Wat is er in vredesnaam aan de hand? Hoe kunnen jouw zaak en die van mij nou met elkaar in verband staan? Dat kan geen toeval zijn.'

Hij knikte. Over diezelfde vraag had hij zich al het hoofd gebroken sinds Manny hem vanuit de flat in Brooklyn had gebeld om haar ontdekking te melden. De vorige ochtend bewandelden ze nog twee afzonderlijke wegen om twee heel verschillende misdadigers te pakken. Nu bevonden ze zich blijkbaar op hetzelfde pad, maar waar waren ze naar op zoek? Naar een moordenaar en zijn medeplichtige? Of naar een moordenaar en zijn slachtoffer? Want Jake geloofde geen moment dat Travis de Vampier was. Iemand van achttien, hoe slim ook, kon nooit achter deze aanvallen zitten.

En welke rol speelden hij en Manny in dit drama? Het lag voor de hand dat hij, de meest ervaren patholoog-anatoom van New York, zich met de Vampierzaak bezig zou houden. Maar wat betekende die stomme woordenwisseling met Pederson, die Jake leek te waarschuwen zich verre van de zaak te houden? En waarom was van alle strafrechtadvocaten in New York nu juist de vrouw met wie hij iets had uitgekozen om Travis Heaton te verdedigen? Hoe beledigd Manny ook zou zijn als hij het zou zeggen, zij was niet de meest voor de hand liggende persoon om de Kakkerterrorist te verdedigen. Hoe had ze die opdracht dan gekregen? Wie had haar aanbevolen? Ze moesten het verband tot op de bodem uitzoeken.

Jake liep naar Manny en trok haar zachtjes overeind. 'Om een of andere reden die ik niet ken, wil iemand ons allebei op deze zaak hebben. Nu gaan we uitzoeken waarom.'

Manny zat met een wazige blik aan de keukentafel en probeerde zich te concentreren op de getypte woorden die over het papier dansten dat Jake voor haar had neergelegd. 'Hoe kun jij om zes uur 's ochtends zo kwiek zijn? Je hebt niet meer geslapen dan ik.'

'Ik heb mijn coschappen in het Bellevue gelopen. Daar leerden we ook om te functioneren met drie uur slaap.' Jake gaf haar een kop koffie en liet haar eerst een slok nemen voordat hij verderging. 'Dit zijn de vragen waarop we aan het eind van de dag antwoord moeten hebben. De eerste twee gaan over jouw zaak.'

De eerste halve kop versgemalen koffie begon effect te krijgen. Manny was helder genoeg om de vraag voor te lezen. '"Wie heeft Manny aanbevolen om Travis Heaton te verdedigen?" Dat weet je toch nog wel... je was erbij toen Kenneth me belde om over de zaak te vertellen.'

'Ja, maar wie heeft Kenneth gebeld? Maureen Heaton zelf?'

Manny nam nog een slok koffie. 'Nee, een vriendin van haar. Maar ik weet niet wie. Kenneth was opgewonden en ik was opgewonden. Ik weet niet meer wat hij me vertelde. Hij had een intakeformulier moeten invullen, maar hij had net zijn nagels laten doen en...'

'We gaan hem nu bellen en zijn schoonheidsslaapje verstoren,' zei Jake.

'Dat gaat niet. Hij is een romantisch weekendje weg met een nieuwe vriend. Hij zei dat hij een paar dagen zijn mobiel niet zou opnemen.'

'Ik ga hem in ieder geval niet naar het altaar begeleiden op zijn bruiloft.' Jake sloeg zijn ogen ten hemel. 'Kun je het mevrouw Heaton zelf vragen?'

'Ja, dat zal ik doen.' Manny liet het papier uit haar vingers vallen. Er zweefde iets aan de rand van haar geheugen, maar ze kreeg er de vinger niet achter.

'Wat is er?' vroeg Jake.

'Ik probeer het me te herinneren... De dag dat ik die borgstellingszitting won en ik Travis uit de gevangenis kreeg, omhelsde Maureen me en zei: "Ik ben zo blij dat Tracy je naar me toe heeft gestuurd." Op dat moment zocht ik er niet veel achter, maar ik ken helemaal geen Tracy, man of vrouw.'

'Je kent heel veel mensen.' Jake gaf Manny de telefoon. Manny begon het nummer in te toetsen, maar hield daar abrupt mee op. 'Nee, ik kan het niet. Maureen gaat door het lint als ze van deze nieuwe ontwikkeling hoort. Het is nu pas zes uur 's ochtends, ik kan haar nog niet bellen. Wat staat er als tweede op het lijstje?'

Ze pakte het papier op en las voor: '"Navragen bij contactpersoon politie Jersey over bijnaam Freak." O, dat heb ik gisterochtend al gedaan. Dat was ik je in alle opwinding vergeten te vertellen. Blijkbaar is Freak een nogal populaire bijnaam op straat. Er stonden er drie in de database. Eentje was zwart, en we weten dat onze man blank is. Eentje zit in de gevangenis. En eentje is er net uit na een korte straf voor het promoten van en deelnemen aan hondengevechten in Paterson.' Manny huiverde. 'Engerd. Ze hadden hem moeten opsluiten en vervolgens de sleutel moeten weggooien. Dit zou best onze man kunnen zijn.'

'Je gaat niet in achterafsteegjes in Paterson rondsnuffelen op zoek naar hondengevechten,' waarschuwde Jake. 'Dat laten we Sam opknappen. En voordat hij dat doet, kan hij die brief uit Paco's computer vertalen.'

'Spreekt Sam Spaans?'

'Vloeiend. Dat heeft hij in de jungle van Guatemala geleerd.'

'Wat deed hij daar dan?'

Jake haalde zijn schouders op. 'Wat niet weet, wat niet deert.' Heel eventjes fantaseerde Manny dat Sam een undercoverhuursoldaat voor de CIA was. 'Heeft hij hier geslapen? Dan ga ik hem wakker maken.'

'Dat hoeft niet, lieftallige vrouw.' Sam kwam de keuken in, gevolgd door Mycroft, met zijn riem achter zich aan. 'Ik droomde dat ik werd wakker gekust door een beeldschone roodharige. Het bleek geen droom te zijn, het was Mycroft, die hoognodig moest.'

'Bedankt dat je hem hebt uitgelaten, Sam.' Manny wierp een blik op hem. 'Je bent toch wel in de buurt gebleven?'

'Ja, hoezo?'

'De vorige keer dat je broer Mycroft uitliet, gedroeg hij zich als een pooier,' vertelde Manny aan Jake. 'Hij ging naar Fifty-fourth Street en liep voor Manolo Blahnik heen en weer om vrouwen met mooie schoenen op te pikken. Maar ik weet iets om die misstap goed te maken.'

Manny gaf een klopje op de stoel naast zich en nodigde Sam uit om te gaan zitten. 'Ik heb iets voor je om te vertalen. Jake, wil je me mijn tas even geven?'

Jake hees de grote leren Fendi-tas omhoog, die Manny de vorige avond bij de deur had neergekwakt. 'Sjezus, wat zit hier allemaal in? Een loden jas voor het geval dat je op je dagelijkse patrouille op plutonium stuit?'

'Alleen het strikt noodzakelijke.' Manny ritste de tas open en zocht naar de vellen papier die ze in Paco's kamer had uitgedraaid. De tas had meerdere vakken, maar ze wist zeker dat ze de brief snel in het grootste vak had gestopt toen ze het appartement van de Sandovals verliet. Hij moest in de loop van de dag onder in de tas zijn beland. Vanuit de leren diepten verschenen haar BlackBerry, haar portemonnee, sleutels en chequeboek. Nu de grootste obstakels aan de kant waren, keek ze in de tas. Daar glom iets wits! Manny trok eraan. Een bonnetje voor de Chrome Hearts-zonnebril die ze twee maanden geleden had gekocht.

Jake bekeek het bedrag. 'Ze zijn zeker een komma vergeten?'

'Ik ben te gezagsgetrouw om goedkope namaak te kopen.' Manny bleef wroeten. 'O shit, ik heb de verjaardagskaart voor tante Joan nooit op de post gedaan.'

Jake schudde zijn hoofd terwijl hij een kop koffie voor zijn broer inschonk. 'Misschien kun je beter eieren gaan klutsen. Dit kan nog wel even duren.'

'Dan moet hij in het zijvak zitten,' zei Manny. Daaruit kwamen haar make-uptasje, de nieuwste *Vogue*, een zakje gedroogde abrikozen en een borstel ter grootte van een pingpongbatje tevoorschijn.

'Gedroogde abrikozen?' vroeg Sam.

'Ik probeer gezond te snacken. Die dingen zitten barstensvol anti-oxidanten.'

'Het zakje is nog niet eens open.'

'Aha! Hier is ie.' Manny grijnsde van opluchting toen ze een stapeltje wit papier openvouwde. Maar de glimlach vervaagde toen ze las: 'U bent hartelijk uitgenodigd voor de pre-sale van Barry Kieselstein-Cord bij Bergdorf Goodman.'

'Dit is belachelijk. Hij moet erin zitten.' Manny deed alle ritsen en druksluitingen van de enorme tas open, hield hem op zijn kop en schudde ermee. Sam griste zijn koffiekop weg om hem te beschermen tegen de stortvloed van rommel en troep. Toen het stof was neergedaald, keken de twee mannen naar de keukentafel, met het ontzag van archeologen die een geopende graftombe betreden.

'Een dopsleutel?'

'Een lacrossebal?'

'Ik moest een losse moer aan Kenneths stoel vastzetten. En Mycroft heeft die bal bijna op zijn kop gehad; twee keer zelfs. Ik heb hem afgepakt van die meisjes in het park.'

Nu elk voorwerp uit haar tas op tafel lag, doorzocht Manny alles systematisch. Ze raakte steeds meer in paniek toen het bonnetje van de stomerij en het afhaalmenu van de Chinees de laatste papieren in haar tas bleken te zijn.

Uiteindelijk pakte ze de vuilnisbak en veegde daar een stapel troep in. 'De brief is weg.' Ze wendde zich met een ruk naar Jake. 'En ik ben hem niet kwijtgeraakt. Wat die tas in gaat, blijft erin zitten. Totdat ik het overhevel naar een andere tas. Hij is gestolen.'

HOOFDSTUK VIJFENTWINTIG

'Is je tas gisteren op enig moment onbewaakt geweest?' vroeg Jake.

Manny dacht even na. 'In het restaurantje stond hij voortdurend naast me op de bank. Ik heb hem niet neergezet toen ik in die flat in Brooklyn was. Daarna heb ik met die agenten, juristen en FBI-agenten gepraat.' Manny draaide een lok haar om haar vinger. 'Volgens mij heb ik hem de hele tijd bij me gehouden, maar zo af en toe hing hij over de leuning van mijn stoel, of lag hij onder de tafel. Toen kan iemand die brief eruit hebben gehaald.'

'Maar wie dan?' protesteerde Jake. 'Ik dacht dat je de agenten en de FBI niets over de brief hebt verteld. Niemand wist dat je hem had, behalve Paco.'

Manny knikte langzaam, ze probeerde de implicaties te overzien. 'Het gedeelte over die brief heb ik met opzet voor mezelf gehouden. Ik wist dat als ik die aan hen zou geven, ik nooit te weten zou komen wat erin stond. Ik had bedacht dat ik de brief, als ik hem gelezen had, altijd nog aan hen kon geven als er informatie in stond die me in de problemen zou brengen wanneer ik die zou achterhouden. Dan zou ik zeggen dat ik hem in alle opwinding was vergeten.'

Ze keek Jake strak aan. 'Dus dat betekent dat degene die hem uit mijn tas heeft gestolen door Paco is getipt.'

'Dat sluit de officiële instanties uit,' zei Jake.

'Is dat zo?'

Jake kreeg plotseling grote belangstelling voor het inruimen van de vaatwasser, wat hij anders pas deed als er geen schoon bord meer in huis was. Manny wist dat hij die tijd gebruikte om kalm een antwoord te formuleren. Altijd de wetenschapper, altijd vol zelfbeheersing.

'Jake, denk er eens over na.' Manny stond op en gooide de spullen terug in haar tas. 'Er zit een luchtje aan de manier waarop Paco Travis zijn vriendenkring in heeft getrokken. En de houding van de overheid jegens de Sandovals, namelijk ze met rust laten, is nog vreemder. Hoe weten we dat de Sandovals niet met de FBI samenwerken in een terrorisme-undercoveroperatie of zoiets?'

Jake deed langzaam de vaatwasser dicht. 'Wat voor empirisch bewijs heb je daarvoor?'

'Dat heb ik je net verteld.'

'Je neemt twee onverklaarde fenomenen, voegt ze samen, en daar komt een samenzwering uit. Als wetenschapper kijk ik eerst naar de meest waarschijnlijke verklaring. Nadat die is uitgesloten – pas nadat die is uitgesloten – ga ik de minder waarschijnlijke mogelijkheden overwegen. Hoor je hoefgetrappel, denk dan aan paarden...'

'Ja, ja, niet aan zebra's,' zei Manny, die het oude gezegde afmaakte. 'Het probleem met jou is alleen dat jij autoriteit automatisch vertrouwt, tenzij je overweldigend bewijs hebt dat het systeem niet werkt. Ik trek autoriteit automatisch in twijfel, tenzij degene die die uitoefent me heeft bewezen dat hij boven verdenking staat. En om eerlijk te zijn staan federale aanklager Brian Lisnek, ambassadeur Sandoval en die fidele mannen van de FBI die me gisteravond hebben ondervraagd dat niet.'

Sam had naar deze woordenwisseling gekeken als een toeschouwer op het center court tijdens de US Open. Nu kwam hij tussenbeide voordat zijn broer kon reageren. 'Volgens mij heeft Manny niet helemaal ongelijk. Maar, maar,' Sam hief zijn hand en gebaarde om stilte toen Jake zijn mond opende om te protesteren, 'je kunt Jakes methode ook niet bekritiseren. Je moet uitgaan van de meest waarschijnlijke verklaring, totdat die ontkracht wordt.

Dus, Manny,' vervolgde Sam. 'Laten we eens nagaan wanneer iemand die brief uit je tas kan hebben gepakt. Paco wist dat je naar Rosamond Street zou gaan, maar hij kon niet weten wie je daar zou tegenkomen. Ben je er zeker van dat het contact met de buurvrouw en de conciërge van jou uitging?'

'Natuurlijk ben ik daar zeker van. En ik heb al die tijd niet dicht bij iemand gestaan... behalve...' Haar stem stierf weg, want ze bedacht hoe ze het flatgebouw was binnengekomen.

'Behalve?'

'Toen ik daar arriveerde, kwam er voordat ik op de bel kon drukken een man het gebouw uit, die de deur voor me openhield. Op dat moment dacht ik dat hij gewoon een vriendelijke buurman was, maar misschien had hij wel op me staan wachten.'

'En denk je dat hij in de paar tellen waarin je langs hem liep een greep in je tas heeft kunnen doen en de brief eruit heeft kunnen halen?' Sam stond op en vulde zijn koffiekop bij. 'Als ze die brief echt terug wilden krijgen, zou het te riskant zijn om al hun hoop op die korte ontmoeting te vestigen. Zakkenrollen gaat het best in een volle lift, op een straathoek, in de metro – ergens waar het slachtoffer het niet vreemd zal vinden dat er iemand tegen hem op botst, en de dader in de menigte kan opgaan.'

Manny nam hem achterdochtig op. 'Je weet nogal wat van het onderwerp, zo te horen. Als we jouw kamer doorzoeken, vinden we dan een verzameling portemonnees?'

'Neuh.' Sam grijnsde. 'Ik haal het geld eruit en gooi het omhulsel weg. Nee, even serieus, kun je een moment bedenken gisteren waarop je door mensen werd omringd?'

Manny kauwde op haar onderlip en speelde die hele lange dag vol actie voor haar geestesoog af. 'Toen ik de parkeergarage in liep om mijn auto te halen, stonden er vier of vijf mensen te wachten totdat hun auto werd voorgereden. Er is niet zoveel ruimte, dus we stonden op een kluitje.'

'Het ligt meer voor de hand dat het daar gebeurd is,' zei Sam. 'Dan kan het zo zijn dat degene die Paco heeft getipt jouw dagelijkse routine goed genoeg kent om te weten waar jij je auto parkeert.'

'En dat je met de auto naar Brooklyn zou gaan,' voegde Jake eraan toe, 'niet met de metro.'

'Bedoel je dat het iemand is die ik ken?'

'Of iemand die je al een tijdje in het oog houdt,' zei Jake. 'Wat ons weer op de vraag brengt hoe je om te beginnen betrokken bent geraakt bij deze zaak.' Hij gaf Manny de telefoon weer. 'Je bent nu een beetje warmgedraaid. Volgens mij ben je er nu klaar voor om met Maureen Heaton te praten.'

Manny haalde diep adem en belde. Zoals verwacht bestonden de eerste vijf minuten van het gesprek uit Maureens paniekerige speculaties. Uiteindelijk kon Manny het gesprek op de kwestie brengen waar het om ging. 'Maureen, kun je mijn geheugen even opfrissen: wie heeft tegen jou gezegd dat je mij het beste kon inhuren om Travis te vertegenwoordigen?'

'Dat was een vrouw die Tracy heet. Ik weet niet hoe ze van achteren heet. Ze is verpleegkundige in het revalidatiecentrum in Chelsea. Ik werkte daar de nacht dat ik werd gebeld dat Travis was aangehouden. Ik was helemaal in paniek. Ik moest onmiddellijk weg, maar ik kon mijn patiënt niet alleen laten. Tracy was heel begrijpend. Ze zei dat ik moest gaan, dat het een rustige nacht was en dat zij wel extra tijd met mijn patiënt kon door-brengen.

En toen liet ze me jouw visitekaartje zien, ze zei dat ze je zou bellen en dat jij contact met mij zou opnemen als Travis een advocaat nodig had. Jij hebt haar neef geholpen... of was het haar nicht? Hoe dan ook, je belde me toen ik in de gevangenis was, en toen wist ik al dat ik je heel hard nodig had. En dan zeggen mensen dat New Yorkers kille mensen zijn, maar daar ben ik het nooit mee eens geweest.'

Manny mompelde een paar bemoedigende woorden en rond-de het gesprek af.

Terwijl ze het nummer van het revalidatiecentrum in Chelsea intoetste, gaf ze Jake en Sam een samenvatting van het gesprek.

'Hoe moet ik nou weten wie van mijn cliënten een tante heeft die Tracy heet en verpleegkundige is?' Manny praatte een kwartier met de receptioniste, het hoofd van de afdeling personeelszaken, de directeur verpleegkunde en iedereen die ze in het kleine particuliere verpleegtehuis maar aan de telefoon kon krijgen. Ze werd steeds gefrustreerder. Uiteindelijk hing ze op. Sam en Jake keken haar verwachtingsvol aan.

'Er werkt geen Tracy in het revalidatiecentrum in Chelsea.'

HOOFDSTUK ZESENTWINTIG

Jake liet Manny achter om nader onderzoek te doen naar haar vermiste cliënt en naar de vraag wie haar had aanbevolen voor deze zaak, en trok zich terug in het donkere hol dat zijn werkkamer was. Hij had zich verzet tegen al Manny's pogingen om de kamer op te leuken. Zwartleren stoelen, ingelijste antieke prenten, een vitrinekast van mahonie en glas – al haar suggesties werden met een resoluut 'nee' afgedaan.

Hij vond de kamer precies goed zo. Hij had geen prettige omgeving nodig om zich te kunnen concentreren, wat Manny maar niet kon begrijpen. Voor hem moest de omgeving vertrouwd zijn, hij moest zeker weten dat elk instrument, naslagwerk en hulpmiddel dat hij nodig zou kunnen hebben met één draai van zijn versleten bureaustoel binnen handbereik lag.

Door de ogen van een bezoeker zag het kantoor er hopeloos chaotisch uit. Maar Jake kon zijn hand in een toren schijnbaar ongeordende papieren steken en precies dat eruit halen wat hij nodig had. Een archiefkast stond voor hem gelijk aan een prullenbak.

Vandaag werd Jake omringd door een lawine aan informatie over de Vampier, en hij maakte aantekeningen op een kladblok in de vreselijke hanenpoten die alleen hijzelf kon ontcijferen. Hij maakte een lijstje met vragen waar hij antwoord op wilde hebben.

1. De koffiebeker met Nixons vingerafdrukken... van Amanda Hogaarth of achtergelaten door de moordenaar? Hoe verkregen? Waarom?
2. Het adoptiebureau Family Builders; wat is het verband met Hogaarth?
3. Hogaarth en Fortes; waarom gemarteld en vermoord? Waarin verschillen ze van de eerdere slachtoffers?
4. Wat is het belang van het bloed?

De intercom zoemde. Hij hoorde een stem, die zei: 'Ik ben het, Ridley.'

Paul Ridley kwam de kamer binnen, en hij boog zijn hoofd om dat niet tegen de twee meter hoge deuropening te stoten. De woorden 'lang en dun' waren bij lange na niet toereikend om het hoofd van de technische recherche te omschrijven; Ridley zag eruit alsof een op hol geslagen computeranimatieprogramma hem te pakken had genomen, had uitgerekt en weer in de maatschappij geworpen.

'Ga zitten,' zei Jake. 'Gooi die spullen maar op de vloer.'

Ridley vouwde zijn broodmagere lijf in een stoel. 'Ik heb informatie over die koffiemok uit Hogaarths appartement.'

Jake grijnsde. Misschien kon hij het eerste onderwerp van zijn lijstje zo afvinken. 'Ik weet dat de FBI zijn best doet om dat bewijsstuk in handen te krijgen. Ik was bang dat je niet veel kon ontdekken voordat je hem moest overdragen.'

'Ja, misschien zijn we hem binnenkort kwijt, maar volgens mij heb ik wat jij wilt weten.' Ridley haalde een map uit zijn aktetas en las zijn aantekeningen voor. 'De beker was van goedkoop zwartgeglazuurd porselein, met de zilverkleurige initialen SCFR erop. Er staat een merkje op de onderkant: CAYO. Toen we dat spoor volgden, kwamen we uit bij een distributeur in Zuid-Boston die in het groot mokken inkoopt van een fabrikant in China, en ze dan bedrukt voor klanten die ze als reclamemateriaal weggeven.' Hij wees naar de blauwe beker op Jakes bureau, die vol stond met pennen, en waarop in het rood LABTECH stond. 'Zoals die, die heb je waarschijnlijk gekregen van de vertegenwoordiger van laboratoriumapparatuur?'

Jakes tevreden glimlach vervaagde wat. 'Er worden in dit land elk jaar waarschijnlijk honderd miljoen reclamebekers uitgedeeld. Je gaat me toch niet vertellen dat je weet hoe deze in de handen van president Nixon terecht is gekomen?'

Ridley keek Jake aan over de bril die op zijn puntige neus stond. 'Eh... eigenlijk wel, ja.'

Jake gaf een klap op zijn bureau. 'Ridley, je moet me niet verkeerd begrijpen, maar ik hou van je.'

Ridley kuchte. 'Ja, eh... zoals ik al zei, we hebben de chemische samenstelling van het glazuur geanalyseerd, waardoor we de beker konden herleiden tot een periode van tien jaar waarin Cayo, de fabrikant, deze formule gebruikte. Die periode, van 1975 tot 1985, valt na Nixons aftreden, maar voor de tijd waarin zijn gezondheid achteruitging, en in die tijd gaf hij veel lezingen. We hebben de verkoopgegevens van de distributeur over deze periode bekeken en de klant gevonden die deze bekers heeft besteld: het *Scanlon Center on Foreign Relations*, een rechtse denktank over buitenlandse aangelegenheden. We denken dat Nixon daar in 1977 een toespraak heeft gehouden.'

'Knap werk, Ridley. Dus je wilt zeggen dat Nixon tijdens zijn toespraak meer dan dertig jaar geleden uit deze mok heeft gedronken en dat zijn vingerafdrukken er nog steeds op zitten?'

'O ja, geglazuurd porselein houdt vingerafdrukken perfect vast. Zolang de beker niet wordt schoongeveegd of aan extreme vocht of warmte wordt blootgesteld, blijven die afdrukken prima zitten. Verzamelaars van presidentiële memorabilia gaan doorgaans veel voorzichtiger met dit soort voorwerpen om dan agenten met belangrijk bewijs van een plaats delict. Ze raken ze niet aan; ze bewaren de spullen in een papieren zak. Je weet wel, alles wat we die agenten ook leren, maar wat vervolgens volledig genegeerd wordt.'

'Zaten er nog andere afdrukken op die beker?' vroeg Jake.

'Geen een. Dat sluit volgens mij de mogelijkheid uit dat de voormalige president die gratis bekers bewaarde en mee naar huis nam voor bij het ontbijt.'

'Dus we kunnen ervan uitgaan dat een van de bezoekers van deze lezing een souvenir wilde hebben. Hij wilde graag een beker hebben waaruit Richard Nixon had gedronken.' Jake trok zijn lippen samen. 'Het doet mij niks, maar het zal wel in dezelfde categorie vallen als een met zweet doorweekt T-shirt bewaren dat een popster de menigte in gooit.'

Jake pakte een rubberen knijpbrein op dat hij op de jaarlijkse forensische wetenschapsconferentie van een verkoper had gekregen en kneep erin. 'Knap werk, Ridley. Je hebt achterhaald op welke dag in het ruim tachtigjarige leven van de president die vingerafdrukken op die beker terecht kunnen zijn gekomen. Jammer genoeg lijkt het ons geen stap dichter te brengen bij het antwoord op de vragen hoe en waarom hij in het appartement van Amanda Hogaarth is beland. Iedereen die die dag in de zaal is geweest kan hem hebben meegenomen.' Hij smeet het brein terug op het bureau, waar het over een autopsierapport heen stuiterde. 'Weet je hoeveel mensen er bij die toespraak waren?'

'Er zijn uitnodigingen rondgestuurd. Er waren honderdtwintig wetenschappers, journalisten en beleidssukkels van de overheid.' Ridley trok twee getypte vellen papier uit zijn map en gaf die aan Jake. 'Het Scanlon Center heeft me heel vriendelijk de lijst met aanwezigen gegeven. Lang leve stagiaires.'

'Geweldig! Heb je dit al met rechercheur Pasquarelli besproken?'

'Ja, maar hij werd er niet half zo opgewonden van als jij.'

Jake pakte de papieren aan. 'Het lijkt mij heel belangrijk. Misschien heeft iemand van die lijst Amanda Hogaarth vermoord.' Ridley ontvouwde zich uit de stoel en stond op. 'Ik laat het aan jou en de rechercheur over om dat uit te zoeken.' Hij hief zijn hand in een afscheidssaluut. 'Blij je van dienst te zijn geweest.'

'Bedankt, Ridley.' Hij keek toe terwijl de forensisch onderzoeker een plekje zocht op de rommelige vloer om zijn voeten maat vijftig neer te zetten. 'Hé, nog even iets. Weet je wat het onderwerp was van Nixons lezing?'

'Tactieken om de linkse oppositie in Argentinië te ontregelen.'

HOOFDSTUK ZEVENENTWINTIG

'Hallo?' Manny nam de telefoon op toen ze met haar Porsche cabriolet de weg op draaide, klaar om naar kantoor te gaan. 'Manny, met Sam. Ik heb net een afspraak gemaakt met Deanie Slade, het meisje dat me in contact heeft gebracht met Boo Hravek. Ze komt regelmatig in Club Epoch, waar Paco en Travis voor de bomaanslag aan het feesten waren. Ze wil daar met me praten. Misschien wil jij wel horen wat ze te zeggen heeft.'

'Wanneer? Vanavond?'

'Nee, nu meteen. Ik sta op het punt in de metro naar Hoboken te stappen. We kunnen daar afspreken.'

Manny keek op haar horloge. 'Is tien uur 's ochtends niet een beetje vroeg om te gaan stappen?'

'Ze zei dat de zijdeur open was. Ze kent het personeel waarschijnlijk. De club is aan Franklin Street. Ik zie je daar om elf uur.'

Manny oordeelde dat de Lincoln Tunnel op dit tijdstip gekkenwerk zou zijn, dus ze reed noordwaarts om via de George Washington Bridge de Hudson over te steken en dan aan de andere kant weer naar het zuiden, naar Hoboken, te gaan.

De lucht was zeldzaam blauw, niet ontsierd door wolken of nevel, en Manny maakte haar ogen af en toe van de weg voor zich los om door het zijraampje een blik te werpen op de skyline van de stad. Op een dag als vandaag kon je je gewoon geen zorgen maken!

Ze had het te druk gehad om met Sam te overleggen over wat Boo met de zaak te maken had, maar hij was er duidelijk mee bezig geweest. Misschien was dit het ontbrekende stukje waardoor de andere onsamenhangende stukjes van de puzzel een herkenbaar plaatje zouden vormen. Laat het maar aan Sam over om dat stukje te vinden.

Manny stopte bij een verkeerslicht. Het was heel lang geleden dat ze vanaf Fort Lee langs de rivier naar het zuiden gereden was. Het was veel drukker dan ze zich herinnerde. Luxe koopflats met uitzicht over de rivier schoten overal op en verdrongen de oude pakhuizen en fabrieken waar het hier in deze industriele buurt aan het water vroeger vol mee stond. Maar er waren nog een paar relikwieën over die stonden te wachten tot ze door ontwikkelaars werden neergehaald.

Manny keek op haar horloge. Ze had gedacht dat ze nu toch wel in Hoboken zou zijn, maar ze was pas in West New York, ze moest nog een stadje verder. Haar uitzicht op de rivier verdween af en toe terwijl ze door de verstopte straten reed. West New York was wat Hoboken twintig jaar geleden was: bijna trendy, maar nog behoorlijk ruig. Een groot leegstaand gebouw wierp zijn schaduw over de auto, en op een zijmuur stond nog steeds in spookachtige letters: BRANDWERENDE KLEDING. Dat zou waarschijnlijk de volgende fabriek zijn die werd verbouwd tot een aantal lofts. Hier kon ze een flat krijgen die vijf keer zo groot was als haar studio in Manhattan, voor dezelfde prijs.

Eindelijk zag Manny een bord met WELKOM IN HOBOKEN. Club Epoch was niet ver weg, hij stond aan de noordrand van de stad, en Manny parkeerde op het moment dat het klokje in de auto op 11:00 sprong. Ze stapte uit en keek rond of ze Sam zag. De straat was leeg. Ze belde Sam, maar zijn telefoon ging onmiddellijk over naar de voicemail.

De enige activiteit in de straat speelde zich af in een buurtwinkel op de hoek. Misschien had iemand daarbinnen Sam op de stoep voor de club zien staan. De geur van verbrande koffie die vierentwintig uur per dag warm werd gehouden overviel Manny toen ze binnenkwam. De geblondeerde vrouw achter de toonbank worstelde met het apparaat voor lottobiljetten, terwijl twee sjofel geklede mannen ongeduldig stonden te wachten om hun geld te mogen verliezen. Het had geen zin om zich daarin te mengen, zelfs niet om alleen maar een eenvoudige vraag te stellen. Manny hield zich onledig met het lezen van de koppen van de kranten die keurig voor de toonbank in het gelid stonden. Van de discrete kop in de *New York Times*: POLITIE ONDERZOEKT NIEUWSTE WENDING IN VAMPIERZAAK tot de kop in de *New York Post*: VAMPIER TEGEN KAKKER: KOM MAAR IN MIJN NEST; bij alle drie de New Yorkse kranten en de *Newark Star-Ledger* stond de Vampierzaak op voorpagina.

Een dikke vrouw met een hoofd vol vlechtjes pakte de *Post* en knoopte een gesprek aan. 'O, o, o,' zei ze. 'Wat een nare vent. Een beetje naalden in allerlei mensen steken.' Ze sloot haar ogen en huiverde.

Manny knikte vaag, ze probeerde de aandacht van de winkelbediende te trekken om te vragen of die Sam misschien in de buurt had zien lopen of de club had zien binnengaan.

'Waarom krijgt de politie hem niet te pakken?' vervolgde de vrouw. 'Al dat DNA-gedoe van tegenwoordig en ze komen er geen steek verder mee. Weet je de Son of Sam nog? Die kregen ze te pakken door een parkeerkaartje. Ik wed dat het hier ook zo zal gaan.'

Een andere man kwam erbij staan en mengde zich in het gesprek, zodat Manny niet mee hoefde te kletsen. 'Ze moeten hem echt snel pakken, want ik vind het doodeng. Man, naalden zijn het ergste wat er is. Vuurwapens, oké, maar dit...'

Manny keek op. De man die aan het woord was had kolenschoppen van handen en een nek als een sumoworstelaar. Maar ze zag aan de afkeer op zijn gezicht dat de Vampier hem werkelijk angst aanjoeg.

'En die kerel dan, die hij vermoord heeft met die rattenbeten?' herinnerde de eerste vrouw de man.

'O jezus, hou op! Wat ze eigenlijk zouden moeten doen om hem te pakken te krijgen is...'

De twee bleven nog een tijdje tegen elkaar opbieden met enge verhalen en adviezen. Manny luisterde het gesprek af, verbaasd dat ze zoveel over de zaak wisten. Ze wist zeker dat als ze hun vroeg hoe hun vertegenwoordiger in het congres heette of wat er op dit moment speelde tussen de Israëli's en de Palestijnen, ze met hun mond vol tanden zouden staan, maar wat de Vampier betreft waren het deskundigen. Door de overweldigende media-aandacht zagen miljoenen mensen zich als toekomstige slachtoffers, toekomstige rechercheurs, of allebei.

Eindelijk was Manny aan de beurt, en ze gooide een pakje kauwgum op de toonbank. 'Heb je het afgelopen halfuur hier in de buurt een lange, magere man met een paardenstaart gezien? Hij was misschien op weg naar Club Epoch,' vroeg ze aan de caissière terwijl ze betaalde.

De vrouw schudde haar hoofd. 'Het is de hele ochtend rustig geweest, tot nu.'

Manny ging weer naar buiten en keek de straat door naar een zwartgeschilderd gebouw dat eruitzag als een pakhuis, met een grote zilverkleurige E op de deur. Dat moest het zijn. Ze trok haar neus op, dit was niet haar idee van een populaire uitgaansgelegenheid. Wachtte Deanie daarbinnen helemaal in haar eentje op hen? Manny's door de zon opgewekte optimisme begon weg te ebben. Waarom had Deanie Sam plotseling gebeld? Ze moest weten dat hij een verdachte was van de moord op Boo. Was dit een valstrik?

Ze belde Sam weer, en kreeg opnieuw de voicemail. Toen belde ze Jake. 'Ik denk dat Sam in de nesten zit,' zei Manny, zonder hem eerst te begroeten. 'Ik weet niet zo goed wat ik moet doen.'

Snel legde Manny de situatie uit.

'Ik kom eraan,' zei Jake. 'Je gaat niet alleen naar binnen, begrepen?'

'Dat zal ik niet doen. Niet na gisteren. Maar Jake, het gaat je meer dan een uur kosten om de stad door te komen en Hoboken te bereiken.'

'Je hebt mazzel. Ik ben niet op kantoor. Ik ben naar een verdacht overlijden geroepen, aan Forty-fourth Street ter hoogte van Ninth Avenue. Ik ben net klaar, en ik heb hier een dienstauto.'

'Dat is vlak bij de Lincoln Tunnel. God bestaat toch!'

'Hoeveel wetten heb je overtreden om hier zo snel te komen?' vroeg Manny toen Jake twintig minuten later arriveerde.

'Ik moest rechts inhalen, maar dat kwam doordat ik werd opgehouden door een vent die stopte voor de oranje stoplichten. Hij had een nummerplaat uit Iowa. Hij wist zeker niet dat je in een democratische staat bij oranje gas geeft.'

'Ik vind dat Wegbeheer die regels beter bekend moet maken.' Manny pakte Jake bij zijn elleboog en nam hem een stukje mee naar rechts. 'Zie je dat zwarte pakhuis? Dat is Club E. Sam zei dat Deanie hem vanochtend had gebeld, en dat ze heel zenuwachtig klonk. Ze zei dat ze informatie had over wat er met Boo was gebeurd, maar dat ze daar niet via de telefoon over wilde praten.'

'Heb je enig idee waarom ze plotseling van gedachten was veranderd?' vroeg Jake.

Manny schudde haar hoofd. 'Dat baart me ook zorgen. Stel dat het een val is?'

'Jij blijft hier, dan ga ik het uitzoeken,' zei Jake.

'Absoluut niet!'

'Manny, dat is veiliger. Als ik niet meer naar buiten kom, kun jij de politie bellen.'

'Stel dat de politie de val heeft gezet? Ze zijn op zoek naar Boo's moordenaar. Er zou best belastend bewijs binnen kunnen liggen. Als de politie toevallig twee minuten nadat jij naar binnen bent gegaan komt opdagen, heb je een getuige nodig om je verhaal te bevestigen.'

Jake keek haar even aan, draaide zich toen om en stak de straat over. 'Kom op, Manny. Aan de slag dan maar.'

Jake trok aan de zwarte zijdeur, waar helemaal niets op stond. Hij ging open, en er kwam een stroom koude, ranzige lucht naar buiten. De airconditioning hield de temperatuur laag, maar kon niet op tegen de geur van de hordes zwetende, drank morsende en kotsende klanten die afgelopen nacht in Club E waren geweest.

Jake gebaarde dat Manny even opzij moest en keek het flauw verlichte gebouw in. Er liep een lange gang naar rechts, die alleen werd verlicht door het bordje van de nooduitgang. Als hij recht vooruit keek, zag hij de donkere dansvloer en het silhouet van een van de drie lange bars. Jake haalde een fel zaklampje uit zijn borstzak. De straal was maar een meter lang, maar dat belette hem ten minste om de afgrond in te lopen.

'Deanie! Ik ben het, Sam Rosen,' loog Jake.

Jake en Manny bleven op de drempel staan luisteren.

'Volgens mij hoorde ik iets,' zei Manny. 'Een stem, maar ik kon de woorden niet verstaan.'

Jake fronste zijn voorhoofd. 'Dan heb je betere oren dan ik. Uit welke richting kwam het?'

'Volgens mij van de andere kant van de gang.'

Naast de deur zag Jake een zware staaf staan, waarvan hij aannam dat de uitsmijters die gebruikten om de deur open te houden als het te druk werd in de club. Hij sleepte hem naar buiten om de deur wijdopen te zetten en zo veel mogelijk fel zonlicht binnen te laten.

'Weet je zeker dat je niet hier wilt wachten?' vroeg Jake.

'Natuurlijk niet! Ik ga met je mee.' Manny liep achter Jake aan, de deur en de gang door.

'Deanie?' riep Jake weer.

Deze keer hoorden ze het allebei. Een gejammer of gekreun, dat onmiskenbaar uit een van de ruimtes kwam die aan de gang grensden.

Jake versnelde zijn pas.

'Voorzichtig,' waarschuwde Manny. 'Het kan nog steeds een val zijn. Je moet niet zomaar ergens binnenvallen.'

Jake bleef staan voor een deur met daarop een bordje KANTOOR. 'Deanie? Ben je hierbinnen?'

Het vage gedempte geluid klonk weer. 'Volgens mij komt het daarvandaan.' Manny wees naar de volgende deur.

Jake probeerde de deur, maar kon de knop niet omdraaien. Binnen werd het gekreun heftiger.

'Ik vind dit maar niks.' Manny stak haar hand in haar tas. 'Ik ga de politie bellen.'

Jake trok de telefoon uit haar hand en liet hem weer in haar tas vallen. 'En hoe zouden we onze aanwezigheid hier dan verklaren? Dan moeten we ze vertellen over het verband met Sam. Of we doen die deur zelf open en praten met Deanie, of we gaan nu weg en bellen de politie met een anonieme tip.'

Manny beet op haar lip. 'Die deur ziet er vrij solide uit. Er zit een Yale-slot op. Heb jij een goed idee?'

Jake keek om zich heen. Een paar passen verderop hing een grote brandblusser aan de muur. 'Die zou ik wel als stormram kunnen gebruiken.' Hij haakte hem los.

Manny liep achter hem aan en fluisterde: 'Maar, Jake, stel dat ze daar niet alleen is? Je stormt daar zo onbeschermd naar binnen.'

Hij keek haar in de ogen. Hij was verbaasd, en geraakt, door de bezorgdheid die hij daar zag. Jake wist dat ze gelijk had, maar hij wilde niet bij de risico's stil blijven staan. Als zijn broer in de problemen zat, ging hij naar binnen. Jake gaf Manny een kneepje in haar hand. 'Jij geeft me rugdekking.'

Toen draaide hij zich om, rende drie stappen en beukte de deur open.

Jake bewoog zo snel dat Manny geen tijd had om bang te zijn. De versplinterende deur maakte een enorm lawaai, dat elk geluid dat uit de kamer kon komen overstemde. Manny liep naar de deuropening en klemde zich met een trillende hand aan de deurpost vast.

Jake sprong op van de vloer. Om hem heen stonden vage vormen, die schaduwen in de kamer wierpen. De raamloze ruimte leek zich tot in het oneindige uit te strekken. Binnen in de pikdonkere ruimte was het gekreun veranderd in hoog, gedempt gegil. Manny tastte naast de deur naar een lichtschakelaar.

De kamer kwam tot leven: het was een opslagruimte waarin dozen met keukenrollen, schoonmaakmiddel en glaswerk hoog opgestapeld stonden. Tussen die zuilen door liepen willekeurige paadjes, als een doolhof in een graanveld met Halloween. Maar in het midden zat geen pop waarin een bandje met enge geluiden werd afgespeeld; daar zat een echt mens, dat bang was en pijn had.

Jake ging het doolhof in, op zoek naar het geluid. Manny liep achter hem aan. Ze doken om een zuil van dozen heen en ontweken een paar opgestapelde barkrukken. Het geluid werd nu harder, en scheller. De angst die erin doorklonk was zo hevig, hij leek bijna niet meer menselijk. Manny dacht terug aan die keer toen ze acht was en het gegil hoorde van een konijnenjonkie dat door een kater uit de buurt werd meegesleept. Toen was ze machteloos geweest, maar nu was ze dat niet.

'Deanie, het komt goed. We komen je helpen,' riep ze. Alle gedachten aan een val waren verdwenen, ze was nu alleen nog maar vastbesloten om zich een weg te banen door de stapels troep in de ruimte en dat arme meisje te redden.

Jake stootte met zijn schouder een piramide van wc-papier om. Manny keek naar de blokkade die hij had opgeworpen. Ze kon er niet overheen, ze zou eromheen moeten. Voor haar liep Jake verder over het hoofdpad. Manny koos een zijweggetje waarvan ze hoopte dat dat naar hem toe zou leiden en wurmde zich erdoorheen.

Ze voelde een hand op haar schouder.

Manny's gil weerkaatste door het gebouw.

HOOFDSTUK ACHTENTWINTIG

'Rustig maar!'

'Sam! Waar kom jij nou vandaan?'

'De metro bleef steken in de tunnel onder de rivier. Ik heb meer dan een uur vastgezeten. Ik had geen ontvangst, dus ik kon je niet bellen. Toen ik hier aankwam, zag ik dat de buitendeur openstond en dat deze deur was ingebeukt. Hoe ben je binnengekomen?'

'Samen met mij.' Jakes stem zweefde naar hen toe. 'Hou eens op met kleppen en kom me helpen.'

Sam en Manny hoorden dat er iets heel zwaars over de vloer werd gesleept, en toen nog een hoge gil. Ze klauterden ernaartoe.

'O god.' In Jakes stem, altijd zo kalm en afstandelijk, klonk radeloosheid door.

'Jake? Jake?' Manny mepte een kapstok op wieltjes weg. 'Wat is er? Gaat het wel? Hoe is het met Deanie?'

Manny zag een oude videokast voor zich staan. Die moest Jake opzij hebben geduwd om een kleine doorgang aan de rechterkant te maken. Ze wrong zichzelf door de opening, met Sam op haar hielen.

Deanie Slade zat heel ongemakkelijk op een barkruk die aan een deurpost was vastgebonden, met haar knieën en enkels wreed naar achteren gebogen en in een ondraaglijke hoek achter haar aan de barkruk vastgemaakt. Onder de touwen waren glasscherven van een kapotgeslagen bierflesje gestoken. Met haar armen en benen zo vastgesnoerd betekende iedere poging om los te komen pijn en de kans om zich te snijden. Het kostte haar enorme kracht en concentratie om stil te blijven zitten. Zelfs de vloer om haar heen was rijkelijk bezaaid met scherpe scherven van kapot glaswerk. Deanies ogen en mond waren dichtgeplakt met ducttape, maar ze leek zich heel goed bewust van wat er onder haar lag. Toen Jake wat glas wegschopte zodat hij naast haar neer kon knielen, kreunde en jammerde ze bij het geluid.

'Het komt goed, Deanie. Ik ga je helpen,' zei Jake rustig terwijl hij een zakmes uit zijn jasje haalde en het meisje wilde lossnijden. 'Ik ben arts.'

Manny zag verbaasd dat het meisje ineenkromp en weg probeerde te duiken van Jake toen ze dit hoorde. Ze droeg alleen maar een haltertopje en een heel kort rokje. Door de koorden en het glas om haar armen en benen was haar bleke huid rauw geschaafd. Ze trilde stuipachtig, van angst en kou.

Jake bleef Deanie kalmerend toespreken en vertelde haar precies wat hij ging doen. Manny zag hem op dat moment als een arts die was opgeleid om levens te redden. Eerst sneed hij haar armen los en Manny zag dat de pijn die ontstond nu ze uit haar onnatuurlijke positie was bevrijd bijna net zo erg was als de pijn die ze had toen ze nog in haar benarde positie verkeerde.

Jake hield het touw tussen zijn vingertoppen en gaf een rukje met zijn hoofd in Manny's richting. 'Zoek even wat schoon papier om dit op te leggen.'

Manny schikte zich naar het bevel. Jake de arts was vervangen door Jake de forensisch wetenschapper, erop gebrand bewijs te bewaren. Ze scheurde een doos met keukenrollen open en pakte voorzichtig het touw aan van Jake.

Toen sneed Jake de benen van het meisje los en zette haar blote voeten zorgvuldig op de stang van de kruk, zodat ze die niet in het glas op de vloer zou zetten. Daarna richtte hij zijn aandacht op het tape over haar ogen en mond.

'Ik heb handcrème in mijn tas,' stelde Manny voor. 'Daarmee kun je de lijm wat oplossen.'

Jake schudde zijn hoofd. 'Dat doe ik liever niet. Er kunnen DNA-sporen op zitten van de aanvaller, vezels van zijn kleren. Ik kan het niet riskeren dat die vernietigd worden.' Hij sneed het tape door bij haar slapen en trok het met één snelle ruk los. Manny kromp ineen. Deanie snakte voorzover mogelijk onder het tape over haar mond naar adem, maar vergeleken met de pijn in haar gewrichten moet het lostrekken van het tape een klein ongemak zijn geweest. Ze leek meer last te hebben van het licht dat na zo'n lange tijd van duisternis in haar ogen scheen. Ze opende haar ogen heel eventjes, maar kneep ze al snel weer dicht. Jake herhaalde het proces met het tape over haar mond, en liet twee akelige rode striemen op haar gezicht achter.

Deanie wreef over haar gezicht en tuurde toen, met haar vingers voor haar ogen, naar haar redders. Toen ze Sam herkende, snakte ze naar adem, maar ze zei nog steeds niets.

'Zien jullie haar schoenen ergens?' vroeg Jake. Manny en Sam keken rond, maar vonden ze niet.

'Nou, we gaan je hieruit halen,' zei Jake. 'Ik draag je wel over het glas heen.' Hij haakte zijn rechterarm onder haar armen door, zijn linker onder haar knieën en tilde haar van de kruk af. Toen hij dat deed, fladderde er een stukje papier op de grond. Manny deed een stap naar voren om het op te pakken.

'Niet aanraken,' beval Jake.

Dus ze boog zich eroverheen en las hardop voor: '"De onschuldigen lijden wanneer de schuldigen vrijuit gaan."'

'Wat betekent dat? Wie zijn jullie? Hoe wisten jullie dat ik hier was?'

Haar getoupeerde haar zat helemaal plat, haar acrylnagels waren afgebroken en haar oogmake-up was verdwenen door een stortvloed aan tranen. Deanie was niet langer het zwierige meisje uit New Jersey dat Sam geheimen had verklapt tijdens een avondje dansen en drinken in Club E.

'Ik werd om halfnegen vanochtend gebeld met jouw telefoon, met de vraag of we hier om elf uur konden afspreken,' zei Sam. Ze zaten alle vier aan de verlaten bar, en keken toe terwijl Deanie een grote cola light dronk. 'Hoelang heb je daarachter vastgebonden gezeten?'

Ze hield haar glas heel krampachtig vast, alsof ze alleen daardoor rechtop kon blijven zitten. 'Sinds gisteravond. Toen ik thuiskwam van mijn werk werd ik aangevallen. Er kwam iemand van achteren op me af en die drukte een stinkende doek tegen mijn gezicht. Toen ik wakker werd, zat ik in die opslagruimte.'

Jake boog zich naar haar toe. 'Kun je ons iets vertellen over je aanvaller?'

Deanie schoof bij hem weg, duidelijk van slag door de dringende toon in zijn stem, en drukte haar rug tegen de bar. 'Wie zijn jullie?' Ze wierp een blik op Sam en keek toen in haar drankje, alsof oogcontact met hem haar angst aanjoeg. 'Door jou ben ik hierin beland. Jij hebt Boo vermoord, toch?'

'Ik weet dat het er niet zo best uitziet dat Boo een paar dagen nadat ik met hem heb gepraat is gestorven,' zei Sam, 'maar geloof me: ik heb het niet gedaan. We denken...' Hij zweeg, tot stilte gemaand door de waarschuwende blik van zijn broer. 'We denken dat Boo bij iets groters betrokken was geraakt dan hij besefte.'

'Maar wat willen ze dan van mij? Ik weet helemaal niks over Boo's zaken.' Deanie sloeg haar armen om zichzelf heen en barstte in huilen uit.

'Deanie, we willen niet dat je nog een keer iets wordt aangedaan,' zei Jake. 'Daarom is het zo belangrijk dat je ons alles vertelt wat je je nog van gisteravond kunt herinneren.'

Deanie was in betere omstandigheden al niet de slimste van de klas, en de angst, uitputting en uitdroging deden haar redeneringsvermogen weinig goeds. 'Ik weet helemaal niks,' herhaalde ze stuurs. 'Ik heb ze niet gezien. Toen ik bijkwam, waren mijn ogen al dichtgeplakt.' Dwangmatig streek ze met haar rechterhand over haar linkerarm.

'Ze? Waren het er meer dan één?' Jakes ogen begonnen te schitteren, maar hij hield zorgvuldig de gretigheid uit zijn stem.

'Een man en een vrouw.'

Manny en Jake wisselden een blik. Zonder iets te zeggen wisten ze dat ze hetzelfde dachten: misschien was dat Tracy, de vrouw in het verpleeghuis die Manny bij Maureen Heaton had aanbevolen.

'Waarom hebben ze je zo gemarteld, Deanie?' vroeg Manny. 'Wat wilden ze van je weten?'

'Ze hebben me helemaal niets gevraagd.' Deanie zette haar glas met een klap op de bar neer. 'Ze zeiden dat ik niet moest proberen weg te komen, dat er overal om me heen glasscherven lagen. Ze bonden mijn benen naar achteren vast en toen ik ging huilen, zei die vrouw iets. Dus toen dacht ik dat die man het touw wat losser zou doen, maar in plaats daarvan trok hij het nog strakker aan en stopte hij die glasscherven eronder. Ze zeiden dat ik niet moest proberen te ontsnappen, en dat als ik rustig en stil bleef zitten iemand me zou komen halen. Dat is alles.'

Deanie wreef voortdurend met haar handen over haar blote armen, om warm te blijven of de pijn weg te masseren van het touw waarmee ze vastgebonden had gezeten. Plotseling hield ze daarmee op en keek naar de kromming van haar rechterelleboog. 'Wat is dat nou? Blijkbaar heb ik mezelf toch gesneden. Ik bloed!'

Jake stak zijn hand uit naar haar arm en zag het: het kleine gaatje op de plek waar bloed was afgenomen, en waar nu wat vers bloed uit kwam. Hij pakte een schoon servetje en drukte dat ertegenaan. 'Ze hebben bloed afgenomen. Heb je dat gemerkt?'

'Bloed afgenomen? Waarvoor?'

Jake en Manny wisselden een blik. Zou Deanie de enige zijn in New York en omgeving die niet op de hoogte was van het werk van de Vampier? Als dat zo was, kon ze maar beter niet wijzer gemaakt worden.

'Wat zeiden ze tegen elkaar?' vroeg Jake.

'Dat weet ik niet. Ze spraken Spaans met elkaar.'

HOOFDSTUK NEGENENTWINTIG

'Ik moet plassen,' meldde Deanie nadat ze haar tweede glas frisdrank op had.

'Manny, ga met haar mee,' droeg Jake haar op.

Ze hadden Deanies muiltjes met hoge hakken gevonden toen ze de opslagruimte uit gingen, en nu klepperde Deanie door de gang naar de wc, met Manny achter zich aan. Een kletspraatje maken leek belachelijk, dus Manny hield haar mond.

Ze hield de deur open voor de vrouw die aan haar zorgen was toevertrouwd en liep achter haar aan naar binnen. Het damestoilet in Club E was even groot, flauw verlicht en onaantrekkelijk als de rest. Er stond een groezelige divan tegen een muur. Ze wilde niet denken aan de activiteiten die daar op een gemiddelde avond zouden plaatsvinden, en Manny ging op wacht staan bij de wastafels terwijl Deanie het laatste hokje in ging. Manny ving een blik van zichzelf op in de spiegel, en ze haalde haar borstel en lippenstift tevoorschijn om de schade van de opwindende gebeurtenissen van die ochtend te herstellen. Na een paar minuten hoorde ze dat de wc werd doorgetrokken. Ze stopte haar make-up weg en wachtte totdat Deanie de deur opendeed.

Die bleef dicht.

'Deanie? Gaat het?'

Geen antwoord.

'Deanie?' Manny beende naar het hokje toe en rammelde aan de deur. 'Doe eens open!'

Pas toen viel het Manny op dat de deuren helemaal tot aan de vloer liepen en minstens 1 meter 80 hoog waren, om de clubgasten tegen nieuwsgierige ogen te beschermen terwijl ze high werden of een vluggertje maakten. Met bonkend hart ging Manny het hokje ernaast binnen en sprong op de wc. Ze zette een voet op de spoelbak en trok zichzelf zo hoog op dat ze over het afscheidingsmuurtje kon kijken. Deanies hokje was leeg. Een raampje naar de parkeerplaats stond open.

Jake gaf Manny een klopje op haar schouder. 'Neem het jezelf maar niet kwalijk. Dit werkt misschien wel in ons voordeel.' Ze keek hem achterdochtig aan. Het was niets voor Jake om haar gerust te stellen. Ze had het verknald en verwachtte daarvoor een terechte veeg uit de pan te krijgen.

'Hoezo?' vroeg Manny.

'Sam en ik waren onze strategie aan het bespreken toen je weg was. We kunnen er niet omheen om dit aan de politie te melden en we moeten ook het bewijs overdragen, en we maakten ons allebei zorgen over de gevolgen voor Sam. Maar nu Deanie tijdelijk uit beeld is, kunnen we de waarheid een tikje verdraaien over hoe we hier bij Club E zijn beland, en laten we Sam er helemaal buiten.'

Manny knikte. 'Wat gaan we ze vertellen? Dat ik een anoniem telefoontje kreeg en jou heb meegenomen?'

'Ja,' zei Jake. 'En dat ze nadat we haar hadden bevrijd onmiddellijk naar de wc moest. We hebben er niet aan gedacht het slachtoffer te bewaken, en ze is ontsnapt. Toen hebben we onmiddellijk het alarmnummer gebeld. We weten niet wie het slachtoffer was.'

'Dat klinkt goed. Maar wacht even… ze willen natuurlijk in mijn telefoon kijken om te kijken wie er gebeld had. En dan zien ze alleen het telefoontje van Sam van tien uur vanochtend.'

Sam grijnsde. 'Een telefoontje dat ik heb gepleegd vanuit een telefooncel op Penn Station. Ik had vandaag geen bereik in het station.'

Jake sloeg zijn broer op zijn rug. 'Man, wat staan de sterren vandaag gunstig voor jou. We moeten alle aanwijzingen dat we hier in de bar zijn geweest weghalen. Verpak het glas dat Deanie heeft gebruikt in een papiertje en neem dat mee, en dan gaan we ervandoor. Manny, geef me vijf minuten, dan bel ik het alarmnummer.'

'Waar ga je naartoe?' vroeg Manny.

'Terug naar de opslagruimte. Ik ben van plan een bewijsstukje te lenen.'

HOOFDSTUK DERTIG

'Wat wil je weten?'
Pasquarelli's stem klonk zo hard door de telefoon dat Jake de
hoorn een stukje van zijn oor hield. De rechercheur en hij hadden slechts even met elkaar gepraat sinds Manny de gebeurtenissen in Club E bij de politie in Hoboken had gemeld. Jake wist
dat zijn vriend uitgeput was, maar hij had zijn hulp nodig. 'Ik
wil weten wie dat kookboek heeft uitgebracht dat ik in de keuken van mevrouw Hogaarth heb gevonden,' herhaalde Jake.

'Doe me een lol, zeg. Ik heb hier mijn handen vol. Ik dacht
dat de burgemeester de zaak eindelijk aan de FBI zou overlaten
nadat we het verband tussen de Vampier en de bomaanslag op
rechter Brueninger hadden gevonden. Maar nee hoor, hij wil
nog steeds een vinger in de pap houden, zelfs al heeft de FBI een
hele database vol informatie over islamitische terreurgroepe-
ringen waar ik niet in mag kijken.'

'Moet je horen, Vito, als de zaken van de Vampier en de Kakkerterrorist echt verband houden met islamitisch terrorisme,
dan heb je gelijk; dan heb je geen enkele kans ze op te lossen,' zei
Jake. 'Dan kun je je het beste gedeisd houden, wat papieren heen
en weer schuiven en wachten totdat de FBI de boel heeft opgehelderd. Maar als mijn voorgevoel klopt, zit er iets heel anders
achter deze zaken. Als je mijn aanwijzingen onderzoekt, heb je
misschien een kans om de slag te slaan die de burgemeester zo
graag wil.'

'En als je het mis hebt?'

'Dan ben je de lul,' gaf Jake vrolijk toe. 'Maar dat ben je nu toch al. Volgens mij heb je niks te verliezen.'

Het bleef lang stil aan de telefoon.

'Zeg het maar,' zei Vito uiteindelijk.

'Ik wil achterhalen waar het Spaanstalige kookboek dat we in het appartement van mevrouw Hogaarth hebben aangetroffen is uitgegeven. Ik denk in Argentinië. Argentinië zou het verband kunnen zijn tussen alle slachtoffers.'

'Heb ik iets gemist? Er is geen verband tussen de slachtoffers; ze zijn willekeurig uitgekozen. En geen van hen is Argentijns. Nummer drie kwam uit Chili, maar dichter bij het Spaans zijn we niet gekomen.'

'We zien het verband tussen de slachtoffers nog niet,' zei Jake, 'maar dat is er wel. We moeten blijven graven.'

'Nixon heeft meer dan vijfentwintig jaar geleden een lezing over Argentinië gehouden, en volgens jou is dat de sleutel tot de Vampier? Toe nou, Jake, doe eens normaal.'

'Nixons lezing en het feit dat de Sandovals Argentijns zijn. Als blijkt dat Hogaarths kookboek in Argentinië is gepubliceerd, zijn dat drie schakels in de keten. Dan zouden we de andere slachtoffers kunnen vragen of er iets is wat ze met Argentinië verbindt.'

'Denk je dat ze allemaal informatie achterhouden?' vroeg Vito. 'Dat is absoluut niet zo. Ik heb ze ondervraagd. Ze zijn bang, doodsbang vanwege het feit dat die idioot ze willekeurig heeft gekozen. Dat kun je niet vijf keer spelen.'

'Nee, ik denk niet dat ze per se informatie achterhouden. Het kan best zijn dat de slachtoffers zich er niet bewust van zijn dat iets belangrijk is. Je hebt niemand gevraagd of hij banden had met Argentinië.'

'Doe jij dat dan maar. Wat Hogaarths kookboek betreft, het

appartement is vrijgegeven. We hadden geen reden om het kookboek te houden. Dat valt onder haar nalatenschap. Als je daar toegang toe wilt hebben, moet je zelf maar contact opnemen met haar advocaat. Eerlijk gezegd maakt het de zaak misschien wel makkelijker als de Vampier een terrorist is.'

'De Vampier is zeker een terrorist, maar geen islamitische,' zei Jake. 'En net als Osama, de Taliban of de Palestijnen probeert hij publiciteit voor zijn zaak te krijgen. Hij probeert ons ergens naartoe te leiden. Dat weet ik zeker. En Argentinië maakt op de een of andere manier deel uit van de puzzel.'

Jake drukte zijn ogen tegen de oculairen van de microscoop en bestudeerde het patroon van de lange, dunne haar zonder pigment in de kern, die voor twee derde geverfd was. Deze lange blonde haar, die op het tape zat waarmee Deanies ogen waren dichtgeplakt, was bijna zeker van Deanie. Jake had hem aan het einde van het tape aangetroffen, waar die de haargrens had geraakt. Ook zat het tape vol met huidcellen, maar er zaten geen vingerafdrukken op. Deanie had het nooit kunnen aanraken, aangezien het tape was aangebracht nadat haar handen waren geboeid, en de Vampier had kennelijk handschoenen gedragen toen hij het aanbracht.

Jake had het andere stuk tape achtergelaten voor de politie van Hoboken, zodat zij ook stukjes van Deanies DNA hadden. Niet dat ze daar veel aan zouden hebben, want het was onwaarschijnlijk dat het DNA van de jonge vrouw in een strafrechtelijke database zat. Maar er zat nog een ander, verleidelijk stukje DNA op het tape. Jake verwisselde het objectglaasje onder de microscoop en keek naar zijn vondst: een heel korte gekrulde donkere haar met een duidelijk zichtbare kern. Er kon DNA uit de haarwortel worden gehaald. Jake wist dat deze haar niet van Deanie kon zijn. Haar huid was vrij bleek, de haartjes op haar arm waren licht en donzig. Hij nam aan dat het plakkerige ducttape tegen de arm van de Vampier was gekomen toen hij zijn slachtoffer vastbond, en dat er zo een armhaar was uitgetrokken. Zelfs de zorgvuldigste crimineel laat sporen na.

Dus hij had waarschijnlijk een stukje DNA van de Vampier. Maar wat had hij daar op korte termijn aan? Het zou dagen duren om een versnelde DNA-analyse uit te voeren, en als het DNA van de Vampier nergens was opgeslagen, zouden ze hem nog niet kunnen identificeren. Intussen was Travis ergens overgeleverd aan deze moordenaar. Meer dan een moordenaar; iemand die niet aarzelde om mensen te martelen om zijn doel te bereiken. Jake zuchtte en bereidde het monster voor om het naar het lab te sturen. Ze konden het zich niet veroorloven achterover te leunen en op resultaten te wachten of erop te rekenen dat de FBI Travis binnenkort zou vinden. Na jaren waren ze er immers ook niet in geslaagd een twee meter lange man met een tulband op te sporen. En de FBI zou Travis ook niet beschermen. Wat hun betrof, was hij een verdachte die aan zijn huisarrest was ontsnapt. Het was aan Manny en hem om elke mogelijke aanwijzing te onderzoeken.

Jake keek naar de telefoon en probeerde die te dwingen om te gaan rinkelen. Eerder die ochtend had hij de advocaat van mevrouw Hogaarth gebeld om te zien of hij dat kookboek in handen kon krijgen, maar welke advocaat neemt een telefoongesprek nou meteen de eerste keer aan? Jake pakte de telefoon en draaide het nummer opnieuw. Als hij maar irritant genoeg werd, zou de advocaat uiteindelijk wel moeten reageren.

HOOFDSTUK EENENDERTIG

'Hatsjoe!' Manny veegde haar neus af met de verfrommelde prop van haar laatste tissue. 'Je kunt met het blote oog de wolk schimmelsporen zien die hier hangt. Wil je me nog eens vertellen waarom we hier zijn, en niet op zoek naar Travis?'

'We zíjn op zoek naar Travis,' antwoordde Jake, terwijl hij door een doos vol halfvergane boeken rommelde.

'Ik had wat meer actie in gedachten,' zei Manny. 'Ik maak me ontzettende zorgen. De Vampier zou hem op dit moment iets vreselijks kunnen aandoen, terwijl wij hier in die berg oude troep aan het porren zijn.' Manny drong zich langs een oude paspop en begon aan de volgende tafel vol boeken.

'We hebben geen betrouwbare aanwijzingen over Travis' verblijfplaats,' zei Jake. 'Tot we die wel hebben, kunnen we onze tijd net zo goed nuttig besteden.' Voordat ze tegenwerpingen kon maken, ging hij verder: 'Hé, moet je dit zien – *Grondbeginselen der moderne microbiologie*, ongeveer 1932. Kijk eens naar die tekening van het varkensgriepvirus.' Jake grinnikte en schudde zijn hoofd. 'Zo zag die er dus generaties geleden uit in de varkenspopulatie, voordat hij veranderde in de influenza A-subtypes die er nu zijn.'

'Die maffe biologen uit de jaren dertig toch. Daar kun je altijd even lekker om lachen.' Manny keek vol afschuw naar haar door het stof zwart geworden vingers en overzag alle tafels met boeken die ze nog moesten doorzoeken. 'Leg dat neer, Jake. We zijn op zoek naar een kookboek, weet je nog?'

Als executeur-testamentair had Hogaarths advocaat alles uit haar appartement ingepakt en naar de tweedehandswinkel van St. Anselm's Altar Society in Chelsea gestuurd. Jake en Manny hadden het spoor van de spullen hiernaartoe gevolgd. De vrijwilligers van de kerk hadden hun verteld dat de aangeleverde spullen net de dag ervoor waren uitgezocht en te koop waren aangeboden, dus Jake had goede hoop dat het kookboek er nog zou zijn. Het bleek echter niet eenvoudig om het te vinden. Mevrouw Hogaarth had het boek in haar appartement verstopt, maar hier was het nog veel beter verborgen: ze zochten een oud boek tussen duizenden andere oude boeken.

Manny liep door het smalle gangpad en begon aan haar derde tafel met boeken. Er hing een muffe geur, dus ze wilde heel snel vinden wat ze zochten en er weer vandoor gaan. Vergeten levens, weggegooide spullen, aandenkens die niets betekenden voor de mensen die ze hadden geërfd; St. Anselm's was de laatste halte voor de vuilstort en de geur was er maar ietsje minder erg. Manny liep de boeken snel langs en las alleen de titel als een boek voldeed aan de beschrijving die Jake had gegeven: dik, blauw, geen stofomslag.

Jake werkte vanaf de andere kant van de zaal met boeken naar haar toe, maar hij ging lang niet zo snel. Toen Manny pauzeerde en opkeek, zag ze dat Jake een dun rood boekje in zijn handen had. 'Jou vragen om een tweedehandsboekenmarkt te doorzoeken is net zoiets als een topkok vragen een boerenmarkt te doorzoeken. Hou op met lezen!'

'Ik kan er niets aan doen. *Het vat Amontillado* en *Het verraderlijke hart* in een speciale geïllustreerde uitgave. Moet je die details zien in deze tekening van de kerker; het lijkt net alsof de kunstenaar in het hoofd van Edgar Allan Poe is gekropen.'

'Het kookboek, Jake. We zoeken het kookboek.'

Jake stak het boek van Poe onder zijn arm, bij de *Principes der moderne microbiologie*, en hervatte zijn zoektocht.

'Ga je die kopen?' vroeg Manny.

'Ja. Ik dacht dat je dat wel leuk zou vinden. Je wilde altijd al een keer samen gaan winkelen.'

'Om kleding te kopen, Jake. Ter vervanging van de broeken en overhemden die je in de tijd van president Reagan hebt gekocht.'

'Ik zal je eens wat zeggen: zodra we het kookboek hebben gevonden, mag je een nieuw tweedjasje voor me uitzoeken.'

Manny fleurde op. Ze stoorde zich al tijden aan het vormeloze mosgroene tweedjasje met de uitgelubberde ellebogen dat Jakes nette jasje moest voorstellen. 'Echt waar? Barneys is niet zo ver weg. We kunnen in een halfuurtje wel iets uitkiezen.'

'Ik geef je tien minuten. Dan kun je iets uitzoeken van het rek hier bij de voordeur. Er hangt een leuk limegroen jasje dat mijn aandacht trok toen we binnenkwamen.'

'Lekker motiverend,' mopperde Manny. 'Even serieus, wat gaan we doen als we het kookboek vinden en het echt uit Argentinië komt?'

'Dan gaan we contact opnemen met de slachtoffers,' zei Jake. 'Ik wil beginnen met Annabelle Fiore. Weet je nog dat ik haar in het ziekenhuis heb bezocht nadat ze was aangevallen?'

'Zij was toch die operazangeres, bij wie de Vampier te veel ether had gebruikt?'

'Ja.' Jake hield zijn hoofd naar beneden en zocht onder het praten ijverig verder. 'Toen ging ik ervan uit dat het onbedoeld was; het is immers lastig om de juiste dosis verdovend middel toe te dienen via een lap. Maar achteraf gezien kan het best zijn dat Fiore de eerste escalatie was. De slachtoffers voor haar hebben geen letsel opgelopen. Na haar werden Hogaarth en Fortes vermoord.'

'Misschien heb je... aha!'

Jake keek met een ruk op. 'Wat?'

Manny hield een dik blauw boek omhoog. 'Ik heb het! *Recetas Favoritas.*' Manny stond stokstijf stil met het zware boek in haar handen. Ze had het gevoel gekregen dat ze op zoek was naar een legendarisch voorwerp, en nu was ze zo verbluft dat ze de Heilige Graal in handen had, dat ze het niet opensloeg.

Jake liep naar haar toe, pakte het boek uit haar handen en bladerde snel naar de titelpagina. Hij las voor: '"*Publicado en 1967. Buenos Aires, Republica Argentina.*"'

HOOFDSTUK TWEEËNDERTIG

Jake keek onderzoekend naar zijn broer en probeerde zijn gezichtsuitdrukking te interpreteren. Hun hele leven al kon hij het zien als Sam goed nieuws te vertellen had. Hij hoopte die glinstering nu in Sams ogen te zien.

Nu ze het kookboek hadden gevonden, was Jake ervan overtuigd dat ze met het verband met Argentinië op het juiste spoor zaten, maar Vito Pasquarelli was niet onder de indruk geweest. 'Hogaarth hield dus van Argentijns eten, en wat dan nog? Mijn vrouw heeft een kookboek dat *De Chinese muur* heet, maar ze kent geen mens in China.'

Jake hoopte vurig dat het onderzoek van zijn broer naar het publiek bij Nixons toespraak iets bruikbaars had opgeleverd. Misschien zou Pasquarelli zijn theorie dan serieus nemen. Zonder Vito's steun zou het heel moeilijk zijn om de eerste slachtoffers van de Vampier opnieuw te ondervragen op zoek naar een verband met Argentinië. Maar hoop maakte nog geen waarheid. Zijn broer verscheen met een teleurstellend strak gezicht.

'Ik heb goed nieuws en slecht nieuws,' begon Sam. 'Het goede nieuws is dat het verrassend eenvoudig was om de meeste mensen op de lijst via internet op te sporen. Ze hebben allemaal op hun gebied enig aanzien, dus ze laten allerlei sporen na die eenvoudig te volgen zijn.'

'En wat is dan het slechte nieuws?' vroeg Manny. 'Denk je dat niemand van die mensen de Vampier kan zijn, omdat ze een gerenommeerd beroep hebben?'

'Niet per se. Ik zal het bewijs aanvoeren, dan ben jij de rechter.' Sam pakte de lijst met aanwezigen. Jake zag dat er achter elke naam op de lijst een vinkje in een bepaalde kleur stond. 'Er zijn drie mensen overleden nadat ze Nixons lezing hadden bijgewoond. Allemaal aan natuurlijke oorzaken,' zei hij, waarmee hij Jakes vraag voor was. 'Vierendertig ervan zijn journalisten, en de meeste daarvan zijn buitenlandse correspondenten die hier gestationeerd zijn. Er woont er maar een in New York: Phillip Reiser.'

'Die naam klinkt bekend,' zei Jake.

'Hij is redacteur bij de *New York Times*,' zei Manny. 'Ik heb hem een paar keer ontmoet. Hij is heel slim, heel vriendelijk, heeft het waanzinnig druk. Ik ben bereid om toe te geven dat hij de Vampier niet is.'

'Dan komen de wetenschappers,' vervolgde Sam. 'Tweeënzestig professoren, en daarvan werkt niemand op een universiteit in de regio New York.'

'Maar professoren hebben vaak een sabbatical,' zei Manny. 'Al die mensen kunnen op vakantie naar New York zijn gegaan om die aanvallen uit te voeren.'

'Een tien met een griffel voor mevrouw Manfreda,' zei Sam. 'Het blijkt dat drie van hen op dit moment een sabbatical hebben. Eentje zit in Thailand, eentje in Berkeley en eentje is hier aan Columbia University. Wilford Munley. Hij is socioloog, geen historicus.'

'Soms doen sociologen ook laboratoriumexperimenten,' kwam Jake tussenbeide. 'Hij heeft misschien wel ervaring met dierproeven.'

'Daar heb ik ook aan gedacht. Toen ik belde, klonk hij zo onmededeelzaam en ontwijkend dat ik voor nader onderzoek naar de campus ben gegaan.'

'En?' Jake boog zich opgewonden naar voren.

'Hij is verlamd. Hij zit in een gemotoriseerde rolstoel.'

'Misschien heeft hij wel een medeplichtige met gezonde benen,' zei Jake.

Manny wuifde zijn suggestie weg. 'Dan blijven alleen degenen over die voor de regering werken. Als je het mij vraagt, zijn dat sowieso de waarschijnlijkste verdachten.'

Sam glimlachte. 'Ja, Manny, ik weet dat het precies in jouw straatje past, maar ik heb de resterende eenentwintig mensen onderzocht, en volgens mij is geen daarvan onze man... of vrouw. Ten eerste wonen en werken ze allemaal in Washington DC.'

'Dat is twee uur met de trein, zo lang duurt het soms al om naar Jersey te forenzen.'

'Reizen met de trein is niet meer zo anoniem als vroeger. Bij de Metroliner moet je reserveren, en geen van deze mensen staat rond de data van de aanvallen geregistreerd als passagier.'

'Met de auto ben je hier in vier uur,' hield Manny vol.

'Ja, maar sommige van die aanvallen vonden midden op een doordeweekse dag plaats, en Fortes is zelfs een paar dagen lang gemarteld. Geen van de overige mensen op de lijst was tijdens alle betreffende dagen afwezig van kantoor. Dus tenzij de aanwezigen bij Nixons lezing een samenzwering vormen, denk ik dat de moordenaar niet op deze lijst staat.'

Jake sprong op en ijsbeerde door de kamer. 'En toch moet die beker van die conferentie zijn gekomen. Er stonden geen andere vingerafdrukken op. Het is bijna zeker dat iemand hem als souvenir heeft meegenomen.'

'eBay.'

Jake en Sam wendden zich tot Manny. 'Hè?' zeiden ze gelijktijdig.

'eBay is de beste manier om verzamelobjecten te kopen en te

verkopen.' Manny wendde zich tot Jake. 'Je hebt mijn collectie porseleinen schoenen toch gezien? Daarvoor moest ik vroeger altijd naar rommelmarkten. Nu verzamel ik alles via internet.'

'Ben ik in een parallel universum beland of zo?' vroeg Jake. 'Ik dacht dat we het over de Vampier en Nixons koffiebeker hadden, niet over je nieuwste koopverslaving.'

'Daar hebben we het ook over.' Manny trok Jakes laptop over tafel naar zich toe en begon te typen. 'Ik ga even zoeken. Presidentiële verzamelobjecten. Zie je, dan krijg je dit allemaal te zien.'

Sam keek over haar schouder mee. 'Campagnebuttons van Herbert Hoover, manchetknopen van Eisenhower. 395 dollar voor een deken uit de Air Force One? Dat moet een grapje zijn.'

'Ze zijn nog maar net begonnen met bieden op die deken; die gaat nog veel duurder worden.' Manny scrolde door de pagina's. 'Dit zijn voornamelijk souvenirs die door kandidaten of het Witte Huis zijn weggegeven. We zoeken naar voorwerpen die echt van presidenten zijn geweest. Aha, zie je, daar hebben we er een. De ijzer negen van Gerald Ford.'

'Maar 300 dollar,' zei Jake. 'Ik wed dat zijn skistokken veel meer waard zijn dan zijn golfclubs.'

'Ik snap het niet,' zei Sam. 'Die golfclub kan van iedereen zijn. Hoe weet je dat hij van Gerald Ford is geweest?'

'Door een echtheidsverklaring.' Manny klikte nog wat verder. 'Zie je, de handelaar die het verkoopt zegt: "Documentatie ter bevestiging van de eigendom." Dat betekent dat hij een brief of foto heeft om te bewijzen dat hij van president Ford is geweest. En zie je, deze handelaar heeft honderd procent positieve feedback gekregen van de kopers op eBay. Dat geeft aan dat hij de boel niet flest.'

'Dus volgens jou heeft degene die de koffiebeker van die lezing heeft bewaard, die misschien wel op eBay aan de moordenaar verkocht,' zei Jake.

'Nu begin je te begrijpen waar ik naartoe wil.'

'Het is logisch, maar ik snap niet hoe we hierdoor de Vampier zouden kunnen vinden. Iedereen kan spullen op eBay kopen en verkopen. Als je je onder een valse naam inschrijft en netjes betaalt, kraait er geen haan naar.'

Manny bleef van alles intikken. 'Dat klopt. Je kunt het zeker pseudoanoniem maken. Maar wat als je geen reden zag om je sporen uit te wissen?' Ze hield op met typen en leunde achterover. 'Toen ik een paar van mijn porseleinen schoenen wilde verkopen, heb ik geen eigen eBay-account aangemaakt. Ik heb contact opgenomen met een van de handelaars van wie ik ze had gekocht en hij heeft ze in consignatie genomen. Zo kreeg hij een deel van de verkoopprijs, maar voor mij was het minder gedoe, en ik kon er meer voor vragen omdat hij een eBay-handelaar met een goede naam was. Dus het kan heel goed dat degene die Nixons beker had die via een eBay-handelaar heeft verkocht. Ik ga de handelaars in presidentiële verzamelobjecten met de hoogste waardering benaderen, de beker omschrijven en kijken of een van hen die transactie heeft uitgevoerd.'

Jake haalde zijn schouders op. 'Dat lijkt me vergezocht. Maar we proberen het gewoon.' Hij keek op zijn horloge. 'Ik moet er heel snel vandoor. Ik heb een afspraak met Annabelle Fiore.'

HOOFDSTUK DRIEËNDERTIG

Jake zat bij Annabelle Fiore op de bank en keek naar de enorme borstomvang van de zangeres. Haar reusachtige boezem rees op uit haar lichtgroene sweater als twee vulkanische pieken uit de Grote Oceaan. Welke man, zelfs een ontwikkelde, politiek correcte, oprecht feministische man, kon zijn ogen uitsluitend op Annabelles gezicht gericht houden? Jake was geen heilige. Hij kon het niet helpen dat er een gedachte in hem opkwam: Wat zou ik graag een autopsie uitvoeren op die longen! Niet dat hij de operaster dood wenste, absoluut niet. Ze moest tegen de vijftig zijn, maar ze was nog lang niet uitgezongen. Hij gaf toe dat hij heel graag een wetenschappelijke verklaring wilde vinden voor het feit dat operazangeressen altijd van die enorme borstklieren hadden. Jake was ervan overtuigd dat daar geen anatomische reden voor was. Een zangeres had natuurlijk een grote longcapaciteit nodig, maar wat zich in de borstholte bevond zou geen verband moeten houden met wat erbovenop rustte. Annabelles borstklieren waren absoluut erg goed ontwikkeld. Maar hoe zagen haar bronchiën eruit? Dat wilde Jake weleens zien. Maar vandaag had hij iets anders te doen.

'Bedankt dat u met me wilde praten, mevrouw Fiore,' zei Jake. 'U hebt het natuurlijk heel druk.'

Annabelle hief haar handen op. 'Nee, nee! Het is me een genoegen! Ik ben zo dankbaar dat u zo uw best doet om die afschuwelijke man te pakken. Ik zal u zeggen dat ik sinds de aanval geen oog meer heb dichtgedaan.' Ze schudde wanhopig haar hoofd. 'De stress slaat op mijn stem.'

Jake mompelde meelevend. Toen Annabelle de deur had opengedaan, had ze er goed uitgerust uitgezien, blakend van gezondheid. Maar nu liet ze zich achterovervallen in haar stoel en sloot ze haar ogen half. Jake was blij dat hij was gekomen. Annabelle had aangeboden zijn vragen telefonisch te beantwoorden, maar hij wilde graag haar lichamelijke reactie zien op zijn vragen. Annabelle was actrice, maar hij merkte dat ze ook een vrouw was met het hart op de tong. Als ze door zijn vragen bang, nerveus of ontwijkend werd, zou hij dat direct aan haar gezicht en bewegingen kunnen zien.

'Mevrouw Fiore...'

'Zeg maar Annabelle.'

'Annabelle. Zullen we de avond van de aanval nog eens doornemen?' Jake boog zich naar voren in de luxe, gestoffeerde, pauwblauwe stoel. Ze had in het ziekenhuis al tegen Vito Pasquarelli gezegd dat ze zich het gezicht van haar aanvaller niet voor de geest kon halen. Maar soms komt de herinnering terug als de eerste schok voorbij is. 'Toen je de deur opendeed, wat was toen je eerste indruk van degene die daar stond?'

'Ik had niet eens door het kijkgaatje gekeken, want ik verwachtte mijn vrienden. Ik heb de deur gewoon opengegooid.' Ze zwiepte haar arm naar opzij, rakelings langs een sierlijke lamp op het bijzettafeltje. 'En in een fractie van een seconde stond die engerd binnen.'

'Er stond dus één persoon voor de deur, niet twee,' wilde Jake zeker weten.

'Ja. Nu je het zegt, ik herinner me dat ik dacht: David is zeker de auto aan het parkeren.'

Jake trok zijn wenkbrauwen op. 'Je dacht dat David de auto wegzette en dat degene op jouw drempel zijn vrouw was? Een vrouw?'

Annabelle leunde met haar kin op haar hand. 'Ik weet niet zeker of het een vrouw was. Ik weet alleen nog dat me opviel dat degene die daar stond te klein was om David te zijn. Het is een grote kerel, bijna één meter negentig, die honderdtien kilo weegt.

Die gedachte schoot me even door het hoofd,' Annabelle knipte met haar vingers, 'voordat die persoon een lap in mijn gezicht duwde en ik duizelig werd en neerviel.' Ze huiverde terwijl ze dat ogenblik herleefde, en zweeg toen.

Jake wachtte.

Annabelle keek op en schudde met haar wijsvinger. 'Ik herinner me dat ik de naald nog zag voordat ik flauwviel. Ja, ik weet nog dat ik dacht: dit moet de Vampier zijn over wie ze het in de krant hebben. En ik zei tegen mezelf: Waarom ik, lieve God, waarom ik?'

'Dat is precies waar het om gaat, Annabelle,' zei Jake. 'Ik wil erachter komen waarom jij het doelwit was.'

Ze fronste haar volle, donkere wenkbrauwen. 'Maar het was toch gewoon willekeurig? Ik dacht dat er in de kranten stond dat er geen verband bestond tussen de mensen die zijn aangevallen. Ik ken in elk geval geen van de anderen.'

'Nee, ik denk ook niet dat jullie elkaar kennen. Maar ik denk wel dat er een verband is.' Jake keek Annabelle aandachtig aan. 'Ben je ooit in Argentinië geweest?'

Ze knipperde drie keer, snel achter elkaar. 'Ik heb daar inderdaad opgetreden. De opera van Buenos Aires, het *Teatro Colón*, is prachtig.'

'En ken je daar ook iemand? Heb je vrienden die uit Argentinië komen?'

Annabelle schraapte haar keel. 'Eh… vrienden, nee. Ik heb daar geen vrienden.'

Jake bekeek haar. Hij zag dat ze zich niet op haar gemak voelde. Misschien loog ze niet, maar ze hield wel iets achter. 'Heb je tijdens je bezoek misschien iemand... ontmoet die... eh... die je je nog goed kunt herinneren?'

Annabelle zwaaide met een hoofdbeweging haar haren uit haar gezicht. 'Er was... Echt, ik zie niet in waarom dit relevant zou kunnen zijn. Waarom is Argentinië trouwens überhaupt van belang?'

'Drie bewijsstukken in deze zaak houden verband met Argentinië. Ik zoek er meer.'

Annabelle sperde haar ogen open. Ze wendde zich af van Jake terwijl ze praatte. 'Dit is een beetje gênant. Ik ben ervan overtuigd dat het niet belangrijk is, maar voor het geval dat...'

'Ik stel je openhartigheid zeer op prijs, Annabelle. Ik zal je informatie niet openbaar maken als ik dat kan voorkomen.'

Annabelle haalde diep adem. 'Een paar jaar geleden zat ik financieel nogal in het slop. Toen ik optrad in Argentinië werd ik benaderd door een man die vroeg of ik voor tienduizend dollar op het verjaardagsfeest van zijn baas, generaal Rafael Cintron, wilde zingen. Daar zou ik normaal gesproken niet over piekeren. Ik ben een ster! Ik doe geen bruiloften en partijen! Dus ik weigerde, en toen verhoogde hij het bedrag naar vijftienduizend dollar.' Annabelle hief haar handen in de lucht. 'Zoiets zou ik in Europa nooit doen, ook niet hier in New York, maar een Italiaanse diva die aria's zingt op een privéfeest in Argentinië... nou, daar komen de paparazzi over het algemeen niet op af. Niemand behalve de Argentijnen zelf besteedden daar veel aandacht aan mij. Dus ik ging ervan uit dat niemand erachter zou komen. En ik had het geld hard nodig.'

'Dus je hebt gezongen. Wat gebeurde er?'

Annabelle trok een grimas. 'Het was een afschuwelijke, platte avond! Die generaal zat erbij met een grote grijns op zijn gezicht, alsof ik aan het strippen was, en niet "Un Bel Di" zong. En de anderen op dat feest,' met haar handen deed ze pratende monden na, 'waren de hele tijd dat ik zong aan het kleppen. Schandelijk!'

Jake probeerde passend ontsteld te kijken. 'Bedankt dat je me dit hebt verteld, Annabelle. Je hebt me heel erg geholpen.'

'Echt waar? Het lijkt me toch niet dat die generaal de Vampier is? Hij was oud en dik.'

'Nee, hij is de Vampier niet. Volgens mij is die Cintron iemand die de Vampier nog meer veracht dan jij.'

HOOFDSTUK VIERENDERTIG

'Hoe ging het?' vroeg Manny.

Kenneth liet zijn oogverblindende, met lovertjes bezaaide, katoenfluwelen mannentas aan zijn linkerarm tegen Mycrofts witte Goyard-draagtas met initialen aan zijn rechterarm aan bungelen.

'Geweldig! Die nieuwe dierenarts is aanbiddelijk. Wat een prachtige bruine ogen heeft hij.'

'Ben je nu op zoek naar het wetenschappelijke type?'

'Misschien nodig ik hem wel uit in de club zodat hij mij, Kenneth Medianos Boyd, kan horen optreden als prinses K. Calypso.'

'Vergeet het maar. Hij is getrouwd.'

Kenneth veranderde van houding: hij zette zijn handen op zijn heupen en wiegde daar even mee. 'Nou en? Denk maar aan Jim McGreevey en Rock Hudson.' Kenneth trok zijn wenkbrauwen veelbetekenend op. 'Ik hoorde laatst zelfs het zalige gerucht dat Cary Grant biseksueel was.'

Manny weigerde oogcontact met Kenneth te maken, uit angst hem aan te zetten tot een van zijn favoriete verhandelingen: dat iedere man ter wereld in de kast zat en alleen maar zat te wachten totdat de juiste man de deur zou opendoen. 'Daar ga ik maar even niet op in. Hoe gaat het met Mycroft? Is de wond geheeld?'

'O, ja hoor, hij is weer genezen. Nietwaar, liefje?' Kenneth boog zich naar voren en liet Mycroft los uit zijn draagtas. Het hondje stuiterde door het kantoor en sprong bij Manny op schoot. 'De dokter leek teleurgesteld dat jij niet naar de afspraak was gekomen. Ik zei je toch, dat hij een vrouw heeft zegt helemaal niets.'

'Hij vindt me zeker een afschuwelijke moeder.' Manny aaide Mycroft op zijn kop vol krulletjes en krabde hem achter zijn oren. 'Ik ben de eerste afspraak glad vergeten, en ik zou deze ook hebben gemist als jij niet had gekund.' Manny keek naar de stapel mappen op haar bureau. 'Ik kom om in het werk. Ik kan pas weg als ik de driehonderd vermoeiende schriftelijke vragen heb beantwoord die die klootzakken van dat advocatenkantoor over de zaak-Greenfield hebben gestuurd. Het is typisch zo'n groot advocatenkantoor; ze krijgen duizenden dollars per brief en ze proberen de gerechtigheid onder papierwerk te bedelven.'

'Ik ben ervan overtuigd dat dokter Costello het begrijpt. Hij vroeg hoe het met je was, en zei dat je niet te hard moest werken.' Kenneth pakte een stapel papier op. 'Kan deze conclusie van eis in die arbeidsrechtelijke discriminatiezaak van Conceicao weg?'

'Ja,' zei Manny. 'Maar je moet de bijlage scannen zodat we de zaak elektronisch naar de griffie kunnen sturen.'

'Hé, zullen we naar die nieuwe schoenenwinkel aan Madison Avenue gaan?' vroeg Kenneth.

'Casa Bene del Sole? Dat is wreed! Je moet me niet in de verleiding brengen als je weet dat ik met geen mogelijkheid weg kan.'

Kenneth boog zich naar voren en vergrootte de to-dolijst die Manny had geminimaliseerd op haar toolbar. 'Ah, toe nou. En als ik nou wat dingen van je lijstje afhandel?'

'Dat is heel aardig van je , Kenneth, maar ik denk niet...'

Kenneth onderbrak haar met een felle beweging van zijn rechterhand, waardoor hij sprekend leek op Diana Ross, die 'Stop! In the Name of Love' deed. 'Delegatie is de basis van goed management. Wat dacht je van nummer vier op de lijst: praten met InTerVex? Ik ben erg goed in praten.'

'Nou, dat zou je misschien wel kunnen doen, ja,' gaf Manny toe. 'Dat is het farmaceutische bedrijf waar een van de slachtoffers van de Vampier, Raymond Fortes, werkte.'

Kenneth rimpelde zijn neus. 'Die kerel die door ratten was aangevreten?'

'Ja. Jake en ik willen weten of dr. Fortes op de een of andere manier banden had met Argentinië. Hij was blijkbaar een eenzame workaholic, dus het bedrijf waar hij werkte lijkt me de beste plaats om de zoektocht te beginnen.'

'Geen probleem. Dat kan ik wel doen.' Kenneth liep naar zijn bureau.

'Maar, Kenneth, je moet niet recht voor z'n raap...'

Kenneth draaide zich met een ruk om, de uiteinden van zijn zilverkleurige metallic sjaal fladderden, zijn puntige vingernagels versierd met strassteentjes glitterden. 'Kom op, Manny, vertrouw me een beetje. Niemand kan beter subtiel optreden dan ik.'

Manny ging verder met de beantwoording van vraag 221: 'Beschrijf hoe het vermeende nalaten door de gedaagde om de prostaat te behandelen het toekomstige inkomen van de eiser beïnvloedt.' Op sommige dagen wilde Manny graag een hele reeks urologen vertegenwoordigen, zodat ze gezamenlijk op het rechtssysteem konden pissen.

Ze schrok op, uit haar concentratie gehaald door Kenneth, die met zijn Manolo Blahniks maat 46 stond te tikken. 'Pak je tas. We gaan naar Casa Bene del Sole. We moeten snel zijn, anders zijn ze dicht.'

'Nu al? Heb je...'

'Dr. Raymond Fortes is afgestudeerd aan de Universidad Nacional de Córdoba, aan het op een na oudste medische instituut van Argentinië. Hij heeft vijftien jaar als arts in Córdoba gewerkt voordat hij in 1990 naar New York is verhuisd en voor InTerVex is gaan werken. Hij heeft de Amerikaanse nationaliteit aangenomen.'

'Fantastisch gedaan, Kenneth. Je bent zeker niet te weten gekomen welke medicijnen dr. Fortes bij InTerVex aan het ontwikkelen was?'

Kenneth gooide zijn sjaal over zijn schouder. 'Natuurlijk wel. Vruchtbaarheidsmedicijnen. In Argentinië was Fortes gynaecoloog in het Hospital Universitario de Maternidad y Neonatología.'

HOOFDSTUK VIJFENDERTIG

'Googel hem,' beval Jake.

Manny en Jake zaten over Jakes kantoorcomputer gebogen. Uit twee halfopgegeten pizza's calzone droop tomatensaus op de papieren die over zijn bureau verspreid lagen. Manny, die supersnel met de toetsen was, had de leiding.

'24 000 hits voor generaal Rafael Cintron,' meldde ze. 'Het zou wel leuk zijn om enig idee te hebben wat we precies over hem willen weten.'

'Begin maar te lezen,' zei Jake, met zijn mond vol gehakt en deeg. 'We weten het wel als we het zien.'

Manny dubbelklikte. 'Hier is zijn officiële biografie. Lees jij hem maar. Ik heb brandende ogen.'

Jake las het scherm vluchtig door. 'Hij is drieënzestig. Hij zit al sinds zijn achttiende in het leger en heeft zich omhooggewerkt. Blijkbaar heeft hij verschillende regimes overleefd. Dat zegt veel over hem.'

'Als je iets controversieels zoekt, moeten we nieuwsverslagen over hem opzoeken,' raadde Manny aan. Ze scrolde door de eerste hits van de zoekmachine. 'Deze vier zijn allemaal in het Spaans. Ik vertaal ze wel met Google.

"Generaal kondigt plannen aan voor nieuwe trainingsmethoden,"' las Manny voor. 'Saai. Hier, dit ziet er beter uit.'

'"Grootmoeders protesteren tegen betrokkenheid generaal bij Vuile Oorlog."' Jake las de kop hardop voor en ging toen iets opzij, zodat Manny de rest van het artikel in stilte samen met hem kon doorlezen.

'Blijkbaar beweren deze grootmoeders dat generaal Cintron betrokken was bij de verdwijning van hun volwassen kinderen tijdens de militaire dictatuur eind jaren zeventig, begin jaren tachtig,' zei Jake. 'Los Desaparecidos, de verdwenen personen, zo noemen ze de slachtoffers. De grootmoeders protesteren nog steeds, na al die jaren.'

'Maar Argentinië is nu toch een democratie?' zei Manny. 'Wat doet Cintron dan nog steeds in hun leger?'

'Ik weet niet heel erg veel over de Argentijnse geschiedenis, maar volgens mij is er heel wat strijd gevoerd over wel of geen amnestie voor degenen die hebben deelgenomen aan de junta. Ze zijn niet allemaal gearresteerd en gevangengezet. Veel van hen maken nog steeds actief deel uit van de Argentijnse maatschappij. Waarschijnlijk is Cintron een van die slimme overlevenden die met alle winden meewaait.'

'Ik was nog maar heel jong toen dit allemaal speelde,' zei Manny, 'maar houdt dit geen verband met die lezing van Nixon? Was Nixon geen aanhanger van dat regime?'

Jake zuchtte. Het maakte hem altijd neerslachtig als hij eraan werd herinnerd hoe jong Manny was. 'Ja hoor, kruimeltje, je hebt goed opgelet tijdens de geschiedenisles. De junta was fel anticommunistisch, waardoor deze automatisch een bondgenoot van Nixon en Kissinger was. Nixon was toen natuurlijk niet meer aan de macht, maar in deze periode presenteerde hij zichzelf als eerbiedwaardig staatsman en goeroe op het gebied van buitenlandse politiek. Vandaar de lezing in het Scanlon Center over de noodzaak om een regime te steunen waarvan hij wist dat het wreedheden tegen zijn eigen volk beging.'

Manny nam een hap van haar pizza en kauwde er bedachtzaam op. 'Ik snap het niet, Jake. Waarom zou de Vampier mensen in New York vermoorden om iets wat dertig jaar geleden in Argentinië is gebeurd?'

Jake schudde zijn hoofd. 'Ik weet het niet zo goed. Maar een mogelijk verband tussen Cintron en Nixon lijkt in die richting te wijzen. En dan zijn er nog de martelingen: Hogaarth, Fortes en Deanie Slade. Marteling was een kenmerk van de Vuile Oorlog. Mensen die tegen het regime waren, verdwenen plotseling. De meesten werden in geheime overheidsgevangenissen vastgehouden, gemarteld om informatie over hun kameraden los te krijgen, en dan vermoord.'

Manny wreef over haar slapen en liet er wat tomatensaus achter. 'Hier raak ik alleen maar meer van in de war. We weten dat dr. Fortes Argentijns was; we vermoeden dat mevrouw Hogaarth dat ook was. Waarom zijn ze voor hun dood gemarteld? Omdat ze deel hebben uitgemaakt van de militaire junta of omdat ze er ooit tegenstanders van waren?'

Voorzichtig veegde Jake de tomatensaus van Manny's gezicht. 'Je moet niet zoveel antwoorden willen. We zetten nu gewoon de feiten op een rijtje.'

'Wat vind je dan van dit feit? Deanie Slade is gemarteld en zij is door en door een meisje uit New Jersey. Zij heeft geen enkele link met Argentinië.'

'Het is gewoon weer een gegeven.'

'Dit is geen theoretische oefening, Jake!' Manny rolde de dozen van de maaltijd in elkaar en beende de kamer door om ze in de vuilnisbak te gooien. 'Laten we door die kalme analyse van gegevens niet uit het oog verliezen dat Travis Heaton in de macht is van mensen die niet alleen anderen vermoorden, maar ze ook martelen. We moeten hem snel vinden.'

'Theatraal gedrag is nuttig in de rechtszaal, Manny, maar onderzoeken leveren alleen resultaat op door de gestage verzameling van bewijs. Dat kan ergerlijk langzaam verlopen, maar niemand heeft nog een alternatief bedacht.'

Jake gaf een klopje op de stoel naast zich. 'We moeten nog meer gegevens opgraven. Doe je mee of niet?'

Manny kwam terug en plofte neer op de stoel. 'Natuurlijk doe ik mee. Sorry dat ik je afsnauwde, maar ik maak me enorme zorgen om Travis. En het irriteert me mateloos dat de Sandovals zich achter hun diplomatieke onschendbaarheid kunnen verschuilen. Ze moeten toch een idee hebben van wat hier gaande is, maar op de een of andere manier is het niet in hun belang om aan het onderzoek mee te werken.'

'Laten we eens zien of we een verband kunnen vinden tussen ambassadeur Sandoval en de Vuile Oorlog,' zei Jake, die zich weer naar de computer omdraaide. Hij voelde Manny's nauwelijks verholen ongeduld terwijl hij aan het typen was. Hij vroeg zich af, niet voor het eerst, hoe het haar ooit was gelukt niet weg te lopen bij de vakken burgerlijk procesrecht en verbintenissenrecht.

'Hier is Sandovals officiële biografie van de vn. Volgens deze biografie heeft hij niet in het leger gediend. Hij is pas eenenvijftig. Tijdens de Vuile Oorlog studeerde hij waarschijnlijk.'

'Misschien maakten zijn vrouw en hij dan wel deel uit van de oppositie,' opperde Manny. 'Waren het niet voornamelijk jonge mensen, studenten, die de regering liet verdwijnen?' Ze kwam naar voren, gebarend, terwijl haar gedachten sneller gingen dan ze woorden kon vormen. 'Paco leek bang vanwege de brief die ik in zijn kamer heb gevonden. Misschien is er iemand uit het verleden van zijn ouders teruggekomen, om ze op te jagen. Misschien manipuleren ze Paco om te krijgen wat ze willen.' Manny gooide haar pen op het bureau. 'Verdomme, ik wou dat ik die papieren nog had!'

Jake zei niets, hij drukte alleen zijn lippen op elkaar en bleef door de informatie scrollen die de zoekmachine ophoestte.

'Ik weet wat je denkt.' Manny klopte met haar knokkels op Jakes wilde haarbos. 'Je vindt dat ik me moet concentreren op dit onderzoek en me niet zo obsessief moet bezighouden met onbereikbare dingen. Maar ik weet zeker dat als we erachter zouden komen wat de Sandovals verbergen, we al die stukjes informatie niet bij elkaar hoefden te zoeken.'

Jake hield op met typen, zijn handen zweefden iets boven het toetsenbord. 'Dit is de beste manier om daarachter te komen, Manny. We gaan niet weer bij ze inbreken.'

Manny bewoog haar hoofd iets heen en weer, alsof ze dat al had overwogen, maar het had verworpen. 'Nee, nee, geen clandestiene operaties meer nu onze vermomming niet meer werkt. Maar ik weet zeker dat als ik alleen met Paco zou kunnen praten, echt zou kunnen praten, hij me iets nuttigs zou vertellen.'

'Waarom zou hij dat doen?' wilde Jake weten. 'Als dat zijn familie in gevaar zou brengen?'

'Omdat het Paco nu wel duidelijk moet zijn dat hij Travis in gevaar heeft gebracht. Paco is geen slecht joch; hij voelt zich vast schuldig over wat hij zijn vriend heeft aangedaan.'

'Wat weet jij nou van Paco's karakter? Je hebt vijf minuten met hem doorgebracht, en de helft van die tijd zat je hem bijna letterlijk op zijn nek.'

'Het zou je verbazen als je wist welke inzichten je krijgt door iemand te bespringen.' Manny grinnikte, klaar om toe te slaan. 'Zal ik het laten zien?'

Jake kromp ineen op zijn stoel. Waarom kreeg hij altijd zo'n onzeker gevoel als hij met Manny samenwerkte, alsof hij in een skilift zat waarvan de veiligheidsstang niet naar beneden was?

Het was pas kwart over negen, te vroeg om aan de verleiding toe te geven. Jake wist dat hij hier nog makkelijk drie of vier uur kon zitten, op zoek naar aanwijzingen, dossiers doorspittend naar belangrijke details. Hij beantwoordde Manny's plagende

223

blik behoedzaam. 'Hou die gedachte vast,' zei hij, en hij wachtte op een uitbarsting van woede of gepruil.

Maar Manny lachte alleen maar. 'Maak je maar geen zorgen, ik zal het niet vergeten.' Ze draaide zich om en keek het kantoor rond. 'Hé, hoe leuk ik het ook vind om gezellig samen met jou achter de computer te zitten, denk je niet dat we onze beloning sneller kunnen opeisen als we ons opsplitsen? Is er hier niet nog een computer, zodat we allebei dingen kunnen opzoeken?'

'Ja hoor. Je kunt die van Dave gebruiken.' Hij wees naar een bureau net buiten zijn kantoor.

'Oké. Geef maar een gil als je iets interessants vindt. Ik ga meer informatie zoeken over die organisatie van protesterende grootmoeders, de Asociación Civil Abuelas de Plaza de Mayo.'

Jake voelde een mengeling van spijt en opluchting toen hij haar zag weglopen. Ongetwijfeld zou hij zich beter kunnen concentreren als hij Manny's parfum niet inademde en haar zachte huid niet per ongeluk aanraakte. Maar hij vond het prettig te weten dat ze dichtbij was, zo dichtbij dat hij een idee kon opperen of om haar mening kon vragen.

Hij richtte zich weer op zijn eigen werk. Hij liet de computer even voor wat die was en trok de dossiers over de slachtoffers van de Vampier tevoorschijn. Hij had ze al talloze keren doorgenomen, maar het zou geen kwaad kunnen om ze nog een keer te bekijken, met die nieuwe informatie over generaal Cintron en de Vuile Oorlog in gedachten.

Hij had al geprobeerd nogmaals contact op te nemen met de eerste vier slachtoffers, degenen voor Annabelle Fiore, bij wie bloed was afgenomen, maar die verder niet gewond waren, om te vragen of ze banden hadden met Argentinië. Slachtoffer nummer vier, Jorge Arguelles, een toerist uit Chili, leek de grootste kanshebber, maar hij was alweer thuis, en Jake had hem nog niet kunnen bereiken om te vragen of hij onlangs naar Argentinië was geweest of daar vrienden had. Jake had de tijd niet gehad om ieder slachtoffer persoonlijk te bezoeken, zoals bij Annabelle. In zijn telefoongesprekken met de eerste drie slachtoffers had ieder van hen ontkend iets met Argentinië te hebben. Nu wilde hij dat hij de moeite had genomen hen persoonlijk te ondervragen, zodat hij hun ogen en handen had kunnen zien terwijl ze praatten, naar hun adem en toonhoogte had kunnen luisteren en zo tekens van misleiding had kunnen opmerken.

Hij las zijn aantekeningen nog een keer door. Slachtoffer nummer een, Lucinda Bettis, sprong eruit. De andere slachtoffers hadden goed nagedacht over zijn vraag en hadden uiteindelijk gezegd dat ze geen banden hadden met Argentinië. Mevrouw Bettis had al ontkennend geantwoord bijna voordat de vraag over Argentinië Jakes mond uit was. Toen had ze snel een einde gemaakt aan het gesprek, omdat ze terug moest naar haar kinderen. Gegeven het feit dat ook de andere slachtoffers ontkennend hadden geantwoord, had hij toen verder niet stilgestaan bij deze reactie, maar Jake bestudeerde haar dossier nu wat aandachtiger.

Ze was geboren in 1977, ze was getrouwd en had twee kinderen. Ze was midden op de dag aangevallen in haar appartement in de Upper West Side, terwijl haar kinderen op de kleuterschool zaten. Er waren geen sporen van braak; ze zei dat ze de deur had opengedaan omdat ze haar buurvrouw verwachtte, die voor haar een doosje eieren van de markt zou meenemen.

Hij vergeleek haar dossier nog een keer met de dossiers van de anderen, op zoek naar een belangrijk detail, ofwel iets wat haar onderscheidde van de rest ofwel een verband dat hen allemaal met elkaar verbond. Hij zag het niet.

Vanuit de andere ruimte klonk de ontzette stem van Manny. 'O Jezus! Wat afschuwelijk!'

Manny trok twee vellen papier uit de printer en kwam, al voorlezend, Jakes kantoor binnen. 'Moet je horen: "De junta, die tot 1981 door Videla werd geleid en daarna door Roberto Violo en Leopolda Galiteri, was verantwoordelijk voor de illegale aanhouding, marteling, gedwongen verdwijning van of moord op burgers die hun verzet tegen de regering uitten.

Volgens critici bestaan er documenten die aantonen dat het wrede beleid van Argentinië bekend was bij het Amerikaanse ministerie van Buitenlandse Zaken, waar Henry Kissinger aan het hoofd stond, zowel onder Nixon als Gerald Ford."'

Manny keek op. 'Dat is toch ongehoord? De buitenlandse politiek van Nixon en Kissinger werd nog lang nadat Nixon was afgezet gevoerd. En er is nog meer.' Manny las weer verder, en bij elk gruwelijk detail van de wreedheden van de Argentijnse overheid – geheime gevangenneming, marteling, verminking, moord – steeg haar stem van verontwaardiging.

'Wat zei je net?' Jake onderbrak haar plotseling midden in een zin.

'Sommige lichamen zijn nooit gevonden omdat ze ver weg op zee zijn gedumpt,' herhaalde Manny.

'Nee, dat niet. Daarvoor.'

Manny sloeg terug naar de eerste bladzijde die ze had geprint. '"De regering beweert dat ongeveer negenduizend mensen het slachtoffer zijn geworden van gedwongen verdwijningen, maar de grootmoeders van de Plaza de Mayo schatten dat tussen 1976 en 1983 bijna dertigduizend dissidenten, studenten en gewone burgers zijn verdwenen. In dat hogere aantal zijn kinderen inbegrepen die samen met hun ouders zijn verdwenen, en zwangere vrouwen die waarschijnlijk in gevangenschap zijn bevallen."'

Jake boog zijn hoofd en doorzocht de dossiermappen op zijn bureau. Hij bekeek elke map snel en ging dan naar de volgende. 'Wat? Wat is er?'

Jake keek op en ving Manny's blik. 'Slachtoffers een, drie en vier zijn tijdens de Vuile Oorlog geboren. Slachtoffer twee is twee jaar daarvoor geboren. Dat is het. Dat is het verband. De slachtoffers zijn allemaal kinderen van de Desaparecidos.'

HOOFDSTUK ZESENDERTIG

'Waar denk je aan?' vroeg Manny. Ze lag met Jake in haar op-klapbed, met Mycroft opgerold aan hun voeten. Ze bleven niet vaak bij haar thuis slapen, zelfs al hemelde Jake haar knusse flat-je van vijfenveertig vierkante meter op met de woorden: 'Ik heb hier het gevoel alsof ik in een doodskist slaap.'

Manny rolde om, over de dure katoenen lakens heen, en aaide Jakes pezige arm. Dag in dag uit lijken omdraaien maakt je wel gespierd, dacht Manny. Ze las de diepe groeven die Jakes ge-dachten weergaven. 'Je denkt er zeker aan hoe heerlijk het is om hier zo samen met mij te liggen, naakt en ongestoord.'

'Ik dacht aan het bloed.' Het zou niet in Jake opkomen om een leugentje om bestwil te vertellen.

Manny ging op haar rug liggen en keek naar het plafond. 'Heerlijk als je me romantische woordjes toefluistert. Welk bloed?'

'Het bloed dat de Vampier afneemt. Hij doet zoveel moeite om buisjes bloed te verzamelen en dan laat hij ze in een flat in Brooklyn liggen.'

'Dan is hij er waarschijnlijk klaar mee,' zei Manny. 'Want als hij ze nog steeds nodig zou hebben, had hij ze makkelijk kunnen meenemen toen hij daar wegging.'

'Precies. Dus als hij de bloedmonsters testte, wat ik altijd al vermoedde, heeft hij de resultaten daarvan nu binnen. Wat is zijn volgende stap? Wat gaat hij met die informatie doen?'

'Dat weet ik niet. In het briefje dat hij bij Deanie heeft achtergelaten stond dat we op instructies moesten wachten. Hij moet iets van plan zijn.'

Jake ging plotseling rechtop zitten en sloeg zo hard met zijn vuist op het donzen dekbed dat er drie veren de lucht in vlogen. 'Nou, ik ga niet zitten wachten totdat hij iets gaat doen. Ik wil hem een stap voor zijn, anticiperen op zijn handelingen.'

Manny had bijna het punt bereikt waarop ze was weggedoezeld in een heerlijke, broodnodige slaap, maar de aanwezigheid van Jake in zo'n opgewonden bui was vergelijkbaar met het drinken van drie koppen dubbele espresso – en heel besmettelijk.

Ze ging ook rechtop zitten en keek hem over het verkreukelde beddengoed heen aan. 'Maar zelfs met wat we nu weten, of vermoeden, begrijpen we nog geen sikkepit meer van de motivatie van de Vampier. En als we die niet kennen, hoe kunnen we dan anticiperen op zijn volgende stap?'

Jake zei niets, zijn ogen waren gefocust op het schijnbaar nietszeggende patroon van haar nieuwe wit-op-witte dekbedovertrek.

'Jake?'

Geen antwoord.

'Jake! Je weet iets wat je me niet hebt verteld.'

Hij begon te praten, alsof het hem nog maar net was opgevallen dat hij niet alleen in bed zat. 'Het is niet dat ik het je niet heb verteld. Het dringt nu pas tot me door.' Hij pakte Manny's handen. 'Als slachtoffers een tot en met vier kinderen van Los Desaparecidos zijn, maar degenen met wie ik heb gepraat zeggen dat ze geen band hebben met Argentinië, hoe zijn drie van hen dan hier in New York beland? Zelfs die zakenman uit Chili zegt dat hij in Chili is geboren. Wie heeft ze dan uit hun land gehaald? Wie heeft ze opgevoed?'

'Ze zijn allemaal geadopteerd,' zei Manny, die zijn opwinding begon te delen en er verder op doorborduurde. 'Maar ze kennen elkaar niet… Ze weten waarschijnlijk niet eens dat ze geadopteerd zijn. Hun adoptieouders hebben hun echte afkomst verborgen gehouden, die wilden waarschijnlijk niet dat ze wisten dat hun biologische ouders vermoord zijn.'

'Misschien omdat…' Jakes greep op Manny's handen verstevigde.

Ze sperde haar ogen open. 'Omdat de mensen die hen geadopteerd hebben verantwoordelijk waren voor de dood van hun ouders. Of deel uitmaakten van de junta. Waarom zouden ze de adopties anders geheim hebben gehouden, terwijl vandaag de dag iedereen daar zo open over praat?'

'Adoptie,' zei Jake. 'We hebben zojuist nog een stukje van de puzzel gevonden.'

'Het adoptiebureau Family Builders. Dat moet deze adopties hebben geregeld. Daarom heeft mevrouw Hogaarth hun geld nagelaten.'

'We moeten met de directeur praten.' Jake keek rond op zoek naar Manny's telefoon.

Ze stak haar hand uit en trok hem terug. 'Het is halfvier 's nachts, Jake. We moeten nog een paar uur wachten.'

Hij liet zich achterover op de kussens vallen en trok de lakens op tot zijn kin. 'Ik haat wachten.'

Manny kroop tegen hem aan. 'Ik ook.'

Tien minuten gingen in stilte voorbij. Het enige licht in de kamer was afkomstig van de gereflecteerde gloed van de straatlantaarns ver beneden hen. Mycroft snurkte zachtjes.

'Slaap je?' vroeg Manny.

'Nee.'

'Ik blijf maar malen.'

'Ik ook.'

'Daar is maar één remedie voor,' zei Manny.

Jake stak een been uit bed. 'Je hebt gelijk. Ik kan net zo goed opstaan en naar kantoor gaan.'

Manny sloeg haar armen om zijn nek en trok hem terug. 'Nee! Niet dat!'

'O,' zei hij, toen hij het begon te begrijpen. 'Ja, dat werkt ook.'

'Dat is toch wat je altijd tegen mij zegt?' mompelde Manny. 'Blijf openstaan voor alle mogelijkheden.'

HOOFDSTUK ZEVENENDERTIG

'We hebben nooit internationale adopties gedaan,' zei Lydia Martinette.

Jake zat tegenover de directeur van het adoptiebureau Family Builders, omringd door de verbeten vrolijke gezinskiekjes en dierbare kindertekeningen die in het kantoor hingen. Omdat hij niet tevreden was met het antwoord dat hij had gekregen, stelde hij zijn vraag nog een keer. 'Dit moet zich eind jaren zeventig, begin jaren tachtig hebben afgespeeld, vanuit Argentinië.' Hij was ervan overtuigd dat de kinderen van de Desaparecidos door Family Builders naar New York waren gehaald. Hij hoefde dat mevrouw Martinette alleen maar te laten inzien.

'Ik weet dat het om die periode gaat, dr. Rosen. Dat hebt u al eerder gezegd. Maar ik heb u al gezegd dat dit bureau nooit internationale adopties heeft geregeld. Het staat zelfs haaks op onze opvattingen om baby's uit het buitenland te adopteren.' Toen Jake de directeur die ochtend om vijf voor negen thuis had gebeld en had gezegd dat hij haar op kantoor wilde spreken, was mevrouw Martinette beleefd en behulpzaam geweest, maar nu werd haar stem iets scherper.

Maar Jake liet zich niet afschrikken. 'Deze namen, mevrouw Martinette.' Hij las de lijst met slachtoffers een tot en met vier op. 'Klinken die namen u bekend in de oren? Hebt u een van deze kinderen geplaatst?'

'Ik weet zeker van niet, maar als het u geruststelt, zal ik ze wel even opzoeken.' Ze nam de lijst van hem aan en tikte de namen in op de computer. Na elke zoekactie schudde ze haar hoofd. 'Niet hier.'

Jake werd steeds wanhopiger. Er móest gewoon een verband zijn. Maar hij geloofde mevrouw Martinette. Hij keek naar een foto van een kind met stompjes in plaats van armen, omringd door zijn nieuwe familie. Voor dat soort kinderen zocht mevrouw Martinette een thuis. Haar bureau had een uitstekende reputatie. Hij kon haar oprechtheid of eerlijkheid onmogelijk in twijfel trekken. Maar toch hield hij vol. 'En dr. Raymond Fortes? Hij is gynaecoloog, gespecialiseerd in vruchtbaarheidsbehandelingen. Hebt u ooit met hem samengewerkt?'

'Nee.' Toen mevrouw Martinette zag hoe verontrust hij was, werd ze wat toeschietelijker. 'Luister, ik kan u de namen geven van bureaus die wél buitenlandse adopties doen, maar eerlijk gezegd komen er niet erg veel adoptiekinderen uit Argentinië. Guatemala, Colombia, Peru, dat zijn de Midden- en Zuid-Amerikaanse landen waar de meeste kinderen voor Amerikaanse stellen vandaan komen.' De hoeken van haar doorgaans glimlachende mond gingen naar beneden.

Jake was zo gericht geweest op zijn eigen onderzoek dat hij geen aandacht had geschonken aan de signalen die mevrouw Martinette uitzond. Hij besloot geen vragen meer te stellen waarop ze geen antwoord kon geven en liet haar de informatie geven die ze graag kwijt wilde. 'Waarom bent u niet voor internationale adoptie, mevrouw Martinette?'

Ze kwam achter haar bureau vandaan en ging naast Jake zitten. 'Ik ben niet in alle gevallen tegen. Mensen willen een baby graag vanaf de geboorte opvoeden, dat begrijp ik wel. Voor sommigen kan het moeilijk zijn om in dit land een baby te adopteren. Maar ik ben zwaar gekant tegen al die beroemdheden die naar Afrika, India en Cambodja gaan om kinderen te "redden", terwijl er duizenden, tienduizenden, kinderen in Amerika zijn die een goed adoptiegezin nodig hebben. En de gevolgen van een cultuurschok voor oudere kinderen die uit hun geboorteland worden weggehaald zijn heel groot.'

Jake keek naar mevrouw Martinette terwijl ze sprak, hij keek naar de manier waarop ze naar voren leunde, waarop ze hem in de ogen keek, en luisterde naar haar door intens gevoel trillende stem. In haar zag hij een verwante geest, een vrouw die net zoveel om haar werk gaf als hij om het zijne. Ze had niet de informatie waar hij naar op zoek was, maar hij dacht dat ze hem misschien toch van dienst kon zijn.

'Kunt u me nog iets anders vertellen, mevrouw Martinette?' vroeg hij. 'Is het ooit gerechtvaardigd om de afkomst van een kind voor hem verborgen te houden, om nooit te vertellen dat het geadopteerd is vanwege de omstandigheden waarin het geboren is?'

'We plaatsen vaak kinderen die zijn voortgekomen uit een verkrachting, en we raden aan om het kind dat niet te vertellen, maar we zeggen nooit dat een kind niet mag weten dat het geadopteerd is.'

'En het herenigen van kinderen met hun biologische ouders? Als hier een volwassen kind komt dat de identiteit van zijn of haar biologische ouders wil weten, geeft u die informatie dan?'

Mevrouw Martinette veegde een lok wit haar uit haar gezicht. 'In tijdschriften en op tv zie je heel veel hartverwarmende verhalen over blije biologische ouders en kinderen die met elkaar herenigd zijn, maar het zit veel ingewikkelder in elkaar. Beide partijen moeten herenigd willen worden. Vaak willen de biologische ouders niet gevonden worden; ze zijn gescheiden van de baby die ze hebben opgegeven en ze willen die wond niet opnieuw openrijten.'

Ze spreidde haar handen uit in haar schoot. 'En veel kinderen hoeven de ouders die hen hebben opgegeven helemaal niet te ontmoeten. Hun adoptieouders zijn de enige ouders met wie ze contact willen hebben. Daar moeten we respect voor hebben, hoewel het heel triest is als een van de partijen wel een hereniging wil en de andere niet.'

'En wat doet u in die gevallen?' vroeg Jake.

'We moeten de wil van de partij die op privacy gesteld is respecteren. We geven positieve informatie over de gezondheid en het welzijn van de andere partij, maar we onthullen de identiteit niet.'

'En vertonen mensen weleens een... eh... gewelddadige reactie op die beslissing?'

Mevrouw Martinette hield haar hoofd scheef. 'Wat een vreemde vraag. Soms vloeien er wel tranen en gaan ze smeken. Als ik het idee krijg dat iemand het heel moeilijk heeft om te aanvaarden dat er nooit een hereniging zal komen, heb ik een paar therapeuten die ik kan aanbevelen.'

'Hmm.' Jake keek neer op het lichtblauwe tapijt onder zijn afgetrapte loafers.

'Dr. Rosen? Is dat alles?'

'Hè?' Jake duwde zich met een plotse beweging uit zijn stoel. 'Ja. Ja, volgens mij wel. Bedankt voor uw tijd, mevrouw Martinette.' Hij gaf haar een hand en liep naar de deur.

Met zijn hand op de deurknop bleef hij staan en hij keek achterom. 'Mevrouw Martinette, bent u helemaal niet nieuwsgierig naar de reden waarom mevrouw Hogaarth Family Builders zo'n enorm bedrag heeft nagelaten?'

De oudere vrouw voelde aan de streng parels om haar hals voordat ze antwoord gaf. 'Ik heb het jaren geleden al opgegeven om naar redenen te zoeken. Vroeger wilde ik weten waarom een vader zijn huilende baby zo hard sloeg dat het kind nooit zou kunnen praten. Ik wilde weten waarom een moeder haar peuter in een kokendheet bad liet zakken omdat hij in bed had geplast. Die dingen vraag ik me niet meer af, dus ik stel zeker geen vragen meer als me iets goeds overkomt.'

HOOFDSTUK ACHTENDERTIG

Manny zat op een bankje in het park een paar straten ten zuiden van de dierentuin in Central Park, met Mycroft opgekruld naast zich. Als blasé New Yorker had Mycroft geen belangstelling voor de voorbijkomende mensenstroom. Eekhoorns en duiven waren ver beneden zijn waardigheid; hij keurde joggers, skaters en skateboarders geen tweede blik waardig. Een Afghaanse windhond van één meter twintig hoog ontlokte hem een lage grom, een voorbijkomende wierookverkoper maakte hem aan het niezen. Alleen een peuter die niet zo'n stevige greep had op een hotdog zorgde ervoor dat de poedel rechtop ging zitten en zich er gespannen op voorbereidde om in actie te komen.

Manny trok aan zijn riem. 'Daar komt niets van in. Ik heb iets lekkerders voor je.' Ze keek op haar horloge. 'Je moet nog heel even wachten.' Ze had haar andere hand in haar tas, met haar vingers al om een busje met spek- en leverstaafjes gekruld. Mycroft deed zijn trucje niet voor zomaar een lekkernij. Hij keek neer op gewone kauwstaafjes, negeerde hondensnoepjes. Hij at geen hondenkoekjes, maar voor iets van de fusionkeuken van de China Grill deed hij alles. Het was alleen niet zo praktisch om een handvol kreeftenpannenkoekjes op het pad te gooien als haar prooi in zicht kwam. Maar net als zijn moeder kon Mycroft een vat vol tegenstrijdigheden zijn. Hij deed ook een moord voor een hotdog uit het smerige water van een New Yorkse hotdogkar.

Dus zat Manny op Paco te wachten, gewapend met biologische hondensnacks met spek en lever van Canine Gourmet en een hongerige hond, die zich verveelde. Hoewel de zon al over zijn hoogste punt heen was, droeg ze een grote zonnebril en ze had haar rode haar onder een zonnehoed gestopt.

Paco ging elke zondagmiddag met zijn vrienden in het park frisbeeën, en daar zou hij nu wel zo'n beetje mee klaar zijn. Paco woonde het verst naar het zuiden, dus zijn vrienden zouden al een andere weg zijn ingeslagen tegen de tijd dat hij dit punt op het pad bereikte.

Manny keek naar de bocht in het pad om te zien wie eraan kwam. Twee zwarte vrouwen, die blanke baby's in wandelwagens voortduwden: Haïtiaanse kinderjuffen die hun oppaskinderen naar huis brachten, een man van middelbare leeftijd die mobiel aan het bellen was, drie oude dametjes die zich ter ondersteuning aan elkaars armen vastklampten.

Toen zag ze degene op wie ze wachtte. Lange, nonchalante passen, een bekende bos donker haar. Paco Sandoval kwam uit de schaduwen van de esdoorns en liep in haar richting. Toen hij nog drie meter van haar vandaan was, opende Manny het busje in haar tas. Mycroft ging rechtop zitten en snoof.

Toen Paco nog twee meter van haar vandaan was, gooide Manny twee luxe staafjes op het pad. Mycroft schoot erop af, een rode waas met een felgroene riem erachteraan.

'O, mijn hond! Mijn hond is los! Pak hem!' Manny stond op van het bankje maar deed geen poging Mycroft te achtervolgen. Paco keek vragend in haar richting.

'Ik kan er niet achteraan. Ik heb mijn enkel verzwikt. Kun je alsjeblieft zijn riem pakken?' vroeg Manny, terwijl ze naar haar verbonden enkel keek en zo haar gezicht afwendde.

Plichtsgetrouw rende Paco achter Mycroft aan, die niet heel moeilijk te pakken was. Nu hij de twee staafjes had verzwolgen, was hij druk bezig het gras te besnuffelen voor het geval hij een derde over het hoofd had gezien.

Manny strompelde over het pad en stak haar hand uit naar de riem. Toen Paco die aan haar gaf, pakte Manny hem met haar linkerhand aan en stak haar rechterarm stevig door die van Paco. 'Dank je wel, Paco. Je bent goed met dieren.'

Hij keek haar verrast aan, nog steeds zonder haar te herkennen.

'Zullen we een stukje wandelen? We moeten even praten.'

Haar stem bracht bij Paco een herinnering boven en hij trok aan zijn arm om zich te bevrijden.

'Ik zou niet wegrennen, Paco,' zei Manny, haar stem zacht maar vastberaden. 'Als je dat doet, ga ik roepen dat je mijn portemonnee hebt gestolen. Je weet dat ik dat echt zou doen.'

Ze voelde dat zijn arm nog steeds gespannen was, terwijl hij bleef proberen zich los te trekken. Er was geen tijd voor een openingsbetoog; ze moest direct door naar het kruisverhoor.

'De ontploffing van de brievenbus en de Vampier houden verband met elkaar, en die dingen hebben weer te maken met het verleden van je familie in Argentinië, nietwaar?'

Paco's normaal zo stralende olijfkleurige teint leek nu een beetje grijs, hij drukte zijn bleke lippen samen tot een dunne lijn. Hij keek snel naar links, en toen naar rechts. 'We mogen niet samen gezien worden,' zei Paco zacht maar dringend. 'Begrijp je dat niet? Als ze zien dat ik met je praat, vermoorden ze Travis.'

'Wie doen dat? Wie heeft Travis?'

Paco bleef op het pad staan. De oude dames die eerder langs Manny waren gekomen zaten nu op een bankje uit te rusten. Er kwamen twee joggers voorbij, door hun iPod volkomen afgesloten van de rest van de wereld. De enige plek waar iemand zich kon verbergen was in de bomen boven hun hoofd. Ze waren dicht bij Fifty-ninth Street en Manny zag een rood-met-zwarte koets die klip-klop werd voortgetrokken door een gevlekte merrie.

'Kom, Paco.' Manny trok aan zijn arm. 'We gaan het park bekijken als toeristen.' Mycroft keek haar aan alsof hij wilde zeggen: daar ben ik vanochtend net geweest. Wat saaaaai...

Nadat ze Mycroft aan hun voeten had geïnstalleerd, leunde Manny naar voren en sprak met de koetsier, die alleen maar belangstelling had voor de duur en de prijs van de rit.

Manny draaide zich om en keek Paco in de ogen. 'Waar is Travis nu?'

Paco schudde zijn hoofd. 'Dat weet ik niet, echt niet. Maar ik maak me wel zorgen. Ik heb al twee dagen niks van hem gehoord.' Hij leunde naar voren en sloeg zijn handen voor zijn gezicht.

'Neemt Travis regelmatig contact met je op?'

'Nee.' Manny moest haar best doen hem te verstaan. 'Dat doen zij.'

'Wie?'

'De Vampier. Soms is het een man, soms een vrouw.'

Paco ging rechtop zitten en keek Manny aan. In zijn donkere ogen glansden tranen. 'Ik heb Travis in de problemen gebracht. Ik was degene die gearresteerd had moeten worden.'

'Hoe bedoel je?'

'De eerste keer dat er contact werd gelegd was twee weken geleden.' Paco sloot zijn ogen terwijl hij sprak, alsof hij het niet aankon zijn biechtmoeder aan te kijken. 'Ik kreeg een sms, en daar stond in dat ik een bepaald nummer moest bellen. Dan zou ik belangrijk nieuws krijgen dat mijn familie aanging.'

'Wie nam er op?'

'Het was een aan mij gerichte, vooraf opgenomen boodschap. De stem zei dat ze informatie hadden waardoor de carrière van mijn vader verwoest zou worden en hij in de cel zou belanden. Ze zeiden tegen me dat ik naar die club in Hoboken moest gaan, dat iemand daar me zou aanspreken. Ik wilde gaan, omdat ik mijn moeder wilde beschermen, maar ik was zenuwachtig, dus vroeg ik Travis...'

'Of hij mee uit wilde.' Manny zuchtte. Haar arme cliënt. Hij had daar helemaal niet horen te zijn. De Vampier had de brievenbusbom als val voor Paco opgezet, maar het verkeerde muisje was erin getrippeld. En Paco stond erbij en keek toe hoe zijn vriend in de problemen kwam zonder een hand uit te steken om hem te helpen.

'Even zien of ik het snap,' zei Manny op de toon die ze alleen voor liegende getuigen gebruikte. 'Je hebt je vriend laten arresteren wegens terrorisme en jij hebt helemaal niets tegen de politie gezegd over dat vreemde telefoontje waardoor jullie bij Club Epoch zijn beland?'

Paco beet op zijn lip, maar ze moest hem nageven dat hij zijn blik niet van haar afwendde. Hij bleef haar aankijken. 'Toen wist ik inmiddels waarvoor ze me daar naartoe hadden laten komen.'

'En dat was?'

Paco hief zijn hand om haar vraag af te wenden. 'Die nacht kon ik niets zeggen. Ik had tijd nodig om na te denken. Travis en ik werden door de politie van elkaar gescheiden. Ze lieten mij gaan, dus ik nam aan dat ze hem ook hadden laten gaan.'

'Maar dat deden ze niet. En toen zei je nog steeds niets. Doe dan nu wat je moet doen. Vertel alles wat je weet aan de politie.'

'Nee!'

Door Paco's uitroep wierp de koetsier een blik achterom. Daarna keek hij weer discreet recht vooruit. Manny vermoedde dat hij in zijn carrière talloze kibbelpartijen tussen geliefden had meegemaakt.

'De volgende dag nam de Vampier weer contact met me op. Hij zei dat ze Travis en zijn moeder zouden vermoorden als ik naar de politie zou gaan. Toen Travis was vrijgelaten, zei hij hetzelfde tegen mij. Elke keer als ik met hem praat, smeekt hij me niets tegen de autoriteiten te zeggen. Hij zegt dat als we maar genoeg geduld hebben, alles in orde komt.'

Het zachte gewieg van de koets had ontspannend moeten werken, maar Manny had zich nog nooit zo gespannen gevoeld. 'En dat geloof jij? Paco, ze hebben zes mensen aangevallen en gemarteld en twee anderen vermoord. Je kunt geen woord van wat ze zeggen geloven.'

'Ik vertrouw hen ook niet, maar ik vertrouw Travis wel. Hij zegt dat de FBI niets gelooft van wat hij zegt. Ze zijn ervan overtuigd dat hij een terrorist is.'

Manny haalde diep adem. Ze hoorde iets hysterisch opkomen in Paco's stem. Ze moest hem kalmeren en het hele verhaal vanaf het begin uit hem krijgen. Daarna zou ze hem enigszins tot rede kunnen proberen te brengen.

'We moeten het over het verleden hebben, Paco,' begon ze. 'Wat deden jouw ouders tijdens de Vuile Oorlog?'

Paco schrok door haar plotselinge verandering van onderwerp. 'Niets,' zei hij hard. 'Mijn ouders zijn goede mensen.'

'De Vampier weet iets over je vaders verleden, nietwaar?' vervolgde Manny. 'Iets wat een einde zou maken aan zijn diplomatieke carrière. Die moordenaar gebruikt je, Paco. Hij buit je verlangen om je familie te beschermen uit. Ik snap heus wel dat je niet wilt dat hun iets overkomt, maar dit is al te ver gegaan. Er lijden onschuldige mensen.'

'Onschuldig?' Paco spuugde het woord uit alsof het bedorven vlees was. 'Amanda Hogaarth was niet onschuldig. Raymond Fortes was niet onschuldig. Ze hebben hun verdiende loon gekregen.'

Verrast door zijn felle reactie overwoog Manny wat haar volgende zet zou zijn. Ze was hier duidelijk iets op het spoor, maar ze moest voorzichtig te werk gaan, om te voorkomen dat hij dichtklapte. Ze had geen idee waarom Paco zei dat mevrouw Hogaarth het verdiende om te sterven, maar ze kon wel raden waarom dr. Fortes op zo'n afschuwelijke manier aan zijn einde was gekomen.

'Dr. Fortes is gemarteld omdat hij zelf tijdens de Vuile Oorlog mensen martelde, toch?'

'Op een gruwelijke manier.' Plotseling wilde Paco haar meer vertellen. Hij keek om zich heen, maar er was niemand in de buurt behalve nog een koets op drie meter afstand. Paco's gezicht straalde van het zojuist ontwaakte idealisme. 'Hij hield toezicht op de martelingen. Hij zei tegen de soldaten hoe ver ze konden gaan zodat het slachtoffer niet zou overlijden. Zodat die persoon in leven zou blijven en de volgende dag verder gemarteld kon worden. Zo gebruikte hij zijn artsenopleiding.'

Manny huiverde. Ze had de autopsiefoto's gezien van het door ratten aangeknaagde lijk van Fortes, en had zich zijn langzame, kwellende dood voorgesteld. Toen had ze niet kunnen begrijpen hoe iemand dat een ander aan kon doen. Maar als Paco's bewering waar was, werd Fortes' dood niet zozeer gerechtvaardigd, maar misschien wel begrijpelijk. Het was ijzingwekkend om te bedenken dat Fortes koeltjes jonge mensen zo effectief mogelijk had laten martelen, en toen dat leven achter zich had gelaten en naar New York was gekomen voor een respectabele baan als onderzoeker. Stel je voor dat je vruchtbaarheidsmedicijnen ontwikkelde om nieuw leven te creëren terwijl je een meedogenloze moordenaar was.

Ze dacht hardop na. 'In Argentinië was Fortes gynaecoloog. Hij bracht baby's ter wereld.'

Paco verstijfde. Manny voelde aan dat hij best weleens uit de

langzaam rijdende koets kon springen, dus ze sloeg schaamteloos haar armen om zijn hals en vlocht haar vingers stevig door
elkaar, en trok zo die arme Mycroft aan zijn riem mee. Een willekeurige voorbijganger zou denken dat ze een wat al te uitbun-
dig verliefd jong stel waren.

Hun gezichten waren maar een paar centimeter van elkaar
verwijderd. 'Raymond Fortes heeft de baby's van de Desaparecidos ter wereld gebracht,' zei Manny, die Paco's blik niet losliet.
'Daarna haalde hij ze weg en werden ze door vreemden geadopteerd.'

De tranen sprongen Paco in de ogen. Hij trok zich los uit
Manny's omhelzing.

'Jij kent iemand van wie de baby is afgenomen,' zei Manny. 'Je
ouders... Lang voor jouw geboorte...' Maar toen dacht ze aan
de foto die ze in Paco's kamer had gezien. Op die foto, een recente foto, stond hij met een man die oud genoeg was om tijdens
de Vuile Oorlog geboren te zijn. Wie was dat?

Manny verslapte haar greep. Paco zakte ineen op de bank in
het koetsje. Hij zag er nu jong uit, veel jonger dan de wereldwijze
achttienjarige die ze een kwartier geleden had opgewacht. Hij
had heel wat van de wereld gezien, meer dan de meeste mensen
van zijn leeftijd, maar hij wist niet hoe de wereld in elkaar zat.
Hij was een kind, een bang kind.

Manny pakte zijn hand. 'Paco, er hangt een foto in je kamer
van jou en een andere man, een man van rond de dertig. Wie is
dat?'

'Esteban,' fluisterde hij. 'Mijn broer, Esteban.'

'Is hij geadopteerd?'

Paco knikte. 'Dat heb ik nooit geweten. Totdat...'

Paco zweeg.

'Totdat de Vampier het je vertelde,' zei Manny. 'Hij kent jullie
familiegeheim.'

Paco knikte. 'Die avond in Club Epoch nam een van die mannen me mee naar een achterkamertje en gaf me een iPod om naar te luisteren. Er begon iemand te praten. Hij sprak Spaans, en het was net zoals wanneer mijn vader me als kind een eng verhaal voorlas, alleen waren de personages in dit verhaal leden van mijn eigen familie.

De man zei dat Estebans biologische ouders twee jonge mensen waren, Estrella en Hector, die nog op de middelbare school hadden gezeten, tegen de dictatuur waren en ertegen protesteerden. Ze werden ontvoerd toen Estrella zeven maanden zwanger was, en Hector werd voor haar ogen vermoord.'

Paco's stem trilde en hij knipperde verwoed met zijn donkere ogen. 'Toen werd Estrella wekenlang gruwelijk gemarteld, totdat door die martelingen de baby uiteindelijk te vroeg werd geboren. Ze hebben de baby bij haar weggehaald en een paar dagen later is ze overleden. Ze hebben haar lichaam in zee gedumpt.'

Paco zweeg, zijn gezicht bleek en klam, hij hapte huiverend naar adem. 'Wat heeft die man je nog meer verteld, Paco?' vroeg Manny fluisterend.

'De soldaten hebben die baby aan mijn vader gegeven. Ze wilden dat het jongetje werd opgevoed door iemand met de juiste politieke instelling.'

Paco zweeg, te uitgeput om verder te gaan.

'Maar, Paco, hoe kun je er zeker van zijn dat die baby van het verdwenen jonge stel echt je broer, Esteban, was? Er is een of andere gek die je opbelt en je dit verhaal vertelt en jij gelooft hem? Wat zei je vader ervan?'

'Hij weet niet dat ik het weet. Dit heeft hij geheimgehouden voor ons allemaal. Hij is nog steeds in de macht van die vreselijke mensen. Hij liegt dat hij barst. In mijn hele jeugd waren er allemaal dingen die niet klopten, dingen waarover ik niets mocht vragen. Nu vallen de puzzelstukjes op de juiste plek.'

'Wat voor dingen bijvoorbeeld?'

'Ik was het lievelingetje van mijn grootouders. Ze deden koeltjes tegen Esteban, en ik snapte niet waarom. En mijn vader… nou ja, mijn vader is tegen iedereen streng, maar hij was vooral heel hard tegen mijn broer.'

'Het biologische kind werd voorgetrokken boven het geadopteerde kind,' zei Manny.

'Ja. En er zijn geen foto's van Esteban als baby, en ook niet van mijn moeder terwijl ze zwanger is van hem, maar er zijn er tientallen van mij. En Esteban was als kind klein en ziekelijk.'

'Omdat hij te vroeg geboren is,' zei Manny. 'De verpleegster moet Amanda Hogaarth zijn geweest. Ze heeft samen met dr. Forbes baby's ter wereld gebracht.'

Paco knikte. 'Daarom zei ik dat het me niets uitmaakte dat de Vampier hen had vermoord. Maar ik wil niet dat Travis iets overkomt, en ik wil niet dat mijn moeder hier ooit achter komt.'

'Maar Paco, je moeder weet toch dat Esteban is geadopteerd?'

'Ja, maar ze weet niet hoe mijn vader aan die baby is gekomen. Daar ben ik heel zeker van. Hij moet tegen haar hebben gelogen, hij zal wel tegen haar hebben gezegd dat Esteban een wees was, die een thuis nodig had. Ze moet wanhopig graag een baby hebben gewild. Maar mijn moeder zou nooit de baby van een vermoord meisje hebben aangenomen en hem van de rest van zijn biologische familie hebben gescheiden. Je weet toch hoe goedhartig ze is. Ze heeft Esteban met liefde opgevoed als haar eigen kind, omdat ze dacht dat iemand hem had achtergelaten. Ze houdt van hem, dat heeft ze altijd gedaan. In tegenstelling tot mijn vader.'

Paco's gezicht betrok. Door zijn stugge gelaatsuitdrukking leek hij op zijn vader. 'Paco,' zei Manny, 'je moet hier met je vader over praten. Je moet achter de waarheid komen. Misschien weet hij wel wie de Vampier is, wat hem motiveert.'

'Dat ga ik absoluut niet doen! Dan vertelt hij toch alleen maar leugens. Daar is hij een meester in. Hij doet alles om zijn reputatie, zijn positie te beschermen.' Paco's stem steeg, en weer keek de bestuurder achterom naar zijn wispelturige passagiers. 'Hij zal me naar een kostschool sturen, en dan is er niemand meer om mijn moeder te beschermen. Ik ben alles wat ze heeft. Dat kan ik niet laten gebeuren.'

'En je broer dan? Weet hij het?'

'Esteban is arts. Na zijn coschappen heeft hij een jaar vrijgenomen om voor Artsen Zonder Grenzen te werken. Hij is nu in Soedan, ver buiten de bewoonde wereld. Soms kan hij een e-mail sturen. Maar ik kan hem dit nieuws niet mailen. Hij zou er kapot van zijn. Het is daar hartstikke gevaarlijk. Hij moet scherp en alert blijven. Ik kan hem niet in gevaar brengen. Ik zal het hem wel vertellen als hij over een halfjaar weer terug is.'

Manny keek naar Mycroft, die heerlijk een dutje deed aan haar voeten. Ze had zich zelden zo hulpeloos gevoeld. Ze kon zich een familie als die van Paco niet voorstellen, waar iedereen in het openbaar een vrolijk gezicht trok terwijl ze privé op hun tenen om allerlei landmijnen heen liepen. In de familie Manfreda was alles openbaar. Als je blij was, dan deelde iedereen in de vreugde, als je verdrietig was, wist iedereen waarom, als je boos was, schreeuwde je tegen degene die je woede had veroorzaakt en een paar minuten later was het weer goed. Het was onmogelijk om iets geheim te houden, hoe hard je het ook probeerde. Het gokprobleem van oom Bobby, het slippertje van nicht Kay, het darmonderzoek van tante Joan, allemaal openbare gespreksonderwerpen, tot in detail besproken tijdens familiebijeenkomsten. Manny had gewoon geen ervaring in het omzeilende gedrag dat de Sandovals vertoonden. Hoe kon ze ervoor zorgen dat Paco zijn vader vertelde wat hij wist? Ze kon geen achttien jaar verwrongen familierelaties goedmaken tijdens één ritje in Central Park.

Zou het makkelijker zijn om Paco over te halen zijn verhaal aan de politie te vertellen? Want hoe opwindend deze nieuwe informatie ook was, het onderzoek naar de Vampier werd er niet door geholpen als zij de enige was die het wist. Ze kon er natuurlijk mee naar Pasquarelli gaan, die zou haar waarschijnlijk wel geloven, vanwege zijn vriendschap met Jake. Maar hoe kon hij op basis van die informatie verder onderzoek doen?

Er waren gevallen waarin diplomatieke onschendbaarheid opgeheven kon worden, waarin de politie een diplomaat kon dwingen mee te werken in een onderzoek, maar bewijs van horen zeggen via de advocaat van een ontsnapte federaal gevangene die terrorisme ten laste werd gelegd viel daar niet onder. In de verste verte niet. Pasquarelli moest deze informatie rechtstreeks van Paco horen om er iets mee te kunnen doen.

HOOFDSTUK NEGENENDERTIG

Manny aarzelde geen moment om Paco een schuldgevoel aan te praten.

Joodse moeders zouden hier het patent op hebben, maar Italiaanse moeders konden er ook wat van, en Manny had een uitstekende leermeesteres gehad.

'Moet ik je eraan helpen herinneren dat je vriend door jou in de handen van een meervoudig moordenaar, een folteraar is gevallen?'

Paco werd nu nukkig, net als zij werd als haar moeder zei: 'Kun jij, na alles wat ik voor jou heb gedaan, dit ene dingetje voor mij niet eens even doen?'

'Travis heeft zelf tegen me gezegd dat ik het niet moest vertellen,' zei Paco.

'Hij is doodsbang, Paco!' bracht Manny hem in herinnering. 'En nu wordt hij vastgehouden door mensen die geen seconde hebben geaarzeld om te moorden en te martelen. Natuurlijk zegt hij wat zij hem opdragen.'

Ze pakte beide handen van Paco in de hare en sprak langzaam en geduldig, alsof ze het tegen een kind had. 'Dit heeft nu lang genoeg geduurd. Je moet het juiste doen. Ga met me mee naar rechercheur Pasquarelli. Hij is een goed mens. Hij kan ons helpen.'

Paco trok zijn handen weg. 'Zo makkelijk is het niet! De politie kan niet met mij en mijn vader praten zonder dat mijn moeder erachter komt. Sinds de bomaanslag is ze in alle staten. Ik mag bijna nergens meer naartoe. Trouwens,' hij keek op zijn horloge, 'ik had nu al thuis moeten zijn. Ze zal zo wel bellen.' Manny deed een verwoede poging niet ostentatief te zuchten. Ze vermoedde dat mevrouw Sandoval veel sterker was dan haar zoon dacht. 'Paco, je moeder komt hier vroeg of laat toch achter. Zíj krijgt geen slechte naam door de adoptie. Ze heeft Esteban juist geweldig opgevoed. Hij is arts, en hij doet ook nog vrijwilligerswerk; ze moet wel heel trots op hem zijn.' Manny gooide nu alles in de strijd. 'Zorg ervoor dat ze ook trots op jou kan zijn. Je weet best dat ze niet zou willen dat er nog meer mensen gewond raken. Kom met me mee naar de politie en maak een eind aan die aanvallen.'

'Nee!'

En voordat Manny hem ook maar bij zijn mouw kon grijpen, sprong Paco uit de langzaam rijdende koets en spurtte lichtvoetig naar de bomen, in oostelijke richting. Manny keek hem na. Ze was nog net verstandig genoeg om niet hetzelfde te proberen, op haar hoge hakken en met een poedel op sleeptouw.

Even daarna kwam de koetsier de zuidelijke uitgang van Central Park uit en parkeerde langs de stoep. Hij stak zijn hand uit naar Manny. 'Einde van de rit. Veertig dollar, alstublieft.'

HOOFDSTUK VEERTIG

BLOED.

Jake had het woord in blokletters op het whiteboard in zijn kantoor geschreven, hij had elke letter nog eens met dikke lijnen van zijn rode markeerstift overtrokken, er een vierkant omheen getekend en pijlen getrokken die van daaruit naar buiten wezen. Maar toch weigerde het woord mee te werken.

Het was net een kruiswoordpuzzel waarin een woord verticaal prima paste, maar horizontaal botste met al ingevulde woorden.

Hij probeerde het nog een keer. 'Luister nou even naar me, Vito. Geef me het voordeel van de twijfel terwijl ik het bewijs doorzoek.' Hij had Manny de hele dag niet gezien of gesproken. Het liefst had hij haar als zijn klankbord, maar nu ze er niet was, nam hij genoegen met Vito.

Vito Pasquarelli was al half opgestaan uit de stoel in Jakes kantoor, maar door de smekende stem van zijn vriend ging hij met een plof weer zitten. 'Je hebt het bewijs al twintig keer doorgenomen. Pas op dat je de feiten niet gaat verdraaien zodat ze in je theorie passen.'

Jake dronk zijn blikje cola leeg, zodat hij niet achter zijn bureau in slaap zou vallen, waarna hij het in elkaar drukte en in de prullenbak gooide. Hij had genoeg wetenschappers, en veel agenten, gezien die de bocht uitgevlogen waren doordat ze probeerden bewijs in een theorie te passen waaraan ze te gehecht waren geraakt. Deed hij dat ook? vroeg hij zich af. Hij liep het bewijs nog eens door, zoekend naar het ene feit waardoor alle andere feiten logisch in elkaar zouden passen. Oordeel niet, laat de feiten voor zich spreken.

'Slachtoffers een, twee en drie, en misschien slachtoffer vier, waren kinderen van de Desaparecidos.' Hier was Jake nu van overtuigd. Hij had nogmaals met drie van de vroege slachtoffers gepraat. Nummer twee en drie hadden vlot toegegeven dat ze geadopteerd waren. Ze zeiden allebei dat ze niet wisten wie hun biologische ouders waren en dat ze nooit hadden geprobeerd in contact met hen te komen. Ze namen aan dat hun biologische ouders Amerikaans waren, maar na wat doorvragen gaven ze toe dat ze het eigenlijk niet wisten.

Slachtoffer nummer een, Lucinda Bettis, had ook nu weer anders gereageerd dan de anderen, ze had 'Nee' geroepen en de verbinding verbroken toen Jake haar vroeg of ze geadopteerd was. Voor hem telde dat als een bevestiging. Door deze ontdekking, dat minstens drie van de vier eerste slachtoffers geadopteerd waren, had Vito met tegenzin de zaak nog wel een keer met Jake willen bespreken.

Jake ging staan en maakte onder het praten aantekeningen op het whiteboard in de hoek. 'Fiore, Hogaarth, Fortes en Slade zijn, op grond van hun leeftijd, geen kinderen van de Desaparecidos. De eerste drie zijn te oud, Deanie Slade is te jong. Maar drie van de vier hebben duidelijke banden met Argentinië.'

Pasquarelli's enige reactie was dat hij zijn lippen stevig op elkaar drukte. Hij weigerde de stap van adoptie naar Argentinië te maken. Hij had de islamitische terroristen nog steeds niet helemaal uit zijn hoofd gezet.

'De Vampier neemt bij hen allemaal bloed af, maar martelt alleen de laatste drie, en vermoordt alleen Hogaarth en Fortes,' zei Jake. 'Waarom?'

'Omdat het een terroristische idioot is!' riep Pasquarelli uit. 'Waarom binden die mensen bommen om en blazen ze zich in een bus vol onschuldige mensen op? Het zijn idioten!'

Jake schudde zijn hoofd. 'Het is geen idioot. Het feit dat de Vampier steeds gewelddadiger wordt, kan erop wijzen dat hij geestelijk onstabieler wordt, maar ik weet zeker dat hij toen hij deze reeks aanvallen begon een heel specifiek doel in gedachten had.'

Pasquarelli kreeg weer een gepijnigde blik in zijn ogen, alsof hij met tegenzin een humeurig kind zijn zin gaf. 'En dat is...'

Jake hield op met schrijven en kauwde op het uiteinde van de markeerstift. 'Identificatie. Hij wil de kinderen van de Desaparecidos aan hun biologische families kunnen koppelen.'

'Maar je zei net dat de laatste vier slachtoffers geen des... des... desperado's waren. Waarom zou hij dan bloed bij hen afnemen?'

'Dat is het punt dat steeds weer terugkomt en in mijn gedachten blijft rondspoken. Ik ben er nog niet achter. Maar identificatie lijkt nog steeds de meest voor de hand liggende reden,' zei Jake.

'Wacht eens even,' wierp Vito tegen. 'Waarom zou hij al die moeite nemen, ze bedwelmen en bloed afnemen als hij alleen maar wil bewijzen dat ze verwant zijn aan een bepaald persoon? Dan had hij net zo goed kunnen inbreken en hun borstel of tandenborstel kunnen meenemen. Of hij had ze kunnen volgen totdat ze een bekertje van Starbucks in een prullenbak gooiden, en dat er dan uit kunnen vissen. Dat zijn veel makkelijkere manieren om DNA te verzamelen.'

'Daar heb ik me ook het hoofd over gebroken,' zei Jake. 'Maar je moet wel bedenken dat DNA-analyse pas sinds 1989 wordt gebruikt. Voor die tijd werden bloedgroepfactoren gebruikt om bloedverwantschap vast te stellen. Dat was natuurlijk niet waterdicht, maar wel de best beschikbare techniek. Net voordat ik je belde, vond ik dit tussen de informatie die ik over de Vuile Oorlog heb verzameld. Moet je eens kijken.'

Jake gooide een artikel op Vito's schoot. De blik van de rechercheur vertroebelde terwijl hij de compact getypte kolommen vluchtig doorkeek. 'Geef me de hoofdpunten maar.'

'Toen de rechtse dictatuur in 1983 ineenstortte, mobiliseerden ouders die vermoedden dat hun dochters in gevangenschap waren bevallen, of wier kleinkinderen als baby samen met hun ouders waren ontvoerd, zich om de kinderen van de Desaparecidos te verenigen met hun biologische familie. Ze wisten dat dat jaren kon duren, dus toen hebben ze in Argentinië een nationale genenbank opgericht om gegevens van de biologische families te verzamelen. Tegenwoordig bewaren ze gedroogd bloed voor DNA, maar toen ze begin jaren tachtig met het project begonnen, konden ze alleen maar nauwgezet de bloedgroepfactoren van de grootmoeders en grootvaders bewaren. ABO, de resusfactor...'

Vito staarde naar een kras op Jakes bureau. Jake merkte dat hij bij zijn vriend enige voet aan de grond begon te krijgen. 'Als er dus voor 1989 grootouders zijn overleden, dan vormen de bloedgroepfactoren het enige beschikbare bewijs,' zei Vito. 'En DNA is in dat geval helemaal niet bruikbaar?'

'Precies! Uit DNA kun je geen bloedgroepfactoren halen. Je moet echt bloed van de kleinkinderen hebben om verwantschap met iemand te kunnen aantonen.'

Vito hief zijn hand op in een soort stopgebaar. 'Niet zo opgewonden. Waarom moet de Vampier ze buiten bewustzijn brengen en hun bloed stelen als hij ze met hun eigen grootouders wil verenigen?'

Jake krabbelde iets op het whiteboard, met zijn rug naar Vito toegekeerd. 'Dat ben ik gaan begrijpen door iets wat mevrouw Martinette van Family Builders tegen me zei.' Hij deed een stap opzij, zodat de volgende zin op het bord leesbaar werd: BEIDE

PARTIJEN MOETEN VERENIGD WILLEN WORDEN. 'De grootouders willen de kleinkinderen vinden, maar die willen misschien niet gevonden worden. Zij hebben hun leven hier, ze willen helemaal niets weten over een vreselijk verleden in Argentinië.'

Vito wreef in zijn ogen. 'Maar dat zou betekenen dat de groep grootouders contact heeft gehad met de slachtoffers en dat die weigerden getest te worden. Denk je niet dat dat naar boven zou zijn gekomen toen we hen voor het eerst ondervroegen, op zoek naar verbanden? Zou er niet iemand hebben gezegd: "Ja, er is wel iets vreemds gebeurd: vorige week ben ik gebeld door iemand die zei dat mijn moeder een Argentijnse politiek gevangene was."?'

Jake grijnsde. God zegene Vito. Hij was een rasechte New Yorker. Die zette je altijd weer met beide benen op de grond. 'Daar heb je natuurlijk gelijk in. Als de slachtoffers waren benaderd, hadden we het patroon nu al gezien. Maar over het volgende speculeer ik even. We vermoeden dat alleen slachtoffer nummer een, Lucinda Bettis, openlijk is benaderd met de vraag of zij haar biologische familie wilde leren kennen. En zij reageerde niet positief. Dat heeft de Vampier tot actie aangezet.'

Vito kauwde op zijn onderlip. 'Toen je met die vrouw praatte, was ze heel argwanend, toch?'

'Misschien zou ze wat behulpzamer zijn tijdens een gesprek met een rechercheur van de stad New York.'

Vito stond op. 'Oké, oké. Ik ga wel met haar praten.'

Jake straalde. Eindelijk stond Vito weer aan zijn kant. 'Je zult er geen spijt van krijgen.'

'Hmpf.' Vito bleef staan, met zijn hand op de deurknop. 'Wacht eens even, en de andere slachtoffers dan? De Vampier heeft hun bloed niet nodig om het met dat van een grootouder te vergelijken. Hoe verklaar je dat dan?'

De glimlach verdween van Jakes gezicht. Het woord BLOED pulseerde weer op het whiteboard. 'Daar ben ik nog mee bezig.'

HOOFDSTUK EENENVEERTIG

Jakes huis, onder de beste omstandigheden al niet netjes, was in de loop van het onderzoek naar de Vampier verworden tot iets wat het midden hield tussen een chaos en een nucleaire ramp. Op de begane grond slingerden borden met resten van Chinese en Indiase afhaalmaaltijden in diverse stadia van fossilisering rond. De berg ongeopende post, met op sommige enveloppen de tekst TWEEDE AANMANING, dreigde het tafeltje in de hal te overspoelen. Een gedeukte kartonnen doos met een Roemeens retouradres braakte een verdachte, op as lijkende substantie uit.

Manny bekeek het tafereel vol walging. 'Jake en jij zouden weleens de grootste hamsteraars van de eeuw kunnen zijn.' Ze schopte een paar forensische tijdschriften aan de kant. 'Je zou in elk geval paadjes van kamer naar kamer moeten openlaten.'

'Dat is zo burgerlijk.' Sam had een katern van de *Times* uit en gooide het over zijn schouder.

Manny bukte zich om het op te pakken, maar hield zichzelf toen in. 'Je probeert me te provoceren.'

'Helemaal niet, beste vrouw. We hebben gewoon een andere opvatting over het huishouden.' Sam strekte zijn benen uit op de bank en pakte een ander katern van de krant. 'Ik zal nooit zo'n rein tiepje worden als jij. Dat is sisyfusarbeid: je duwt elke dag het rotsblok tegen de heuvel op, maar het rolt gewoon elke keer weer naar beneden. Ik geef de voorkeur aan de tactiek die Hercules toepaste om de augiasstal uit te mesten. Laat de boel eerst verslonzen, verleg dan een nabijgelegen rivier en laat alles in een keer wegspoelen.'

'Wanneer ga je dat wonder dan verrichten, Herc?' Jake kwam de keuken uit met in zijn handen kartonnen borden met kleine Vietnamese loempiaatjes erop. 'Nu het aardewerk buiten dienst is, moeten we ons beperken tot eten zonder saus.'

'Voedsel. Dat houdt ons draaiende.' Manny pakte een loempia en plofte neer in een luxe beklede stoel. 'Wil je nog eens vertellen wat rechercheur Pasquarelli zei nadat hij met de FBI had gepraat?'

Manny had haar hele gesprek met Paco aan de politie gemeld. Rechercheur Pasquarelli was heel opgewonden geweest over die informatie en wilde Paco natuurlijk zelf ondervragen. Maar doordat de FBI bij de zaak was betrokken, kon hij dat niet meer zelfstandig beslissen. Vanwege de diplomatieke onschendbaarheid van de Sandovals moest hij daarvoor toestemming van de FBI hebben. En zoals Manny had gevreesd, waren ze daar niet erg toeschietelijk geweest.

'Vito zei dat de agent met wie hij direct werkt net zo opgewonden leek over deze doorbraak als hij. Maar die man heeft evenmin veel te zeggen. Hij moest toestemming vragen aan zijn superieuren. Ze zitten nog steeds te wachten.'

'Dat is belachelijk!' zei Manny. 'Diplomatieke onschendbaarheid is een gunst. Ze zou ook opgeheven moeten kunnen worden. In zo'n ernstige zaak zouden ze niet moeten aarzelen de Sandovals onder druk te zetten om mee te werken.'

'Misschien hebben ze morgen meer geluk,' zei Jake.

'Reken daar maar niet op.' Manny ging tegen de rugleuning van haar stoel aan zitten en schoot direct weer naar voren. 'Au! Een boobytrap.' Ze trok de kussens weg. 'Mijn hemel, er ligt hier een scalpel!'

'Sorry, schat. Ik was bezig met een experiment. Ik wilde weten of je je per ongeluk aan een scalpel kunt snijden als je achter-overleunt in een stoel. De advocaat zal beter zijn best moeten doen, want jij hebt net aangetoond dat zijn cliënt haar man met opzet heeft gedood.' Toen klopte Jake op de plek naast zich op de loveseat. 'Kom maar naast mij zitten.'

Manny keek naar het spinnenweb tussen de staande lamp en de armleuning van de loveseat. 'Nee, bedankt, ik maak hier wel een plekje vrij.'

Ze duwde een doos met oude weefselmonsters in een hoek. 'Dat is het lastige als je een groot huis hebt. Hoe meer ruimte je hebt, hoe meer rommel je verzamelt. Weet je, toen ik naar Club Epoch in Hoboken reed, overwoog ik serieus om naar zo'n grote loft in een voormalige fabriek te verhuizen. Nu ben ik bang dat als ik daar zou wonen, ik net als jij zou gaan hamsteren.'

'Ik denk dat je het wel zou moeten overwegen, Manny,' zei Sam. 'Stel je eens voor hoe je je schoenencollectie zou kunnen uitbreiden. Maar als je daar iets wilt kopen, moet je het nu doen. Er zijn nog maar een paar fabrieken over die zullen worden ver-bouwd.'

'In de gebouwen die nu nog over zijn, zijn allemaal gevaarlijke stoffen verwerkt,' zei Jake. 'Je wilt je schoenen toch niet bloot-stellen aan straling? Een eenkamerappartement in Manhattan is veel gezonder.'

'Je bezorgdheid om mijn gezondheid is roerend.' Manny pak-te kranten van de vensterbank. 'Kunnen we niet in elk geval een paar van die *Times* weggooien? Ze zijn weken oud.'

Ze las een kop voor. '"Vampier verdacht van de dood van vooraanstaande arts." Die is van toen dr. Fortes werd vermoord. "Nest van Vampier aangetroffen in Brooklyn", "Vampier in ver-band gebracht met bomaanslag Hoboken", "Mysterieuze aan-valler richt zich op operaster". Jemig, de Vampier heeft sinds het begin van deze zaak bijna elke dag op de voorpagina gestaan.

Deze stapel kranten is een archeologisch archief.'

Jake hield op met kauwen en staarde haar aan, met een kruimel van zijn loempia op zijn lip. Hij kwakte zijn halfvolle bord op de vloer. Mycroft schoot door de kamer en viel onmiddellijk aan op het heerlijke mengsel van garnalen en groente.

'Ik hoop dat je dat niet meer hoefde,' zei Manny terwijl Jake door de kamer liep, naar de vensterbank.

Hij leek haar niet te horen. Hij liet zich op zijn knieën vallen en spitte de kranten door, waarna hij ze links en rechts neergooide.

'Jake, toe nou. Ik had ze net opgestapeld om ze naar de papierbak te brengen,' protesteerde Manny

'Help me even, ik zoek de krant van 5 april,' zei Jake dwingend.

'Wat is er met 5 april?' vroeg Manny.

'Dat is de dag na de eerste aanval door de Vampier. Lucinda Bettis, slachtoffer nummer een.'

'Hier is ie.'

Jake griste de krant uit haar handen, las vluchtig de voorpagina en sloeg toen de bladzijden om naar het regionale nieuws. 'Niets,' zei hij, nadat hij die bladzijden had doorgelezen. 'Zelfs geen klein berichtje.' Hij gooide de krant weg. 'Nu die van elf april.'

'Waar ben je naar…'

'Hier!' Jake hield hem omhoog en bladerde er onmiddellijk doorheen. 'Niets op pagina een, niets op de voorpagina van het regionale gedeelte, maar hier op pagina B-vier staat wat. "Politie verbaasd over vreemde overeenkomsten tussen aanvallen." Een verhaal van zes alinea's, waarin de modus operandi van de aanval op slachtoffer twee werd vergeleken met die van Lucinda Bettis. En nu drieëntwintig april.'

Die gaf Manny hem.

'Na slachtoffer drie is het verhaal naar de voorpagina verhuisd. Er wordt uitdrukkelijk melding gemaakt van het feit dat er bloed is afgenomen en dat het slachtoffer een wondje van een naaldenprik heeft. Als ik het me goed herinner, werd hij toen door de *Post* voor het eerst "De Vampier" genoemd.' Jake ging op zijn hurken zitten. 'Vanaf dat moment was hij in elke New Yorkse krant elke dag voorpaginanieuws. Dat moet het zijn.'

'Wat moet het zijn?' vroegen Sam en Manny bijna gelijktijdig.

Jake wees naar de zee aan nieuwsberichten die Manny en hem op de vloer omringde. 'Daarom heeft de Vampier bloed afgenomen bij Fiore, Hogaarth, en Slade, zelfs al zijn dat geen kinderen van de Desaparecidos. Hij wil publiciteit voor zijn zaak. Toen hij besefte wat een ophef het feit dat hij bloed afnam veroorzaakte, besloot hij dat tot zijn signatuur te maken, zelfs bij slachtoffers die hij wilde martelen en/of vermoorden. Het afnemen van bloed was op zichzelf onnodig, dat deed hij alleen maar als versiering.'

'Een signatuur,' fluisterde Manny.

'Voor iemand die de publiciteit zoekt, heeft hij zijn sporen verrekte goed uitgewist,' zei Sam. 'Hij heeft ervoor gezorgd dat de politie op zoek is naar denkbeeldige islamitische terroristen. Manny en jij zijn de enigen die blijkbaar weten dat dit om de Desaparecidos draait.'

Jake en Manny keken elkaar aan, toen draaiden ze zich allebei langzaam om en keken naar Sam. 'Hij is iets aan het plannen,' zei Manny. 'Of misschien moet ik zeggen: ze zijn iets aan het plannen, want we weten dat er ook een vrouw bij betrokken is. Zij is degene die zich heeft voorgedaan als Tracy en me bij Maureen Heaton heeft aanbevolen. Ze heeft me opzettelijk bij deze zaak betrokken.' Manny pakte Jakes hand. 'En ik wed dat ze jou er via mij ook heeft bijgehaald. Ze wilden ons vanwege wie we zijn, vanwege de resultaten die we in de zaak-Lyon hebben behaald.'

'Ik denk ook dat dat het moet zijn,' stemde Jake in. 'Het verhaal van de Desaparecidos speelt al dertig jaar. De moeders en grootmoeders blijven protesteren, maar de woede is afgezakt. Er zijn nog steeds slachtoffers van wie niemand weet wat er met hen gebeurd is, kinderen die hun echte afkomst niet kennen. Maar mensen luisteren niet meer. Ze willen de Vuile Oorlog vergeten.'

'En er zijn nog steeds daders die nooit voor het gerecht zijn gebracht,' zei Manny 'Ik leef met ze mee, maar ik laat me niet voor het karretje van de Vampier spannen. Ik laat me niet zo gebruiken!'

'Misschien hebben we geen keus,' zei Jake. 'Ik twijfel er geen seconde aan dat ze Travis willen gebruiken voor een grande finale. Ik zou niets liever willen dan de Vampier zijn grote slag ontnemen, maar we kunnen Travis niet in gevaar brengen. Als we de volgende stap van de Vampier niet vóór kunnen zijn, dan moeten we het spel misschien wel volgens zijn regels uitspelen.'

HOOFDSTUK TWEEËNVEERTIG

Manny rolde om in haar bed en tuurde door de kamer. Op haar programmeerbare koffiezetapparaat gloeiden de cijfers 5:09 groen op. Ze was de vorige avond doodmoe geweest toen ze thuiskwam, dus het verbaasde haar dat ze wakker was geworden voordat om zes uur de ingebouwde maler met oorverdovend geluid de koffiebonen begon te verpulveren.

Ze was in de verleiding geweest om bij Jake te blijven slapen. Het steeds ernstiger vermoeden dat ze alleen maar een pion was in een onvoorspelbaar plan van de Vampier had haar zenuwachtig gemaakt, en ze wilde graag iemand om zich heen hebben. Maar om halfnegen moest ze in de zaak-Greenfield een verklaring onder ede afnemen en ze wilde er niet naartoe in dezelfde kleren als gisteren. Als ze bij Jake bleef, leefde ze uit haar handtas; ze sliep in zijn T-shirt met het opdruk WELKOM IN DE ONDERBUIK VAN DE FORENSISCHE PATHOLOGIE! en ging 's ochtends naar haar flatje om zich om te kleden. Ze was niet van plan kledingstukken naar Jake te verhuizen. Ze wilde niet dat de geur van formaldehyde in haar kleding van kasjmier en zijde zou blijven hangen, en trouwens, zo'n relatie hadden ze helemaal niet. Ze had Franse handgemaakte zeep met rozen- en jasmijngeur gekocht voor in de badkamer, uitsluitend om te voorkomen dat ze rode bultjes kreeg van die afschuwelijke gratis hotelzeepjes, maar ze was niet van plan om nog huiselijker te worden.

Manny rekte zich uit en sloot haar ogen. Ze wilde niet weer in slaap vallen, maar ze kon best nog even lekker in bed blijven liggen totdat het koffiezetapparaat aansloeg. Ze werd helemaal rustig van de lichte lavendelgeur van haar beddengoed en ze dagdroomde een beetje, zalig los van de problemen van de komende dag.

Ergens in de flat klonk een geluid.

Manny ging rechtop zitten. Daar was het weer: het onmiskenbare geluid van een kokhalzende poedel. Ze besefte dat ze daardoor zo vroeg wakker was geworden.

Ze deed het licht aan. Geen Mycroft aan de voet van het bed. Dat was een slecht teken. Als hij misselijk was, sloop hij weg en ging in een hoekje van haar kast liggen. De vorige keer dat zijn maag van slag was geweest, had ze een paar Jimmy Choos van zeshonderd dollar linea recta naar de vuilnisbak moeten verwijzen.

'Mycroft, liefje, wat is er?' Manny opende de kastdeur en keek onder de rekken met ordelijk hangende pakken en blouses. En ja hoor, daar zag ze een klein hoopje rode vacht in de hoek, achter de handtassen van vorig jaar en haar Uggs. Manny viel op haar knieën, ze kroop naar voren en stak haar hand uit. 'Kom hier, schatje. Laat mama maar even kijken.'

Mycroft jankte toen ze een hand onder zijn rillende lijfje stak en hem naar zich toe trok. Toen ze hem in het licht kon bekijken, trok Manny's hart zich samen. Dit was geen geval van 'Ik had niet al die mozzarella moeten eten'. Mycrofts ogen stonden glazig, zijn buik was opgezwollen en hij ademde met korte, hijgende stoten.

Mijn hemel, wat had hij gisteren gegeten? Had hij soms rattengif gevonden in het park, toen ze die luxe staafjes had weggegooid om Paco te onderscheppen? Of was het de loempia die hij bij Jake had verslonden? Zat er soms een kruid in Vietnamees eten dat fataal was voor honden? Citroengras? Koriander?

Waardoor het ook kwam, Mycroft was ernstig ziek. Manny raakte steeds meer in paniek en kon niet goed meer nadenken. Wat moest ze doen, het alarmnummer bellen? Op de deur van de buurman, een cardioloog, bonken?

Ze haalde diep adem. Mycroft had er niets aan als ze hysterisch werd. Het nummer van dr. Costello zat onder een snelkiestoets. De dierenarts kon haar zeggen wat ze nu direct kon doen totdat ze met Mycroft naar hem toe kon gaan.

Ze greep haar BlackBerry en wachtte ongeduldig terwijl het voicemailsysteem van de dierenartspraktijk de opties opdreunde. 'De praktijk is nu gesloten. Om een afspraak te maken, toets één. Om een bericht achter te laten…' Manny's hart bonkte zo hard dat ze amper iets kon horen. Schiet op, schiet op. Uiteindelijk: 'Als het echt een noodgeval is, bel dan 212-555-3680. De dokter belt dan binnen tien minuten terug.'

Manny toetste met trillende vingers het nummer van de pieper in. Tien minuten! Dan kon Mycroft wel dood zijn. Ze had het gevoel alsof ze zich buiten haar lichaam bevond: ze hoorde een stem die Mycrofts symptomen beschreef, om hulp smeekte, een stem die veel hoger en gehaaster was dan haar eigen stem.

Toen ze het telefoontje had beëindigd, ging ze naast Mycroft zitten wachten, waarbij ze hem over zijn zijdeachtige kop aaide. De trouwe bruine ogen van het hondje keken naar haar omhoog, en smeekten haar in stilte zijn pijn te verzachten. Waarom had ze hem als lokvogel gebruikt? Waarom had ze hem al dat mensenvoedsel laten eten? Alstublieft, God, als u zorgt dat hij niet doodgaat dan beloof ik dat ik hem de rest van zijn leven niets anders dan Science Diet zal geven.

De telefoon ging. Manny pakte hem gretig op. 'Dr. Costello? Dat was snel! Dank u wel dat u terugbelt.' Manny beschreef de symptomen die Mycroft had en beantwoordde de vragen van de arts.

'Het lijkt erop dat alles al uit zijn lijf is,' zei dr. Costello. 'Maar ik maak me wel zorgen om het feit dat hij zo moeilijk ademt. Houd hem warm en kom maar naar de praktijk.' Toen gromde hij geërgerd. 'Nee, dat zal niet gaan.'

'Jawel! Jawel hoor!' Manny's stem was schril en vasthoudend.

'De praktijk is aan de andere kant van de stad. Als hij echt ademhalingsproblemen heeft, telt elke seconde,' legde dr. Costello uit. 'Mijn vrouw zegt dat je hem beter hiernaartoe kunt brengen, naar ons huis. Ik heb alles wat ik nodig heb hier.'

'O, godzijdank! Ik ga meteen weg. Waar woont u?'

Manny schreef het op het enige stuk papier dat ze kon vinden: de tweede bladzijde van haar rekening van Saks. Ze wist helemaal niet dat dr. Costello zo dicht bij haar in de buurt woonde. Ze kon wel naar zijn appartement lopen, dat zou sneller gaan dan als ze zo vroeg eerst nog een taxi moest zoeken. Ze trok snel een spijkerbroek en een T-shirt aan en deed Mycroft zijn riem om. De arme hond was te ziek om te lopen. Ze zou hem moeten dragen, maar ze hield hem liever in haar armen, waar ze kon zien hoe het met hem ging, in plaats van in zijn draagmand.

In de lift drukte ze op het knopje voor de kelder. Als ze naar de kelder van het gebouw ging en dan achter de dienstdeur nam, scheelde dat een heel huizenblok.

Toen ze de grijze ochtendschemering in liep, werd ze begroet door de geuren en geluiden van de stad, maar de straten en trottoirs waren leeg. Aan het eind van de straat reed een vuilniswagen indringend piepend achteruit, naar een container toe. Uit de goot steeg de geur van urine op. Manny stopte Mycroft onder haar arm en stak halverwege het huizenblok op een drafje de straat over. Er lag een dronkenlap met zijn armen en benen uitgespreid op een stuk karton, en zelfs in zijn slaap omklemde hij met zijn vieze vingers nog een fles goedkope wijn. Manny wendde haar ogen af terwijl ze hem passeerde.

Ze werd bij haar enkel gegrepen. Manny keek verrast naar beneden en zag het grijnzende gezicht van de dronkaard. Eerder geïrriteerd dan bang probeerde ze hem af te schudden. Vanochtend had ze geen tijd om beroofd te worden. Ze hoorde voetstappen achter zich en ze haalde diep adem om om hulp te schreeuwen.

Dat was geen slimme zet. Terwijl haar longen zich uitzetten, vulden ze zich met de walgelijke geur van ether. De gebouwen helden over en tolden in de rondte. De stoep kwam omhoog. Mycroft viel uit haar armen.

'Mijn hond! Mijn hond!' Misschien dacht Manny die woorden alleen maar, of misschien zei ze ze hardop.

Hoe dan ook, niemand hoorde ze.

HOOFDSTUK DRIEËNVEERTIG

Jake stak zijn rechterarm uit en tastte in het donker in zijn bed rond naar Manny. Hij voelde kussens, dekens, lakens, maar geen zachte rondingen, geen warrige bos haar. Toen wist hij het weer: Manny was gisteravond niet gebleven, iets over een verklaring onder ede vanochtend vroeg. Hij was verbaasd hoe teleurgesteld hij was.

Nou ja, dan kon hij net zo goed opstaan en nog een paar dingen afhandelen voordat hij naar zijn werk ging. Jake ging naar beneden, op weg naar een kop koffie en zijn laptop, en daarbij stortte hij bijna vanaf de overloop naar beneden toen hij over een doos struikelde: bewijzen over een overlijden na politiegeweld, twee dagen geleden uit Los Angeles aangekomen. Manny had gelijk: zijn huis was echt hard op weg een gevaar voor de volksgezondheid te worden.

Terwijl de koffie doorliep, klapte Jake zijn laptop open en bekeek zijn e-mail. Het scherm straalde hem tegemoet, en hij zag dat hij drieëntachtig nieuwe berichten had. Hij wreef in zijn ogen, zag hij het goed? E-mail, het was een zegen en een vloek.

Jake sneed een groen plekje van een bagel die hij in een zakje op het aanrecht had gevonden, schonk een kop koffie in en ging zitten om zijn inbox door te werken. Ja, hij wilde met alle plezier bij het FBI-opleidingscentrum een lezing houden over bioterrorisme, nee, helaas was hij niet in staat in Letland een conferentie bij te wonen over het onderzoek naar bomaanslagen door burgers. Wilde hij in september in Athene een week een interne opleiding volgen? Verdomme! Dat klonk goed, maar Pederson zou hem nooit een week vrij geven. Tegenwoordig leek het wel alsof het Pedersons topprioriteit was om te voorkomen dat Jake zijn hoofd boven het maaiveld uitstak.

Vijftien e-mails beantwoord, twintig, vijfentwintig. Jake keek op zijn horloge. Het was kwart voor negen. Hoe kon het al zo laat zijn? Hij moest opschieten. Pederson stond vreemd genoeg altijd bij de receptie als Jake om kwart over negen op zijn werk kwam, maar hij stond er nooit als hij om middernacht wegging. Hij las de lijst resterende e-mails vluchtig door. Niets dringends, behalve…

Wat was dat van Roger@mycollect.com? Zou dat een antwoord zijn van een van die eBay-handelaars in verzamelobjecten die Manny had gemaild over Nixons beker? Hij klikte hem aan en las het bericht. De handelaar herinnerde zich de transactie nog. Jake staarde naar het scherm. De naam van de koper klonk akelig bekend. Hij doorzocht de talloze stoffige laden van zijn geheugen. Soms voelden zijn hersenen net zo rommelig aan als zijn huis.

Jake klapte de laptop dicht. Hij kende die naam! Maar uit welk deel van zijn onderzoek dat zich in allerlei richtingen had uitgebreid? Hij moest wachten tot hij op kantoor zijn dossiers kon nakijken. Hij liep naar de deur, maar bleef toen staan en pakte de telefoon. Manny zou het wel weten. Ze had een verbazingwekkend geheugen en kon de kleinste details stante pede ophoesten. Hij zei altijd dat dat kwam doordat ze jonger was. Haar schedelholte was gevuld met de hersenen vol groeven en plooien van een ongerept jongmens. Heel anders dan zijn hersenen, die gekrompen en afgevlakt waren.

Hij toetste Manny's nummer in, maar werd onmiddellijk doorverbonden met de voicemail. Ja, logisch op dit tijdstip. Ze was nu bezig met haar getuigenverklaring. Tijdens een getuigenverklaring zette zelfs Manny haar telefoon uit. Hij sprak een bericht in en ging naar kantoor.

Manny's hoofd bonkte en haar keel, droog en rauw, protesteerde elke keer als ze slikte. Ze opende haar ogen een millimeter, maar sloot ze weer snel toen de kamer begon te tollen. Ze had blijkbaar een kater. Vreemd, want ze dronk nooit zoveel.

Had ze een feestje gehad, of haar zorgen verdronken? Ze herinnerde het zich niet. Er kriebelde iets haar aan polsen. Ze probeerde het weg te vegen, maar merkte dat ze haar armen niet kon bewegen. Dat was nog zoiets vreemds.

Dichtbij blafte een hond, heel hard. Hoe kon Mycroft zo woest blaffen? Misschien was er iemand buiten. Ze zou eigenlijk even moeten kijken. Dat moest ze zeker doen. Maar ze was zo moe, zo moe.

Het blaffen hield maar niet op.

Ik kom zo, Mycroft. Ik kom zo…

Tijdens de wekelijkse stafvergadering begon Jakes mobiel te trillen. Hij negeerde het. Een paar seconden later begon het opnieuw. Terwijl Pederson voor in de zaal heen en weer ijsbeerde en de expert uithing, keek Jake onopvallend naar zijn telefoon. Op het scherm stond LITTLE PAWS.

Hij fronste zijn voorhoofd. Waarom zou Mycrofts maffe hondenopvang hem bellen? Toen herinnerde hij zich dat hij tegen Manny had gezegd dat ze hem als een van de drie personen voor een noodgeval mocht opgeven. Als ze hem belden, hadden ze Manny, Kenneth, en Manny's moeder, Rose, niet kunnen bereiken. Manny en Kenneth waren natuurlijk samen bij de getuigenverklaring en Rose was waarschijnlijk ergens aan het feesten. Ze zette haar telefoon altijd uit en gebruikte hem alleen voor noodgevallen, namelijk als zij iemand anders nodig had, niet als iemand anders haar moest kunnen bereiken. Jake richtte zijn aandacht weer op de vergadering. Little Paws kon wel wachten.

Zijn telefoon trilde weer. Geïrriteerd stak Jake zijn hand uit om hem uit te zetten. Deze keer stond er KENNETH BOYD op het scherm.

Zijn hart begon sneller te slaan. Als Kenneth hem belde, waar was Manny dan? Jake keek naar de klok aan de muur. De vergadering was al een halfuur bezig en het leek er niet op dat Pederson deze binnen afzienbare tijd zou afronden.

'En dan zou ik ten slotte graag deze powerpointpresentatie voor jullie houden,' zei Pederson. 'Lichten uit, graag.'

De lichten gingen uit en Pederson hanneste met zijn laptop. Er verscheen niets op het scherm. Eindelijk kreeg een van de secretaresses medelijden en ze stond op om de baas te helpen. Terwijl ze samen over de computer gebogen stonden, glipte Jake de achterdeur van de vergaderzaal uit.

In zijn kantoor belde hij Kenneth. 'Waar is Manny?' vroeg hij zonder hem te begroeten.

'Dat wil ik ook weleens weten. Ze is helemaal niet komen opdagen bij de Greenfield-getuigenverklaring.'

Jake kon haast zien hoe zijn adrenalineklier zich klaarmaakte voor een vecht- of vluchtreactie. 'Ik ben ook al gebeld door Little Paws. Weet jij waarom?'

'Toen ze vanochtend opengingen, zat Mycroft in zijn eentje bij de deur, met zijn riem om.'

HOOFDSTUK VIERENVEERTIG

'We gaan haar wakker maken,' zei een vrouwenstem.

'Ik denk niet dat ze daar al…'

'Ik zei dat het de hoogste tijd is.' Er klikte een deur.

Manny opende haar ogen en keek in een beeldschoon gezicht: glanzend zwart haar, amandelvormige ogen, hoge jukbeenderen. Mensen zijn geprogrammeerd om positief op schoonheid te reageren, maar Manny glimlachte niet. De andere vrouw ook niet.

De kamer waarin ze zich bevond had een heel hoog plafond, groezelige groene muren en aan meubilair alleen het bed waarop ze lag en een tafeltje. Niets ervan kwam Manny bekend voor. Ze was nog niet in staat helder na te denken; ze kon zich alleen richten op haar lichamelijke behoeften: drinken, eten, en zorgen dat haar hoofd niet meer zo bonkte.

'Mag ik wat water?' Manny's stem kwam er hees en schor uit, ze herkende hem zelf niet eens.

De vrouw liep naar het tafeltje en schonk water uit een fles in een plastic beker. Manny keek toe, haar geest begon langzaam weer op gang te komen. De vrouw kwam haar vaag bekend voor, maar ze wist niet waarvan. Manny was voornamelijk geïnteresseerd in het water. Ze werkte zich op totdat ze op een elleboog steunde, pakte het bekertje aan en goot het water naar binnen. De vloeistof bracht haar hersenen weer op gang en ze keek rond. De kamer was zo stoffig en schemerig dat dit niet iemands woonhuis kon zijn.

'Waar ben ik? Wie zijn jullie?' Flarden van herinneringen kwamen terug. Een smerige man. Een geur. Een val op de stoep. Een zacht tinkelend geluid…

Manny ging rechtop zitten. 'Mijn hond! Waar is mijn hond!?' Het geluid dat ze zich herinnerde was het getinkel van Mycrofts penningen als hij rende. 'Waar is Mycroft? Hij is misselijk. Ik was op weg naar de dierenarts.'

De vrouw keek haar koeltjes aan, maar zei niets. Waar had Manny haar toch eerder gezien? Ze was zo mooi dat ze actrice of model kon zijn, maar Manny dacht niet dat ze haar ooit op tv of in een tijdschrift had gezien. Trouwens, wat zou een beroemdheid op zo'n armoedige plek doen? Ze nam meer details van de kamer in zich op: een ruwhouten vloer, een smerig raam met tralies, de buizen liepen over de muren. Wat deed ze hier? Manny zwaaide haar benen over de rand van het bed en duwde zichzelf omhoog. 'Ik moet…'

Haar knieën knikten en haar blik was vertroebeld. Ze plofte weer terug op bed. 'Wat is er met me?' Manny sloot haar ogen en wreef over haar slapen totdat ze zich iets beter voelde. Toen ze weer opkeek, stond er een man in de deuropening.

Manny glimlachte. Een bekend gezicht, een aardig gezicht. Toen verdween haar glimlach. Het was het gezicht van iemand die hier niet hoorde.

'Dr. Costello, wat is er aan de hand? En waar is Mycroft?'

De dierenarts draaide haar zijn rug toe en keek uit het enige raam, een opening met tralies aan de binnenkant, met uitzicht op een luchtschacht. 'Dat legt Elena, mijn vrouw, wel uit.'

'U zult nu toch wel beseffen wie wij zijn, mevrouw Manfreda?'

Manny greep de ruwe dekens op het bed beet. Een man en een vrouw die samenwerkten, iemand met een medische achtergrond, eind jaren zeventig geboren. 'Zijn jullie de Vampier?'

Elena glimlachte.

'Waarom doen jullie dit?' ging Manny verder. 'Wat willen jullie van me?'

'We willen dat jij en je vriend, dr. Rosen, de hele wereld over de Desaparecidos vertellen,' zei Elena. 'En we hebben iets bedacht waardoor de wereld eindelijk ook zal luisteren.'

Dit was het. De finale die Jake en zij de avond ervoor hadden voorspeld. Manny draaide zich om en keek de andere vrouw aan.

'Hebben jullie mijn hond vergiftigd om me hier te krijgen? Hoe?'

Elena lachte. 'Mycroft is een gewoontedier. Hij maakt elke dag een wandeling in het park met zijn oppasser van Little Paws. Een vrouw die met zes hondjes wandelt is eraan gewend dat ze veel aandacht krijgt. Terwijl Frederic zich gisteren bezighield met de andere honden, heb ik Mycroft een snoepje gegeven.'

'Wat heb je hem gegeven?' wilde Manny weten. 'Jullie hebben mijn hond vermoord!'

Dr. Costello keek beledigd. 'Absoluut niet. Het was alleen iets om zijn spijsvertering van slag te brengen. Hij heeft niet genoeg binnengekregen om ernstige schade toe te brengen.'

'Maar waar is hij nu?' vroeg Manny weer.

Dr. Costello en zijn vrouw wisselden een blik. 'Maak je maar geen zorgen over je hond,' zei Elena. 'Het volstaat te zeggen dat Mycroft je hier op een bijna ontraceerbare manier naartoe heeft gebracht. Niemand weet waar je bent, Manny. Als Jake Rosen jouw leven en het leven van Travis Heaton wil redden, zal hij de wereld moeten vertellen over de martelingen van onze ouders en de manier waarop ze zijn overleden.'

Elena was niet langer koel en elegant, ze ijsbeerde door de kamer en werd steeds hysterischer, haar huid bloosde vaalrood onder haar bruine teint. 'Jake Rosen zal de wereld vertellen hoe mijn man en ik, en Esteban Sandoval en zoveel anderen uit de baarmoeders van onze moeders zijn weggerukt en zijn weggegeven om opgevoed te worden door precies die mensen die onze ouders hadden vermoord. Als Lucinda Bettis en de anderen zien hoe onze ouders gemarteld zijn, zullen ze eindelijk het leven vol leugens opgeven dat ze al die jaren hebben geleid.'

Ze greep Manny bij haar schouders. Haar ogen stonden wild, ze sperde haar neusgaten open. 'Ze geloven niet wat ik ze heb verteld. Voor hen zijn het alleen maar woorden en foto's. Ze moeten het echt zien gebeuren. Ze moeten er getuige van zijn hoe onze ouders zijn gemarteld. Dan zullen ze het begrijpen. Jake Rosen en jij zullen het ze aan hun verstand brengen.'

Het eerste wat Jake opviel toen hij Manny's flat binnenkwam, was de sterke, branderige geur van koffie die te lang op de warmhoudplaat van het koffiezetapparaat had gestaan. Hij keek het piepkleine keukentje in. 'De pot is vol, ze is weggegaan zonder dat ze een kop koffie heeft gehad,' zei hij tegen Kenneth en ˙ Pasquarelli, die met hem waren meegekomen om naar aanwijzingen over Manny's verblijfplaats te zoeken.

Kenneth keek in de andere richting. 'En haar bed is nog niet opgeklapt. Manny maakt altijd haar bed op voordat ze de deur uitgaat. Ze zegt dat ze zichzelf op die manier voor de gek houdt: zo lijkt het alsof ze een woonkamer én een slaapkamer heeft.'

'Oké, we weten dus nu dat ze hier vannacht heeft geslapen en we weten dat ze vanochtend overhaast is vertrokken,' zei Pasquarelli. 'Waarom? Waar is ze naartoe gegaan? En hoe is die hond in zijn eentje bij Little Paws beland?'

'Ze zou hem daar nooit alleen buiten hebben gelaten,' zei Kenneth voor ongeveer de vijftiende keer. Hij beet op een lange roze vingernagel terwijl hij de flat rondkeek.

'Ik zal haar telefoongegevens opvragen,' zei Pasquarelli. 'De lijst van inkomende en uitgaande gesprekken van vanochtend.'

'Dat gaat uren duren,' zei Jake. 'We moeten hier voor die tijd een aanknopingspunt kunnen vinden.'

'Haar kast!' riep Kenneth. 'Eens zien of we erachter kunnen komen wat ze aan heeft. Dan weten we waar ze naartoe wilde.'

Pasquarelli trok zijn wenkbrauwen op. 'Dat is ook een benadering.'

Kenneth gooide de deuren van haar inloopkast open, en ze zagen netjes hangende blouses, rokken, broeken en jurken, om maar te zwijgen van een schoenenrek met links en rechts daarvan torens van schoenendozen.

'Het is hopeloos,' zei Jake. 'Hoe kun je in vredesnaam zien wat hier ontbreekt?'

Maar Kenneth zat al op zijn knieën. 'Moet je zien hoe de meeste schoenen uit het schoenenrek verspreid door de kast liggen. Ze was ergens naar op zoek.' Zijn stem klonk steeds gedempter naarmate hij verder de diepe kast in kroop.

'Gatver!' Kenneth haastte zich achterwaarts terug, met zijn rechterhand voor zich uitgestoken. 'Er ligt daar iets heel smerigs en nats op de vloer.'

Jake pakte Kenneth' pols vast, keek naar het groenachtige slijm onder de gemanicuurde nagels en bracht ze toen naar zijn neus om eraan te ruiken. 'Hondenbraaksel,' verklaarde hij. 'Mycroft is vannacht blijkbaar misselijk geworden. Manny is snel met hem naar de dierenarts gegaan.'

Kenneth' ogen begonnen te stralen, maar de glans verdween bijna onmiddellijk weer. 'Maar ze is er blijkbaar nooit aangekomen. En Mycroft evenmin.'

'Ik ga de dierenarts bellen.' Jake knipte met zijn vingers. 'Hoe heet hij ook alweer?'

Kenneth kwam terug van het handen wassen. 'Ik heb het nummer in mijn telefoon staan.' Hij drukte op een paar toetsen en begon te praten. Jake zou de telefoon wel uit zijn hand hebben willen grissen, maar het leek erop dat Kenneth de juiste vragen stelde.

'De dierenarts zei dat ze hem vanochtend om kwart over vijf heeft opgepiept en vertelde dat Mycroft had overgegeven,' meldde Kenneth. 'Hij zei dat hij tegen haar had gezegd dat het erop leek dat Mycroft iets had gegeten wat giftig was voor honden en dat ze hem naar het Animal Medical Center aan Eighty-sixth Street, ter hoogte van York, moest brengen. Daar hebben ze een vergiftigingscentrum voor dieren dat vierentwintig uur per dag open is.'

'Bel jij dat centrum even om te vragen of ze daar is aangekomen?' vroeg Jake aan Kenneth. 'Dan gaan Vito en ik met de portier praten.'

Het was nu tien uur, de ochtenddrukte was afgelopen en de portier in de lobby kon rustig gaan zitten om pakjes aan te nemen en een paar oudere bewoners en huismoeders te helpen.

'Wie was er om vijf uur vanochtend aan het werk?' vroeg Jake.

'Ik.' De portier gaapte. 'We draaien deze week allemaal extra diensten omdat er iemand op vakantie is. Ik zit hier al sinds middernacht.'

'Heb je mevrouw Manfreda en haar hond zien weggaan?'

'Manny? Nee, die heb ik de hele dag nog niet gezien.'

Jake deed een stap naar de portier toe, een knappe man van rond de dertig. Hij leek wel alert, maar misschien was hij ergens mee bezig geweest of afgeleid toen Manny langsliep. 'Het is heel belangrijk,' zei Jake. 'Ze had waarschijnlijk haast. Misschien heb je haar gemist?'

De portier schudde vol overtuiging zijn hoofd. 'Juffrouw Manny? Absoluut niet. Ze begroet me altijd, hoeveel haast ze ook heeft. In tegenstelling tot sommige andere bewoners.'

Vito nam het over. 'We weten dat ze gisteravond is thuisgekomen, en nu is ze niet meer in haar flat, dus ze moet zijn weggegaan. We proberen erachter te komen waar ze heen is.'

'Ik zei niet dat ze niet kan zijn weggegaan; ik zei alleen maar dat ze niet hierlangs is gekomen. Tussen vijf en zes is er niemand naar buiten gegaan behalve Legere van 12B. Hij gaat elke ochtend voor zijn werk baantjes trekken.' De portier schudde zijn hoofd om zoveel gekkigheid. 'Maar heel veel mensen nemen 's ochtends de westelijke leveranciersdeur. Dan zijn ze een stuk dichter bij het metrostation.'

Jake schudde zijn hoofd. 'Manny neemt nooit de metro. En al helemaal niet met een zieke hond. En trouwens, met die lijn kom je helemaal niet in de buurt van Eighty-sixth Street en York. Dat slaat nergens op.'

'Misschien is ze via de achterdeur naar de garage gegaan waar ze haar auto stalt,' opperde Vito.

'Haar garage is die kant op.' De portier wees naar het noorden, en bewees zo dat hij Manny's gewoontes kende. 'En als ze een taxi neemt, roep ik die altijd voor haar.' Hij zwaaide het zilveren fluitje om zijn nek heen en weer. 'Ze kan best hard fluiten, maar dit klinkt harder.'

Jake keek naar de vloer om zich te kunnen concentreren. Manny was soms impulsief, maar nooit irrationeel. Er moest een goede reden zijn waarom ze de achterdeur had genomen. Wat was die reden?

Kenneth kwam uit de lift en liep naar hen toe. 'Noch Manny, noch Mycroft zijn vandaag in het Animal Medical Center geweest. Er moet haar onderweg iets zijn overkomen.'

Jake bleef naar het smaakvolle patroon van het tapijt in de lobby kijken. 'Het is niet logisch.' Hij keek op naar Kenneth. 'Is Mycroft nu bij Little Paws?'

'Ja.'

'Bel ze en vraag hoe het met hem is,' beval Jake.

Kenneth maakte geen aanstalten zijn telefoon te pakken. In plaats daarvan zette hij zijn handen op zijn heupen en keek Jake aan. Hoe verknocht hij ook aan Mycroft was, hij was doller op Manny, en hij vond duidelijk dat ze hun inspanningen op de eigenares moesten richten, niet op het huisdier.

'Ik wil weten hoe ziek de hond is,' legde Jake uit terwijl hij naar de lift liep. 'Misschien is Manny van gedachten veranderd en heeft ze hem niet naar dat centrum gebracht.'

'Waarom ga je weer terug naar haar flat?' vroeg Vito.

'Ik ga een monster van het braaksel nemen.'

HOOFDSTUK ZESENVEERTIG

'Waarom?' vroeg Manny.

Dr. Costello was de kamer weer binnengekomen, dit keer met een pistool. Eerder was hij zenuwachtig geweest, bijna gegeneerd, maar het wapen leek hem zelfvertrouwen te geven.

Hij richtte het pistool op Manny en dirigeerde haar naar de muur. 'Ze heeft een broek aan. Dat is niet ideaal,' zei hij tegen zijn vrouw.

Elena bekeek Manny van top tot teen. 'Ze is langer dan ik, maar ik vind wel iets.'

Trut. Manny keek haar na toen ze de kamer verliet.

'Waarom doet u dit?' herhaalde ze haar vraag. 'U zorgt al uw hele leven voor zieke, hulpeloze dieren. Hoe kunt u mensen op zo'n manier verwonden?'

'Ik heb geen mensen verwond,' zei hij. 'Amanda Hogaarth en Raymond Fortes waren nog lager dan de laagste kakkerlak die hier over de vloer kruipt.' Hij spuugde in het stof aan zijn voeten. 'Ze gebruikten hun medische opleiding om mensen meer te pijnigen dan die stomme soldaten en politiemensen zelf hadden kunnen bedenken. Daarom hebben ze hun verdiende loon gekregen.'

Manny ging niet met een man die een pistool op haar gericht hield in discussie over de negatieve kanten van eigen rechter spelen. Maar ze kon de verleiding niet weerstaan om nog iets door te vragen. 'En Boo Hravek en Deanie Slade dan? Zij hebben geen link met Argentinië.'

'Boo Hravek was een misdadiger die drugs verkocht en voor andere gangsters mensen in elkaar sloeg. Om zijn dood ben ik niet rouwig.' Hij aarzelde. 'Het meisje, Deanie, tja... Ik wilde haar eigenlijk niet zo achterlaten. Maar Elena wilde het per se. Volgens haar moest dat om de boodschap over te brengen.'

Elena wilde het per se. Costello had de praktijk overgenomen van Mycrofts vroegere dierenarts, die naar een andere staat was verhuisd. Hij was onmiddellijk op haar overgekomen als een sterke man vol zelfvertrouwen, maar ze had sterke mannen gekend die tegen beter weten in dingen deden om hun vrouw te plezieren. Ze kochten bijvoorbeeld een groter huis dan ze zich eigenlijk konden veroorloven, of ze kregen nog een kind, waar ze eigenlijk niet op voorbereid waren. Maar een onschuldig meisje martelen omdat je vrouw dat wilde? Dat was wel een heel geschifte relatie.

Op dat ogenblik kwam Elena terug, met een gebloemd jurkje in haar handen. Ze gooide het naar Manny. 'Trek dit aan.'

'Waarom? Waarom moet ik andere kleren aantrekken?'

'Je stelt veel te veel vragen.' Dr. Costello richtte het pistool op haar hart. 'Doe gewoon wat je gezegd wordt.'

Met tegenzin trok Manny haar spijkerbroek, kasjmier T-shirt en Golden Goose-laarzen uit en trok de jurk aan. De jurk had geen mouwen en kwam tot ver boven haar knieën, en hij was gemaakt van dun, glad materiaal. Ze had het koud, van binnen en van buiten.

'Draai je eens om,' zei Elena. Ze boeide Manny's handen achter haar rug. Toen bond ze haar enkels vast. 'Ga hem maar halen,' zei ze tegen haar man.

Manny merkte dat het touw waarmee ze was vastgebonden vrij los zat. Door wat de Costello's Deanie Slade hadden aangedaan, wist ze heel goed dat ze dat veel beter konden. De losse touwen gaven haar een ongemakkelijk gevoel.

Een paar tellen later ging de deur open en kwam dr. Costello terug. Hij was niet alleen.

'Travis!' Manny leefde even op door de opluchting dat ze haar cliënt weer zag. In elk geval leefde hij nog, hoewel hij er vreselijk uitzag. Hij was altijd al dun geweest, maar nu staken zijn botten uit. Hij keek naar haar met diep verzonken ogen onder dof, vet haar.

Hij glimlachte zwakjes en schuifelde naar haar toe. Wat moet je in zo'n situatie zeggen? 'Fijn je weer te zien. Hoe gaat het?'

Manny's angst keerde terug toen ze zag dat de dierenarts Travis losjes vastbond. Ook als ze zichzelf misschien niet kon redden, ze moest Travis redden. Ze bespeurde geen flintertje medeleven bij Elena, maar dr. Costello was een ander geval. Hij had Mycroft zo voorzichtig behandeld, hij wilde een kind toch zeker geen kwaad doen. 'Travis is een onschuldig kind,' bracht ze Costello in gedachten. 'Paco was degene die de schuld van die aanslag had moeten krijgen.'

'Ja, we wilden dat zijn ouders wisten hoe het is als je kind onterecht in de cel zit,' antwoordde Elena voordat haar man iets kon zeggen. 'Jammer genoeg liep dat deel van ons plan een beetje verkeerd. Zelfs in dit land staan de Sandovals boven de wet.'

'Waarom straffen jullie Travis dan? Hou mij vast, maar laat hem gaan.'

Dr. Costello wendde zich tot zijn vrouw. 'Toe nou, we zouden...'

'Nee!' Elena greep de bovenarmen van haar man vast. Ze was bijna even lang als hij, en ze bracht haar gezicht tot vlak voor dat van hem. Manny zag haar boezem hevig op en neer bewegen terwijl ze op haar man inpraatte. 'Wat ben je toch een lafaard. Je waait met alle winden mee, net als onze landgenoten die met de junta meewerkten. Ik had kunnen weten dat je als het er echt op aankwam te zwak zou zijn om iets te doen.'

Ze trok zijn mannelijkheid in twijfel, dat trucje was al zo oud als de weg naar Rome. Daar zou Costello toch niet intrappen? Maar nee hoor, Manny zag dat de arts zijn ogen toekneep, zijn kin naar voren stak. Daarom was het zo'n oud trucje, omdat het zo goed werkte.

Manny wist dat ze aan de verliezende hand was, maar ze bleef het proberen. 'Dr. Costello, wacht eens even en denk goed na! Het is niet laf om onschuldige mensen te beschermen. Hoe kan het ooit gerechtvaardigd zijn om een weerloze tiener kwaad te doen? Verlaag u niet tot hetzelfde niveau als de soldaten die uw ouders hebben gemarteld. U bent beter dan zij.'

Elena draaide zich met een ruk om. 'Kop dicht, verwende Amerikaanse trut! Je weet niets over lijden, helemaal niets. Ík heb geleden.' Haar stem klonk rauw, haar adem was net die van een hardloper aan het eind van een zwaarbevochten wedstrijd. 'Ik bepaal zelf wel wat wel of niet gerechtvaardigd is.'

Costello legde zijn arm om de schouders van zijn vrouw en drukte een kus boven op haar hoofd. In zijn omhelzing ontspande ze zich.

Manny was haar bondgenoot kwijt.

HOOFDSTUK ZEVENENVEERTIG

'Rozijnen,' zei Jake, en hij keek op van zijn laboratoriumtafel. 'Zeven rozijnen kunnen al nierfalen veroorzaken, en een kleine hond kan er zelfs aan doodgaan.'

'Het moet dat Vietnamese voedsel zijn geweest waarvan Mycroft gisteravond heeft gegeten,' antwoordde Sam. 'De Vampier heeft Manny's flat waarschijnlijk in de gaten gehouden, en heeft gewacht op een kans om haar te grijpen. Toen hij haar om vijf uur 's ochtends alleen zag weggaan kon hij zijn geluk natuurlijk niet op.'

Jake schudde zijn hoofd. 'De Vampier vertrouwt niet op geluk. Dit was gepland.'

'Maar hoe kon hij weten dat Mycroft misselijk zou worden van dat Vietnamese voedsel?'

'Dat wist hij niet. Ik heb de Saigon Sunset gebeld. Er zitten geen rozijnen in de loempia's, alleen bosuitjes. Ik heb vier deels verteerde rozijnen in Mycrofts braaksel gevonden. Iemand moet hebben geweten dat hij die naar binnen zou schrokken. Hij heeft ze waarschijnlijk in een milliseconde naar binnen gewerkt. Dit heeft iemand expres gedaan.'

Sam keek naar het opgekrulde bolletje rode vacht dat naast Jakes bureau op een pallet vol lijkenhuislakens lag. 'Manny zou nooit toestaan dat een onbekende Mycroft iets te eten gaf. Hoe is de Vampier zo dichtbij gekomen dat hij dit kon doen? Hij is alleen niet bij haar in de buurt als hij…'

'Bij Little Paws is,' concludeerde Jake. 'Ik vermoed dat de Vampier de groep honden heeft opgewacht en dit Mycroft heeft aangedaan tijdens een van zijn wandelingen in het park.'

'Dat houdt in dat de uitlater de Vampier heeft gezien. Kan ze hem beschrijven?' vroeg Sam.

'Volgens Sheila, de eigenaar, worden de uitlaters voortdurend aangesproken. Zelfs blasé New Yorkers vinden het leuk als ze zes of acht van die schattige hondjes zien ronddartelen. Sheila moedigt de hondenuitlaters aan om met mensen te praten, zo komt ze aan nieuwe klanten. De werkloze actrice die Mycroft gisteren heeft uitgelaten heeft aan wel vier of vijf mensen een visitekaartje van Little Paws gegeven. Geen van hen is haar in het bijzonder bijgebleven.'

Sam knielde en aaide Mycroft over zijn kop. 'Ik wou dat je kon praten, mannetje. Dat je ons kon vertellen wie Manny heeft ontvoerd en hoe je bij Little Paws bent beland.'

De hond tilde zwakjes zijn kop op en zijn staart bewoog iets, wat gekwispel moest voorstellen.

'Denk je echt dat hij nu weer helemaal beter is, Jake?' vroeg Sam. 'Hij ziet er nog steeds vreselijk lusteloos uit. Kenneth heeft hem naar het Animal Medical Center gebracht en zij hebben hem helemaal gezond verklaard. Kenneth wilde ook nog met hem naar dr. Costello, maar die kon hij niet...'

Jake keek met een ruk op van zijn microscoop. De haren in zijn nek gingen rechtovereind staan toen de spiertjes in zijn huid zich samentrokken. 'Wat zei je nou?'

'Ik zei dat Mycroft nog steeds niet helemaal zichzelf is. Misschien moeten we met hem naar dr. Costello, zijn gewone dierenarts.'

'Costello? Heet Manny's dierenarts Costello?'

'Ja, dat is die nieuwe kerel. Degene op wie Kenneth valt. Hoezo?'

Jake draaide rond op zijn stoel, zodat hij weer recht achter zijn computer zat en tikte woest allerlei toetsen in. 'Die koffiemok van Nixon. Met een dagvaarding hebben we via de verkoper op eBay de naam van de koper achterhaald. De verkoper heeft me een e-mail met de informatie gestuurd. De naam klonk vaag bekend, maar ik was er nog niet achter toen Manny verdween.' Een laatste muisklik en Jake boog zich naar voren en tuurde naar het scherm. 'De koper is ene Elena Costello. Het factuuradres van haar creditcard is in Manhattan. Dat kan geen toeval zijn.'

Sam werd aangestoken door de opwinding van zijn broer en vroeg: 'Waar in Manhattan, ten noorden of ten zuiden van Manny's flat?'

'Een van de straten tussen de 50 en 60, dus dicht bij haar. Dat kan verklaren waarom ze de achterdeur heeft genomen. Dr. Costello beweert dat hij tegen Manny heeft gezegd dat ze met Mycroft naar het Animal Medical Center moest gaan, ten noorden van haar, maar in werkelijkheid heeft hij waarschijnlijk tegen haar gezegd dat ze naar hem toe moest komen.'

'Heeft die eBay-verkoper nog iets anders verteld?' vroeg Sam.

'Hij zei dat de beker naar een postbus in Paterson, New Jersey, is gestuurd,' zei Jake. 'Het laatst bekende adres van Freak, die man die de bom heeft geplaatst en die veroordeeld is voor het organiseren van hondengevechten, was in Paterson. Pasquarelli heeft geprobeerd hem te vinden, maar die straatvriendjes van hem houden hun mond stijf dicht.'

Sam sprong op. 'Ik ga hem zoeken.'

'Ik had dit eerder moeten zien,' zei Jake. 'De professionele manier waarop er bloed werd afgenomen, de ratten, wat er met Mycroft is gebeurd, dat wijst allemaal op een dierenarts.'

'We hebben geen tijd voor zelfverwijten, Jake. Zet jij de politie op het spoor van de Costello's? Dan ga ik naar Paterson.'

Jakes telefoon ging. Hij gebaarde dat zijn broer even moest wachten, maar Sam was al weg.

HOOFDSTUK ACHTENVEERTIG

'Oké.' Dr. Costello gaf zijn vrouw een afstandsbediening. 'Ben je er klaar voor?'

Elena knikte glimlachend. Ze liep naar de andere kant van de kamer en drukte op een paar knoppen, terwijl haar man naar het scherm van een laptop keek. Ze knipte met haar vingers om de aandacht van Manny en Travis te trekken, en wees naar een kleine camera die aan het plafond hing. 'Glimlachen, jongens. Daar zit de verborgen camera. Of liever gezegd, de verborgen webcam.'

Manny keek naar het glazen oog dat op haar gericht was. Ze had gezinnen gekend waarvan een ouder in het leger zat en waarbij de vader of moeder via een webcam het leven van de kinderen zo af en toe in het echt kon meebeleven. En ze had gehoord dat er liveporno over het internet werd verspreid. Maar wat wilden ze precies bereiken door beelden van Travis en haar te laten zien, die in deze verder lege kamer zaten vastgebonden? Door de stress, uitputting en ether kon Manny niet meer zo snel denken. Ze probeerde haar verbeelding te gebruiken om erachter te komen, maar ze had echt geen idee.

Ze keek naar Travis, die futloos opkeek naar de camera, waarna hij zijn hoofd liet hangen en hees kuchte. Hij was al een paar dagen bij de Costello's en zijn opstandigheid en boosheid waren verdwenen. Wat hadden ze gedaan waardoor zijn jeugdige passie was vervangen door deze lusteloze passiviteit? Travis had het feit geaccepteerd dat hij een slachtoffer was. Zou zij dat ook doen?

'Doet hij het?' vroeg Elena.

Dr. Costello kantelde de laptop iets, zodat zijn vrouw het kon zien. Er verscheen een verheerlijkte glimlach op haar gezicht. Toen draaide de dierenarts de laptop naar Manny en Travis.

Manny zou de hologige roodharige vrouw op het scherm niet hebben herkend, maar ze zat naast Travis, dus moest zij het wel zijn. Intuïtief tilde ze haar hand op om haar wilde haren glad te strijken. De hand van de vrouw op het scherm ging ook omhoog. Manny liet haar hand vallen; de hand op het scherm viel ook neer. Eng.

'Wat vind je ervan?' vroeg Elena.

Manny bleef stokstijf zitten. Ze weigerde kunstjes te doen.

'Kom op nou, trek eens een vrolijk gezicht. Binnenkort ben je een ster. We hebben een e-mail van de Vampier naar alle media in de stad gestuurd, dus die kunnen allemaal kijken naar wat zich hier zal ontvouwen. En we vragen natuurlijk ook je vriend dr. Rosen om te gaan kijken.'

'Wat zal zich hier ontvouwen?' vroeg Manny.

'Dat zul je wel zien. De hele wereld zal het zien. Eindelijk.'

HOOFDSTUK NEGENENVEERTIG

'Ik ben op zoek naar Freak.'

Sam was in Jakes auto door heel Paterson heen gereden, waarbij hij de groepjes jongemannen die op bepaalde straathoeken rondhingen goed had bekeken. Hoewel het midden op de dag was aan het begin van een werkweek, was er in Paterson geen gebrek aan mannen die nergens hoefden in te klokken. Na zorgvuldige observatie koos Sam het groepje uit dat hij het minst graag in een donker steegje zou tegenkomen, hij parkeerde de auto en liep naar de mannen toe.

'Ik wil een hond,' verklaarde Sam toen zijn openingszin geen reactie had uitgelokt. 'Een vriend van me zei dat Freak daar de man voor was.'

De mannen bewogen wat heen en weer, ze zakten een tikje door één been en rolden met hun schouders. De grootste man staarde Sam aan. Sam staarde terug. Dit duurde ruim vijfenveertig seconden. Toen Sam niet van angst in zijn broek had geplast, brak er een grote grijns door op het gezicht van de grote man, waarbij vier gouden tanden zichtbaar werden.

'Wat een leuke grille heb je daar,' zei Sam. 'Volgens mij ben jij degene die ik van die kerels op Fifteenth Street moest hebben.'

Ze vielen om van het lachen. Sam glimlachte ook, blij dat hij hun leven wat had opgevrolijkt.

'Freak is hier de laatste tijd niet geweest,' zei de grote vent eindelijk lachend.

'Nou ja, zoals ik al zei, ik wil een hond. Wie zorgt er voor zijn honden als hij weg is?'

De grote man nam Sam van top tot teen op en probeerde erachter te komen wat voor werk hij deed. Was hij een drugsdealer uit een voorstad? Een pooier? Pornograaf? 'Die honden kun je niet als beschermhond gebruiken, hoor,' vertelde hij hem. 'Het zijn vechthonden, te gemeen voor wat anders. Alleen Freak kan ze in bedwang houden.'

'Maar Freak is er niet. Wie zorgt er dan voor de honden?'

'Pauly voert ze. Maar hij kan je niet helpen.' De grote man tikte tegen zijn voorhoofd. 'Hij heeft ze niet allemaal op een rijtje.'

'Ik snap het. Oké dan. Later.'

Sam stapte weer in zijn auto, trok zijn tweedjasje aan en reed twee straten verder naar een gaarkeuken. Hij liep de drukke eetzaal in, liet zijn blik over de menigte gaan en liep toen doelgericht op een stevig gebouwde vrouw van middelbare leeftijd af, die een houten kruis aan een leren touwtje om haar hals had.

'Goedemiddag, zuster.' Sam glimlachte stralend. 'Ik ben op zoek naar een jongeman die Pauly heet.' Hij dempte zijn stem. 'Hij is een beetje achtergebleven? Maar ik begrijp dat hij hard werkt, en ik hoopte dat ik hem zou kunnen inhuren voor wat klusjes in mijn pakhuis aan Philips Street.'

De non klapte verrukt in haar handen. 'De Heer voorziet altijd in onze noden! Pauly was hier net nog, hij wilde geld lenen om de tijd te overbruggen tot zijn arbeidsongeschiktheidsuitkering komt. Hij zal de kans op werk met beide handen aangrijpen, meneer...'

'Pettengil,' loog Sam zonder te aarzelen. 'Waar kan ik hem vinden?'

'Iets verderop in de straat. Hij woont boven de kruidenier.'

Sam voelde zich heel even schuldig omdat hij een non om de

tuin had geleid, maar dat verdween zodra hij Pauly ontmoette. Niet alleen wilde de jongeman graag met Sam over zijn neef Freak en diens honden praten, maar hij vroeg Sam ook onmiddellijk om advies.

'Ik weet niet wat ik moet doen. Freak zei twee dagen, ik moest twee dagen op ze passen. Maar hij is nu al vijf, nee zes, nee vijf, vijf dagen weg.' Sam zette het op een draven toen de jongeman met snelle passen de smerige straat door beende. 'Ik heb geen eten meer, niks meer. En ik heb geen geld meer om eten te kopen. Ik moet ze vlees geven, dat zei Freak. Geen hondenvoer, nee hoor. Alleen vlees.'

Sam knikte meelevend. Je hoefde met Pauly het gesprek niet echt op gang te houden. Toen hij er eindelijk iets tussen kon krijgen, vroeg Sam: 'Waar is Freak eigenlijk?'

'Ik weet het niet. Zaken, hij doet zaken.' Ze waren bij een vervallen huis aangekomen, een van de drie laatste huizen in de straat. Er stond een houten hek om de kleine achtertuin heen, steviger dan het gebouw waaraan het was vastgemaakt. Pauly haalde een sleutel tevoorschijn, maakte een groot hangslot los en duwde het hek zo ver hij kon open, ongeveer dertig centimeter. Hij glipte door de nauwe opening heen, met Sam achter zich aan.

Terugdeinzend voor een salvo woest geblaf dook Sam intuïtief bijna weer door het hek naar buiten. Maar Pauly schuifelde verder naar voren en Sam zag dat de honden, minstens twintig pitbulls, in kooien zaten. Ze hapten en grauwden, hun oogjes puilden uit van razernij, hun krachtige kaken zochten iets, wat dan ook, om zich in vast te bijten. Pauly had ze gevoerd, maar hij had duidelijk niet voor hun andere behoeften gezorgd. De honden zaten onder hun eigen stront en sommige hadden bloedende poten door hun pogingen uit hun hokje te ontsnappen.

De stank, het lawaai en de woede deden Sam denken aan die

keer dat hij een maximaal beveiligde gevangenis mocht bezichtigen. Daar hadden de gevangenen zich ook tegen de tralies gegooid, buiten zichzelf van woede toen ze een vrij man zagen.

Sam keek naar deze hondgevangenen en wist dat hij niet veel meer kon doen dan de dierenbescherming bellen en kon hopen dat er zo goed mogelijk voor ze gezorgd zou worden. Hij pakte de jongeman bij zijn schouder. 'Kom op, Pauly, we moeten hulp inroepen. Je kunt niet in je eentje voor deze honden blijven zorgen. Dat is niet veilig.'

Pauly keek onzeker. 'Freak zei dat hij me vijf dollar zou geven. Als ik mijn werk niet doe, word ik niet betaald.'

Sam haalde tien dollar uit zijn portemonnee. 'Je hebt het heel goed gedaan, Pauly. Maar we moeten hier weg.'

Pauly's ogen begonnen te stralen. 'Misschien heb je wel gelijk. Het stinkt hier echt.'

Op dat moment stak er een briesje op, dat de geuren uit de vuile kooien deed opwaaien. Sam hoestte terwijl hij naar het hek liep, en bleef toen staan. De lucht was vervuld van de doordringende stank van hondenuitwerpselen, maar daarnaast hing er nog een andere geur, veel erger, even kenmerkend.

'Wacht buiten op me, Pauly.' Sam duwde de jongen zachtjes weg en liep toen de tuin door naar een schuurtje in de hoek. Hij bedekte zijn gezicht met een zakdoek en rukte snel de deur open.

Wat ooit een dunne man was geweest, met een honkbalpet op waardoorheen een paardenstaart stak, gleed naar buiten. Sam dacht dat hij een geest zag, zijn geest. In plaats daarvan keek hij naar de echte moordenaar van Boo Hravek.

De honden begonnen te janken.

HOOFDSTUK VIJFTIG

De deur ging weer open en de Costello's kwamen terug. Ze duwden een grote kooi op wielen naar binnen en deden toen een stap opzij. Travis gilde.

'Hij is een beetje knorrig. Hij heeft nog niet gegeten,' zei Elena.

Manny keek in de ogen van een verwaarloosde, woedende en rusteloze pitbull. Hij keek terug, zijn grijze oogjes even uitdrukkingsloos als die van een haai. Het was bijna niet te geloven dat dit wezen van dezelfde soort was als Mycroft. Nu snapte Manny wat het plan was. Travis en zij zouden onbeschermd alleen worden gelaten om gemarteld te worden door dit dier, terwijl mensen het via de webcam konden zien, maar niets konden doen.

'Wacht!' riep Manny. 'Jullie kunnen ons hier niet alleen laten met dat, dat... We hebben jullie nooit iets aangedaan. Ik had jullie met jullie zaak geholpen als jullie het me hadden gevraagd.'

'Ik vind het heel naar dat Travis en jij moeten lijden,' zei dr. Costello. Hij keek verdrietig. De nervositeit was teruggekeerd. 'De onschuldigen lijden maar al te vaak.'

Manny voelde zijn zwakheid. Elena was meedogenloos, maar Manny voelde dat ze bij dr. Costello de overhand kon krijgen. 'We kunnen er nog steeds uitkomen,' pleitte Manny. 'Ik zal jullie helpen een zaak tegen de regering aan te spannen.'

'Daarvoor is het veel te laat.' Elena wuifde met haar hand,

kreunend van walging. 'Waarvoor? Voor een onoprecht excuus, gerechtigheid voor de doden? Dit is de enige manier. De juiste manier.'

Elena ging naar de kooi toe en controleerde een apparaatje dat op de deur zat en op een tijdschakelaar leek. De bruin-witte hond viel uit naar haar hand, maar ze reageerde niet. 'Zo groot is hij nou ook weer niet. Freak zei dat het niet zo'n goede vechthond was. Hij zal Manny en Travis niet doden, net als de honden die ze op onze ouders loslieten hen ook niet doodden. Ze kunnen de beten overleven. Dat was ons plan. De wereld laten zien welke marteling onze ouders hebben doorstaan.'

Dr. Costello knikte. Manny wist niet goed of hij het met haar eens was of dat hij zichzelf probeerde te overtuigen.

'Dit is verkeerd,' zei Manny, in een laatste poging hem te overtuigen. 'Dit is geen gerechtigheid; het is pure wreedheid. Jullie ouders hadden zeker niet gewild dat jullie ze op deze manier zouden wreken.'

'Dat kun je helemaal niet weten.' Elena's stem, laag en vast nu, joeg Manny meer angst aan dan haar geschreeuw. 'Je kent onze ouders niet. Zelfs wij hebben ze nooit gekend. Voor ons zijn ze alleen maar ontbindend vlees en botten. Maar we hebben gezworen hun zielen levend te houden, voor hen, voor ons, en voor alle anderen zoals wij. Je hebt het over gerechtigheid. Kunt u ons garanderen dat u ons gerechtigheid zou bezorgen, mevrouw Manfreda?'

Manny wendde haar blik af. Daar had ze geen antwoord op.

'We gaan dit doen. Iedereen wil de Vuile Oorlog vergeten, en doen alsof hij er nooit is geweest. Wij zullen het de wereld eindelijk laten inzien.'

HOOFDSTUK EENENVIJFTIG

'Het appartement van de Costello's en de praktijk zijn verlaten,' meldde Pasquarelli door de telefoon. 'Zo te zien is er sinds gisteren niemand meer geweest. We houden toezicht op alle drie de luchthavens en de stations.'

Jake knikte zonder veel belangstelling. Hij wist dat de Costello's niet zouden proberen te ontsnappen voordat ze hun laatste plan hadden uitgevoerd, wat dat ook mocht zijn. Hij hoefde hen alleen maar te vinden als hij daardoor Manny ook zou vinden... levend en wel. 'Heb je aanwijzingen gevonden over de plek waar Manny en Travis worden vastgehouden?'

'Onze computerjongens doorzoeken de computer van de praktijk, maar tot nu toe is alles strikt zakelijk. Thuis hebben ze blijkbaar een laptop, die ze met zich meegenomen moeten hebben. Er lagen wat asresten in de gootsteen in de keuken en het brandalarm was uitgezet, ze hebben waarschijnlijk papieren verbrand voordat ze weggingen.'

Nauwgezet. Hij had niet anders verwacht. De enige fout die ze tot nu toe hadden gemaakt was dat Elena Costello onder haar eigen naam de koffiemok had gekocht. Een forensisch psychiater zou zeggen dat dit haar manier was om gepakt te worden – met opzet. Zodat de wereld zou weten wat ze had bereikt, en ze verheerlijkt zou worden. De eenentwintigste-eeuwse versie van Jack the Ripper. Het was een wat alledaagsere blunder geweest dat Travis verwikkeld was geraakt bij de bomaanslag in plaats van Paco, maar die hadden ze in hun eigen voordeel omgebogen, en ze hadden er nog meer publiciteit uit gehaald. Zoals zijn mentor altijd zei: het kenmerk van een professional was niet dat hij nooit een fout maakte, maar dat hij wist hoe hij die moest herstellen. Jake wist dat hij er niet op kon rekenen dat de Costello's zelf zouden struikelen; hij moest hen in de val lokken.

Toen hij had opgehangen na zijn gesprek met Vito ging de telefoon weer. Aan het nummer zag hij dat het Sam was, die blijkbaar verslag wilde doen vanuit Paterson.

'Hoi, wat heb je?' vroeg Jake.

'Ik heb Freak gevonden.'

'Nu al? Geweldig!'

'Niet zo geweldig voor hem. Hij is dood,' zei Sam.

Jake greep de hoorn steviger beet. De Costello's waren de losse eindjes aan het wegwerken, ze elimineerden iedereen die opzettelijk of per ongeluk hun plan zou kunnen verstieren. Manny leek deel te zijn van dat plan. Maar als ze klaar met haar waren, wat dan? 'Wat is er met hem gebeurd?'

'Hij is door zijn achterhoofd geschoten, blijkbaar toen hij eten voor zijn honden uit het schuurtje haalde. Er zit overal bloed en hersenweefsel.'

'Waar ben je? Waar komt al die herrie vandaan?'

Jake luisterde terwijl zijn broer het huis in Paterson en de conditie van de honden beschreef. 'De plaatselijke politie is er. We wachten op de dierenbescherming en de lijkwagen,' zei Sam.

'Zorg ervoor dat ze het lijk niet verplaatsen,' zei Jake, die al was opgestaan. 'Ik wil het ter plekke zien.'

'Maar de patholoog-anatoom van Passaic County gaat deze zaak behandelen,' zei Sam.

'Het zal me een zorg zijn wie de jurisdictie heeft. Laat ze met hun vingers van het lijk afblijven totdat ik er ben.' Toen Jake wilde weglopen, ging de telefoon weer. Het nummer was on- derdrukt, het handelsmerk van Pederson. Verdomme, hij moest opnemen.

HOOFDSTUK TWEEËNVIJFTIG

Elena knielde aan Manny's voeten neer en maakte haar benen los. Manny kreeg weer wat hoop. Als ze naar een andere plek zouden worden gebracht, had ze een kans om te ontsnappen. Toen besefte Manny wat de bedoeling was, en haar hoop vervloog. Elena wilde dat ze voor de hond konden wegrennen. Dat zou een mooiere show opleveren.

Manny keek toe terwijl Elena haar losmaakte en overwoog wat ze kon doen. Ze kon wachten totdat Elena Travis losmaakte en haar dan een harde schop tegen haar hoofd geven. Als ze Elena bewusteloos kon schoppen, zou ze dr. Costello misschien op andere gedachten kunnen brengen. Het was een gok, maar…

Manny voelde dat er naar haar gekeken werd en ze tilde haar hoofd op. Dr. Costello hield zijn pistool op haar gericht. Verbazingwekkend dat dat kleine zwarte voorwerp alle kracht uit haar benen zoog.

Toen Travis' voeten ook los waren, haalde Elena een mobiele telefoon tevoorschijn en toetste een nummer in. 'Dr. Rosen? Zit u achter de computer?'

Manny voelde dat haar hart sneller begon te slaan. Doordat ze Jakes naam hoorde, en wist dat hij zich aan het andere eind van die telefoonlijn bevond. 'Jake!' gilde ze.

Elena wuifde haar geïrriteerd weg, zoals een moeder die haar luidruchtige kinderen tot stilte maant. 'Wie ik ben is niet belangrijk,' zei ze in de telefoon. 'U moet naar deze website gaan: www-punt-the-disappeared-punt-com. U zult wel geïnteresseerd zijn in wat u daar ziet.'

Manny keek op naar de camera. Kon Jake haar nu zien? Haar horen?

'Dr. Rosen?' Elena kuchte en ging toen verder. 'Ziet u wat ik zie? Mooi zo. Dan ziet u ook een lijst met namen. U moet ervoor zorgen dat die mensen ook naar die site gaan, te beginnen met Lucinda Bettis en de anderen, en natuurlijk de Sandovals. En bereid u maar voor op heel wat telefoontjes. We hebben namelijk een e-mail van de Vampier naar alle media in de stad gestuurd. En we hebben u opgegeven als contactpersoon. Alleen u kunt uitleggen waarom dit gebeurt.'

Elena zweeg even terwijl Jake haar antwoord gaf, er goed op lettend buiten bereik van de camera te blijven. 'Ik denk dat u heel goed begrijpt waarom ik u niet kan vertellen waar ze zijn, dr. Rosen. Maar u bent een slimme man. Daarom hebben we u uitgekozen. Ik weet zeker dat u ze kunt redden… uiteindelijk.'

Toen pakte Elena haar man bij de arm en trok hem de kamer uit.

De deur naar de veiligheid viel in het slot.

Ze waren alleen met de pitbull.

HOOFDSTUK DRIEËNVIJFTIG

Jake drukte de telefoon tegen zijn oor terwijl hij naar het computerscherm keek. Zo moest het voelen om aan visuele agnosie te lijden, een zeldzame aandoening waarbij je zicht prima is, maar je niet begrijpt wat je ziet.

Eerst had hij gedacht dat degene die hem het adres van de website gaf een grap uithaalde, maar voor de zekerheid was hij er toch maar naartoe gegaan. En nu zag hij, in plaats van een leeg scherm of de pornosite die hij had verwacht, de vrouw die hij liefhad en haar cliënt gruwelijk duidelijk, met hun handen achter hun rug gebonden, in een lege kamer met een grote kooi waarin een of ander beest zat.

En dit was duidelijk een liveverbinding. Als hij op het scherm zag dat Manny met haar hoofd schudde, deed ze dat op hetzelfde ogenblik ook in de ruimte waar hij haar zag, maar waarvan hij niet wist waar die was. Toen ze opkeek en rechtstreeks een blik in de camera wierp, recht in zijn ogen, kwam haar angst even duidelijk over als wanneer ze tegenover hem aan het bureau had gezeten. Het leek net alsof zijn hart werd vermorzeld. Hij smeet de hoorn neer, alsof dat een einde aan Manny's angst zou maken.

Jake kon het niet verdragen om naar Manny te kijken en tegelijkertijd kon hij zijn blik ook niet afwenden. Maar er stonden ook woorden op het scherm, ze rolden voorbij in een kolom naast de videobeelden. Met moeite scheurde hij zijn ogen los van de videobeelden en las de tekst. Terwijl hij dat deed, kwam de gal achter in zijn keel omhoog. De Vampier was van plan Manny en Travis te martelen en dit live via internet te vertonen, zodat de hele wereld het kon zien. En dit monster verwachtte dat hij deelnam aan de vertoning, en als een sportcommentator deze geschifte daad zou verslaan. Vergeet het maar.

Hij zou ervoor zorgen dat deze livebeelden werden geblokkeerd en hij zou de Vampier de publiciteit waarnaar hij zo verlangde ontzeggen. Hij zou die website uit de lucht laten halen en dan zou hij Manny gaan zoeken. Jake stak zijn hand weer uit naar de telefoon, maar voordat hij de hoorn kon pakken, ging hij weer.

Het was dezelfde vrouw. 'Hallo, dr. Rosen. U begrijpt intussen wel wat hier aan de hand is.'

'Dat begrijp ik, en ik ga niet mee in uw krankzinnigheid.'

'Ik zou die beslissing pas nemen als u weet wat de gevolgen daarvan zijn.'

Jakes maag kneep zich samen. 'Hoe bedoelt u?'

'U hebt een uur om contact op te nemen met alle slachtoffers van de Vampier. Zeg tegen ze dat ze naar die site moeten gaan. Uw vriend de rechercheur kan u wel helpen met de telefoonnummers. Zodra ze er zijn, moeten ze op het knopje CONTACT klikken en een e-mail sturen, zodat wij zien dat ze er zijn. De Sandovals moeten dat ook doen. Zodra iedereen kijkt, begint de show.'

'En als ik dat niet doe?'

'Dan worden mevrouw Manfreda en Travis Heaton voor uw ogen door hun hoofd geschoten. U hebt zestig minuten vanaf het einde van dit gesprek.'

De verbinding werd verbroken.

HOOFDSTUK VIERENVIJFTIG

Manny zag dat Travis' armen trilden, zijn ogen waren opengesperd van angst. Hij kreeg weer een hoestaanval. Haar eigen keel was rauw en ze had ook het gevoel dat ze moest huilen, maar dat kon niet. Ze moest rustig blijven, een plan maken. Ze hadden er niets aan als ze hysterisch werd.

Manny keek op naar de camera. Jake keek toe, maar Elena ook. Ook al kon ze misschien geen manier bedenken om uit deze benarde situatie te komen, Manny zou de vrouw niet de voldoening geven dat ze haar zag instorten.

Kon Jake zien wat er in de kooi zat? Wist hij wat hier gebeurde? Of zou hij het pas begrijpen als door de tijdschakelaar de deur werd geopend en de hond naar buiten kwam stormen? Ze keek naar haar blote armen en benen. Nu begreep ze waarom ze van Elena deze lelijke jurk moest dragen. Ze was helemaal aan de hond overgeleverd, zeer kwetsbaar.

'Wat gaan wij doen?' vroeg Travis zacht. 'Blijven we hier staan wachten totdat de deur opengaat?'

'We moeten niet in paniek raken. Dat is het belangrijkste.' Manny probeerde zelfvertrouwen uit te stralen, maar van binnen trilde ze. Te worden aangevallen door een dier, levend te worden opgegeten. Het was net alsof dr. Costello haar grootste angst had gevoeld. Had hij niet wat anders kunnen bedenken om duidelijk te maken wat hij wilde overbrengen?

Ze keek de kamer rond. De deur was natuurlijk op slot, en er was maar één raam, met zware tralies ervoor. En helemaal niets wat ze als wapen kon gebruiken. Behalve misschien de kooi zelf. Zou ze daarmee misschien het beest kunnen afranselen, ook al konden ze het niet meer in de kooi krijgen? Zou ze het aankunnen om een hond te doden, zelfs al was het er een die haar wilde doden? Die hond was eigenlijk ook een slachtoffer. Volgens sommige mensen zijn pitbulls niet van nature kwaadaardig. Maar deze hond was duidelijk doorgefokt, dus hij was groter dan normaal, en hij was getraind als moordmachine. Hij was vanaf zijn geboorte mishandeld en gestraft, om een doorgedraaide vechter van hem te maken. Ze voelde medelijden voor het beest, maar ze kon het niet ongedaan maken.

'Waarom heeft ze onze benen losgemaakt, maar onze handen niet?' vroeg Travis.

'Ze wil dat we voor dat beest kunnen wegrennen, ook al kunnen we ons nergens verstoppen en is er geen uitweg. Zo wordt het opwindender.' Manny bewoog haar handen. Het touw zat absoluut los. Het leek erop dat ze zo waren vastgebonden dat de Costello's zich uit de voeten konden maken en de kooi open zou gaan voordat ze zich los hadden kunnen maken. Alles was gericht op een zo dramatisch mogelijk effect.

'Als we die touwen snel los kunnen krijgen, kunnen we misschien de kooi dichtbinden voordat de tijdschakelaar het slot opent.' Manny's stem klonk verstikt en onvast in haar eigen oren, net als jaren geleden tijdens haar eerste rechtszaak. Ze zou er een lief ding voor geven als ze nu bang was voor een honderd kilo zware man in een zwarte mantel in plaats van voor een veertig kilo zware hond met tanden die zo groot waren dat ze niet in zijn bek pasten.

Ze had wel grotere honden gezien, maar geen woestere. De hond, slank en gespierd, liep eindeloos rondjes in zijn kooi. Hij was er waarschijnlijk in geen dagen uit geweest. Mycroft werd al gek als hij tijdens een lange autorit in zijn mand moest. Moet je je eens voorstellen hoe deze veel grotere hond, die beweging net zo hard nodig had als voedsel en water, zich voelde. Hij wilde eruit, en als hij eruit kwam, zou hij zich door niets laten tegenhouden om zijn bezeten energie kwijt te raken.

De blik in de ogen van de hond verdreef elke rationele gedachte uit Manny's geest.

'Denk je dat we hem met z'n tweeën aan zouden kunnen?' vroeg Travis.

Manny keek naar hem, en een vreselijk, egoïstisch ogenblik was ze blij dat dr. Costello haar smeekbede niet serieus had genomen en hem niet had vrijgelaten. Ze had niet veel aan een bang, verzwakt kind voor hun verdediging, maar het was geruststellend dat ze zich hier niet in haar eentje doorheen hoefde te slaan.

Manny dacht na over wat Travis had gevraagd. 'Als een van ons hem kan afleiden, kan de ander hem misschien wel overmeesteren. Maar wat we ook doen, we moeten niet gaan rennen. Dan wordt zijn jachtinstinct aangewakkerd.'

'Dus als we ons niet bewegen, laat hij ons met rust?'

Travis klonk aandoenlijk hoopvol, net als zij toen ze als kind haar vader smeekte om te beloven dat de bliksem nooit in hun huis zou inslaan. Zeg het en zorg dat het zo is, papa.

Haar vader stelde haar altijd gerust met een leugentje. Dat kon Manny niet. 'Laten we eerst maar eens onze handen los proberen te krijgen.'

Ze gingen met hun ruggen naar elkaar toe staan en Manny begon op de tast aan Travis' boeien. Tijdens het geworstel praatten ze.

'Waarom heb je je elektronische enkelband omzeild, Travis? Waar ben je toen naartoe gegaan?'

'Ik had afgesproken met Paco. We mochten niet op school of

via de telefoon met elkaar praten, maar ik wist dat hij me iets moest vertellen. Het lukte me hem op school een briefje door te geven waarin ik een ontmoetingspunt voorstelde: een stomerij verderop in de straat. Daar ben ik niet eens aangekomen. Elena en Frederic hebben me te pakken gekregen.'

'Waarom wilden ze jou hebben?'

'Voorzover ik het begreep waren ze nog bezig de details van de webcam uit te werken.' Travis keek op naar de lens van de camera, die al hun bewegingen oppikte. 'Ik begreep niet wat ze van plan waren, maar ik hoorde ze telkens over een camera praten. Volgens mij waren ze bang dat de politie en de FBI door mij te blijven ondervragen erachter zouden komen dat de bomaanslag met de Vampier te maken had. Ze moesten tijd winnen totdat ze dit,' hij gebaarde naar de kooi, 'hadden geregeld.'

'Was je maar niet zo loyaal aan Paco geweest, Travis. Ik had je kunnen helpen als je me de hele waarheid had verteld.' Travis snikte zacht, en Manny had spijt van haar woorden. Dit was niet het moment voor beschuldigingen. 'Hoeveel minuten zijn er al voorbij?' vroeg ze terwijl ze weer een knoop ontwarde.

'Ongeveer vijf, denk ik.'

Ze zwegen. Het enige geluid dat te horen was, was het regelmatige tikken van de tijdklok.

En het getik van de scherpe nagels van de heen en weer lopende hond.

HOOFDSTUK VIJFENVIJFTIG

Met de hulp van de politie en de FBI voldeed Jake aan de eisen van de Vampier. Het publiek zat voor de website. Manny en Travis zouden niet geëxecuteerd worden.

Vito had ook een stel computernerds gemobiliseerd om na te gaan wie de eigenaar van de site was, maar Jake had maar weinig hoop dat ze zo snel waren dat ze Manny nog konden helpen. Iemand die slim genoeg was om dit te bedenken, wist ook hoe hij zijn elektronische sporen moest uitwissen. De deskundigen zouden hem misschien uiteindelijk wel vinden, maar ze hadden geen dagen om Manny en Travis te redden, ze hadden slechts minuten.

Jake had zich nog nooit zo hopeloos gevoeld, zo dicht bij totale paniek. Hij kon zich niet door zijn angst laten overmannen, anders zou hij Manny helemaal niet kunnen helpen. Hij paste de enige manier toe waarmee hij zichzelf kon kalmeren: de wetenschappelijke methode.

Hij belde Sam en praatte hem bij. 'Ik kan nu niet weg uit mijn kantoor en naar Paterson komen. Jij moet mijn ogen en handen zijn. Het lijk kan sporen bevatten die ons kunnen helpen Manny te vinden.'

'Wat wil je dat ik doe?' vroeg Sam.

Jake voelde een golf van dankbaarheid jegens zijn broer door zich heen spoelen. Ze konden urenlang kibbelen over sport, maar in een crisis volgde Sam zonder vragen te stellen zijn bevelen op. 'Je moet zijn kleren en huid goed bekijken. Beschrijf al het lichaamsvreemde materiaal dat je ziet.'

'Nou, hij draagt zo'n spijkerbroek met scheuren en een T-shirt, en vanaf onderaan tot aan de knieën zit de spijkerbroek onder het witte stof. Net alsof hij ergens in heeft geknield, of ergens doorheen is gelopen.'

'Neem daar een monster van en breng het naar me toe.'

'Jake, ik heb niet toevallig steriele zakjes bij me om monsters te verzamelen.'

'Improviseer dan maar. Schraap wat op een schoon velletje papier en vouw dat op. Het hoeft niet steriel te zijn.'

'Oké, ik heb een bonnetje in mijn zak. Zo, ik heb een monster genomen. Wat nog meer?'

'Pak een stevig bankbiljet en schraap dan met de rand materiaal van onder zijn nagels vandaan,' instrueerde Jake.

'Klaar. Is dat alles?'

Jake zuchtte. Dat lijk zou een rijke bron aan informatie kunnen zijn, maar hij had alleen iets aan materiaal dat hij snel kon analyseren. 'Ja. Kom zo snel mogelijk naar mijn kantoor.'

In de wetenschap dat de Sandovals en de andere slachtoffers van de Vampier ook toekeken, ging Jake weer achter zijn computerscherm zitten wachten om te zien wat er zou gaan gebeuren. Hij klampte zich vast aan de laatste strohalm: hij hoopte dat nu de Vampier hun onverdeelde aandacht had, hij zich tevreden zou stellen door de boodschap alleen maar over te brengen.

Manny maakte Travis' handen los. Hij wilde dat Travis haar het eerst had losgemaakt; zij zou het meest kunnen doen met vrije handen. Hij hoorde hen zacht mompelen, maar de geluidskwaliteit was slecht. Hij nam aan dat de microfoon zich niet vlak bij hen bevond. Hij wilde dat hij aanmoedigingen of aanwijzingen kon schreeuwen, maar ze konden hem natuurlijk niet horen.

Hij keek aandachtig naar het kleine bereik van de camera, op zoek naar aanwijzingen. Hij zag een groot, vies raam met zware tralies ervoor. Een oude, ongeverniste houten vloer. Geen meubilair.

Manny was nog steeds bezig Travis' handen los te maken. Haar inspanningen werden onderbroken toen de jongen met gekromde schouders vooroverboog; zijn romp schudde en zijn gezicht werd rood. Hij hoestte hard, hoewel het geluid Jake bereikte als een geruis in de verte.

Plotseling klonk er een keihard geluid in zijn kantoor. Ruw, doordringend, heftig. Jake sprong op en zag dat Manny en Travis hetzelfde deden. De hond had geblaft. De microfoon zat aan zijn halsband. Dus zelfs als de hond en zijn prooi buiten bereik van de camera raakten, zouden de getuigen altijd het geblaf en gegrom horen als hij aanviel. En het gegil van zijn slachtoffers.

Hij keek toe terwijl Manny en Travis hun hoofden omdraaiden.

Manny keek rechtstreeks in de camera. Haar mond stond open. Hij had geen geluid nodig om te weten wat ze riep.

'Jake!'

HOOFDSTUK ZESENVIJFTIG

'Wat zie je?'

Jake zat over zijn microscoop gebogen. Hij hoorde het ongeduld in zijn broers stem, maar hij moest dit monster zorgvuldig bestuderen. Hij was op zoek naar zekerheid, niet naar een vermoeden.

'Er zitten twee soorten vezels in het stof dat je op Freaks lichaam hebt gevonden. Eentje daarvan heeft een heel karakteristieke vorm: dun en naaldvormig.' Jake keek op. 'Het is asbest, en in dit monster zit een heel hoge concentratie.'

'En de andere vezel?' vroeg Sam.

'Katoen. Eenvoudig katoen.'

'Ik snap niet wat we daaraan hebben,' zei Sam. 'We weten niet of Freak die vezels heeft opgepikt op de plaats waar Travis en Manny gevangen worden gehouden.'

'Dat is waar, dat weten we niet zeker. Maar Freak was degene die de honden regelde. En er is daar een pitbull bij Manny, dus het lijkt me logisch dat Freak hem daar naartoe heeft gebracht. Ik ben ervan overtuigd dat hij een keer op de plek is geweest waar Manny nu is.'

'Ja, maar misschien heeft hij het stof ergens anders opgepikt,' wierp Sam tegen.

'Dat zou ik zonder meer met je eens zijn als Travis niet sinds hij voor de camera is verschenen al aan het hoesten was. Elena Costello hoestte ook toen ze met me aan de telefoon was. Asbest irriteert de longen heel erg. Met deze concentraties sla je in nog geen dag erg aan het hoesten.'

Sam draaide een potlood rond tussen zijn lange vingers. De computer was zo gedraaid dat ze het scherm allebei konden zien, maar ze konden het niet verdragen er al te lang naar te kijken. Manny worstelde nog steeds met Travis' boeien. De hond had nog twee keer geblaft.

'Oké, ze bevinden zich op een plek die verontreinigd is door asbest. Er moeten duizenden locaties in New York zijn die daaraan voldoen. Asbest werd veel gebruikt in de bouw, het zit in oud linoleum, isolatie, in allerlei dingen. Het lijkt wel alsof elke keer als er iets verbouwd moet worden de mannen in witte pakken gebeld moeten worden om het te verwijderen.'

'Dat klopt, maar deze vezels zijn niet van linoleum of isolatie,' zei Jake. 'Er zijn geen andere bouwmaterialen doorheen gemengd. Het gaat alleen om asbest en katoen.'

'Wat houdt dat in?'

Jake ging naar een andere computer. 'Tijd voor wat onderzoek.'

'Ik help je wel,' bood Sam aan.

Jake keek hem aan. Sam had erom bekendgestaan dat hij verslagen afraffelde door ontbrekende informatie gewoon te verzinnen.

'Kijk me niet zo raar aan. Ik wil alleen maar helpen. Met z'n tweeën gaat het sneller.'

'Oké, zoek maar naar "asbest in kleding". Eens zien wat dat oplevert.'

HOOFDSTUK ZEVENENVIJFTIG

Manny had het touw van Travis eindelijk helemaal losgemaakt.

'Wauw, bedankt. Nu jij.'

Manny aarzelde. 'Misschien kun je beter met jouw stuk touw de kooi dichtbinden voordat je me losmaakt.'

Langzaam bukte Travis zich om het korte stukje touw op te rapen. Hij deed twee stappen naar de kooi, alsof hij tegen een sterke aantrekkingskracht uit de andere richting vocht.

De hond blafte en wierp zichzelf tegen de metalen tralies.

Travis sprong achteruit.

'Laat maar,' zei Manny. 'Als je me snel losmaakt, doe ik het wel.' Terwijl Travis haar losmaakte, bekeek Manny de tralies van de kooi goed. Ze vroeg zich af of ze ernaartoe kon rennen, het touw door de tralies kon vlechten en dat dan stevig genoeg kon vastmaken om de sterke hond tegen te houden als het slot eenmaal openging.

Uren, dagen leken voorbij te zijn gegaan terwijl ze elkaar losmaakten. Ze had geen idee hoeveel tijd ze nog had voordat het slot open zou springen, en of ze het touw door die tralies kon krijgen zonder dat de hond zijn scherpe tanden in haar vingers zou zetten.

Toen het touw eindelijk van haar polsen viel, pakte Manny het op en ze rende rechtstreeks naar de kooi. Op een paar centimeter afstand van de wilde ogen en happende kaken van de hond ging ze op haar knieën voor de kooi zitten. De hond blafte woest, en door zijn uitvallen naar haar kwam hij zo hard tegen de tralies aan dat de kooi heen en weer schudde.

Manny klungelde met het touw. Ze was zo snel in actie gekomen dat het haar helemaal nog niet was opgevallen dat haar armen en vingers stijf waren doordat ze zo lang achter haar rug vastgebonden waren geweest. Onhandig haalde ze het korte stuk touw tussen de tralies door. De hond hapte naar haar vingers, maar ze trok ze op tijd terug. Het touw viel en ze begon opnieuw.

'Schiet op!' riep Travis tegen haar.

Dat hielp natuurlijk niet. Integendeel. De hond bleef blaffen, hoog, staccato gekef van woede en ongeduld. Elke keer dat hij blafte, kromp Manny instinctief ineen, wat het dichtbinden van de kooi vertraagde. Uiteindelijk slaagde ze erin één knoop te leggen, en ze haalde het touw weer door de kooi om haar werk te verstevigen.

Ping.

Wat een onschuldig geluid, net alsof de hoogste toets op een piano werd aangeslagen. Het slot klikte en ging open. De hond wierp zich tegen de kooi. De deur ging een stukje open. Manny sloeg hem met een klap dicht en probeerde in paniek een tweede knoop te leggen.

De hond ging achteruit en wierp zich met zijn brede borst tegen de voorkant van de kooi. De deur vloog open en het touw hing los in Manny's hand. De hond sprong over haar heen, recht op Travis af.

HOOFDSTUK ACHTENVIJFTIG

Jake nam de woorden die via de telefoon zijn oor bereikten amper in zich op, want hij keek gebiologeerd naar wat er op het computerscherm gebeurde. De hond had Travis in een hoek gedreven.

De directeur van de hondeneenheid van de politie was aan de lijn, en hij vertelde dat het grootste gevaar erin bestond dat je je tegen de hond verzette. Zodra hij zijn kaken op elkaar had, zou hij moeten worden afgemaakt om los te laten. Als je je verzette, wakkerde je zijn vechtinstinct aan. Hij zou aanvallen, bijtend en happend, totdat hij zijn prooi had overwonnen. Als je deed alsof je dood was, zou hij misschien zijn belangstelling verliezen.

En dan? Dan zou hij naar zijn volgende slachtoffer gaan, Manny.

Normaal gesproken voelde Jake zich gesterkt door nieuwe kennis, maar wat had hij hieraan? Hij kon de informatie toch niet doorgeven aan de mensen die haar nodig hadden.

Jake smeet de hoorn op de haak en zijn ogen gingen weer naar het computerscherm. Wat was Manny in vredesnaam aan het doen? Ze rende naar de hond toe. O god, ze probeerde Travis te redden.

Met moeite stond Manny op, ze wreef over de lange kras op haar been waar de nagels van de hond zich in haar vlees hadden geboord toen hij de kooi uit stormde. Aan de andere kant van de kamer drukte Travis zich tegen de muur, in de ijdele hoop dat het stucwerk achter hem zich zou openen.

De hond was in vijf passen bij hem en ging onmiddellijk op zijn achterpoten staan. Instinctief zocht hij Travis' keel, maar hij was niet groot genoeg en in plaats daarvan hapte hij naar Travis' ellebogen, die hij had opgeheven om zich te beschermen.

Manny reageerde zoals ze altijd reageerde wanneer een pestkop een klein en weerloos iemand terroriseerde. Ze rende erop af en schopte de hond hard tegen zijn achterste, net zoals ze Johnnie Appleton eens tegen zijn kont had geschopt toen hij op het schoolplein Barry Neufeld in elkaar sloeg.

De hond draaide zich met een ruk om en hapte naar haar, maar nu Manny wist hoe snel het beest bewoog, was ze erop voorbereid. Ze rende de kamer door naar de plek die een kans op ontsnapping bood: het raam met de metalen tralies.

Het lukte haar erop te klimmen, net zoals ze als kind in het hekwerk was geklauterd dat om het zwembad heen stond. De hond bereikte het raam, woest dat ze net buiten zijn bereik was. Het metaal sneed in haar vingers. Ze kon hier niet heel lang als een soort Spiderman blijven hangen.

Ze keek naar beneden. De hond lag pal beneden haar op de loer, zijn ogen gefixeerd op haar benen. Hij straalde een soort prehistorische slechtheid uit. Maar het was geen duivels beest, hij opereerde op darwinistisch overlevingsinstinct. Doden of gedood worden.

Dat was niet geruststellend.

'Travis, sta heel langzaam op en pak de stukken touw. Bind ze aan elkaar vast. Misschien is het dan lang genoeg om hem te overmeesteren.'

Maar Travis antwoordde niet. Hij zat trillend tegen de achtermuur.

Manny moest het alleen opknappen.

HOOFDSTUK NEGENENVIJFTIG

'En dit?'

Sam had alle informatie die maar iets met asbest te maken had hardop voorgelezen, terwijl Jake als verlamd naar de hachelijke situatie keek waarin Manny zich bevond. Hij was stomverbaasd en onder de indruk dat het haar was gelukt de aandacht van de hond van Travis af te leiden. Haar manoeuvre, waaruit die ook bestond, had zich buiten het bereik van de camera afgespeeld. Hij hoorde alleen maar gegil, gegrom, een bons en een kef. Toen kwam Manny weer in beeld, ze stormde door de kamer en klom in de metalen tralies voor het raam. Zijn blijdschap toen hij zag dat ze veilig was duurde niet lang. De openingen tussen de tralies waren niet breed; haar tenen bleven eruit glijden. Manny's gewicht hing voornamelijk aan haar armen, en hij wist dat ze niet zoveel kracht had in haar bovenlijf. Ze zou onvermijdelijk van dat traliewerk af vallen, boven op de wachtende hond.

'Jake, klinkt dit niet aannemelijk?' vroeg Sam.

'Hè? Zeg het nog eens.'

'Ik ben misschien echt iets op het spoor. Tot in de jaren zestig werd asbest gebruikt bij de productie van brandwerende werk-kleding. Toen begon het besef door te dringen dat asbest op je huid misschien gevaarlijker was dan brandwonden, dus toen zijn ze overgestapt op chemische brandvertragers en andere ma-terialen.'

'Eh...' Manny's tenen gleden tussen de tralies uit en heel even zwaaide ze heen en weer, maar toen trok ze zichzelf weer op.

'Jake, kom op, luister nou eens even. In West New York staat een oude fabriek die "Brandwerende Kleding" heet. Er staat een verhaal in het zakenkatern van de *Times*: ONTWIKKELING OE-VERWIJK WEST NEW YORK VERTRAAGD DOOR BRANDWERENDE KLEDING. Het blijkt dat de fabriek zo verontreinigd is dat ze bang zijn om hem af te breken of te verbouwen door al het stof dat dan zou vrijkomen. Hij staat dus al jarenlang leeg. Volgens het artikel nemen zelfs thuislozen daar hun intrek niet, omdat ze er zo van moeten hoesten.'

Voor het eerst in tien minuten wendde Jake zijn blik af van de livevideobeelden. 'West New York ligt dicht bij Hoboken en Club Epoch,' zei hij.

'Precies. En niet ver van Paterson. Moet je deze foto zien. Het gebouw is zo groot dat niemand hen of de hond zou horen. En kijk eens naar die ramen.'

'Ze hebben allemaal een traliewerk van metaal.' Hij pakte de telefoon. 'Vito kan er over twee minuten een team hebben.'

HOOFDSTUK ZESTIG

Manny kon het niet veel langer volhouden.

De scherpe randen van het traliewerk sneden in haar vingers. Die pijn had ze best kunnen verdragen, als haar schouders en biceps niet zo vreselijk gebrand hadden. Ergens rond haar dertiende was ze de spierkracht van een jongensachtig meisje kwijtgeraakt, en die was niet meer teruggekomen. Ze deed precies genoeg aan gewichtheffen om er goed uit te zien in een strapless jurk, niet om, naar wat leek urenlang, haar hele lichaamsgewicht omhoog te houden.

Ze moest iets anders verzinnen, maar ze had maar heel weinig opties. Ze moest op de een of andere manier de hond afleiden, zonder dat hij zijn aandacht weer op Travis zou richten. Dan kon ze hier af en dan... wat?

Hem afleiden en eraf. Dat was alles wat op dit moment van belang was, want als ze nog iets langer wachtte, zou ze gewoon in de bek van de hond vallen.

Manny verzamelde het laatste restje kracht in haar rechterhand en deed met haar linkerhand haar grote zilveren met turkooizen oorbel uit. Ze hield zich met een hand aan de tralies vast en gooide de oorbel laag en ver weg. De hond reageerde net zo voorspelbaar als Mycroft, hij ging het voorbijvliegende voorwerp achterna.

Manny liet los en sprong naar beneden. De overweldigende opluchting verdreef alle angst uit haar geest, maar het duurde maar even. Ze wist dat de hond erachter zou komen dat de oorbel niets voorstelde als prooi en dat hij zijn aandacht weer op haar zou richten. Als hij dat deed, moest ze daarop voorbereid zijn.

Ze had het touw en de kooi al afgeschreven, want die bevonden zich te ver weg. In één vloeiende beweging greep Manny de zoom van haar jurk en trok hem over haar hoofd. Snel draaide ze de stof in een lange rol.

Aangetrokken door haar beweging draaide de hond zich om en hij stormde op haar af. Manny bleef stilstaan, met het raam achter zich, en keek toe hoe de hond op zijn sterke poten snel op haar af kwam. Op het laatste moment deed ze een stap opzij.

De hond ging op zijn achterpoten staan en wierp zich op de plek waar Manny net nog had gestaan. Manny gebruikte die seconde om achter het beest te gaan staan en de jurk om zijn hals te slaan.

Ze draaide en trok. De synthetische vezels gaven veel minder mee dan katoen en het wurgtouw trok zich strak. Ze deed haar best haar evenwicht te bewaren en de stof strakgespannen te houden.

De hond verzette zich met piepende ademhaling tegen de onbekende belemmering. Hij had zeker nooit aan de riem gelopen, en daar was Manny blij om. Een getrainde hond zou achteruit zijn gegaan om de druk te verlichten, maar hij bleef trekken, zodat hij zichzelf verstikte en het haar makkelijker maakte.

De hond wankelde en zakte door zijn poten. Manny voelde Jakes aanwezigheid aan het andere eind van de camera, die haar bijstond. Niet loslaten. Het is nog niet voorbij. Jake maakte altijd spottende opmerkingen over de manier waarop een verwurging in een film werd afgeschilderd: de luchtpijp werd dertig seconden dichtgeknepen en dan was het slachtoffer dood. In werkelijkheid moest een mens een aantal minuten verstoken blijven van zuurstof voordat hij stierf. Manny wist niet hoelang het bij een dier duurde, maar ze nam geen enkel risico. Ze bleef trekken, hoewel haar armen pijn deden door de inspanning.

De hond viel op zijn zij en ze zag het wit van zijn ogen. Nog steeds liet Manny de strik niet los. Ze keek naar Travis, in de hoop dat hij haar zou komen helpen nu de hond verzwakt was. Maar hij zat opgekruld in de hoek, met een glazige blik in zijn ogen. Hij was in shock en kon niets meer doen.

De hond trok onwillekeurig met zijn poten en onder zijn lijf verscheen een plas urine. Dat was een goed teken; hij moest bewusteloos zijn. Manny's armen trilden doordat ze de jurk zo strak aangetrokken hield. Als ze niet aan de tralies van het raam had gehangen, had ze hier meer kracht voor gehad. Ze besloot de druk nog twee minuten vol te houden. Fluisterend telde ze: 'Eenentwintig, tweeëntwintig.'

Na honderdtwintig seconden liet ze behoedzaam de druk varen. De hond lag er bewegingloos bij. Manny wist dat ze moest controleren of zijn hart nog klopte.

Ze stak een trillende hand uit naar de halsslagader van de hond. Hij had kort en stug haar, heel anders dan Mycroft. Kriskras over zijn hals en borst liepen allemaal littekens van gevechten die hij had overleefd. Haar vingertoppen zweefden boven het lijf van de hond, haar blik was vertroebeld door tranen.

Ze kon het niet. Ze kon zich er niet toe zetten de hond aan te raken. Als ze zijn hartslag controleerde, zou dat te veel zijn alsof ze hem aaide, alsof ze hem onder de kin kriebelde zoals ze bij Mycroft deed en bij andere vriendelijke honden die een grijnzende snuit optilden om geaaid te worden.

Manny ging achteruit, weg van de hond. Ze was zo moe, zo moe. Ze zouden zo naar een uitweg gaan zoeken. Maar eerst moest ze uitrusten.

HOOFDSTUK EENENZESTIG

Manny's moed verbaasde Jake. Maar de trots om haar verbazingwekkende overwinning op de hond die hij had moeten voelen, kwam niet. Zijn zenuwstelsel was nog niet bijgekomen van de schok die het had gekregen toen hij had gezien hoe de vrouw van wie hij hield het dier met haar blote handen en een stukje stof aanviel.

Manny leek zichzelf ook geschokt te hebben. Ze zat op een meter afstand van de hond, met haar hoofd in haar handen, en ze haalde met diepe, huiverende teugen adem. Dat was geen ongewone reactie op ondraaglijke stress. Maar Jake had er vertrouwen in dat dit niet lang zou duren en dat ze dan zou gaan kijken hoe ze uit haar gevangenis kon ontsnappen.

Hij hoopte dat Sam gelijk had over het 'Brandwerende kleding'-gebouw, hoewel het een gok was. Manny en Travis konden overal zijn. Maar de druk was er in elk geval af. Nu de hond was uitgeschakeld, maakte het niet uit of de zoektocht nog uren duurde.

Jake bewoog ongemakkelijk op zijn stoel heen en weer toen hij het statische beeld op zijn computerscherm zag. Keken de Costello's nog steeds? Ze zouden woest zijn dat hun martelstuk niet werd opgevoerd. Woest genoeg om het te riskeren terug naar de kamer te gaan en een ander gruwelijk scenario uit te voeren? 'Sta op, Manny,' spoorde hij haar via het scherm aan. 'Sta op en zoek een uitweg.'

Manny zat met gekruiste benen op de grond. Het enige wat ze hoorde was haar eigen ongelijkmatige ademhaling. De huidige yogatrend was aan haar voorbijgegaan; zij vond Pilates en haar Wii-fitnessprogramma leuker. Desondanks merkte ze dat ze toch haar aandacht op haar ademhaling richtte, en ze probeerde die uit alle macht weer normaal te laten worden. Misschien kon ze dan opstaan.

Er drong een ander geluid tot haar bewustzijn door; een zacht gejammer van de andere kant van de kamer. Travis. Ze was hem bijna vergeten.

Manny keek op, en zag hem zwakjes wijzen. Ze keek waar hij naar wees.

De hond stond op.

Manny probeerde ook op te staan, maar het leek wel alsof haar ledematen door andere hersenen werden bestuurd.

De tijd leek te vertragen. De hond, die eerder weinig gracieus was geweest, zweefde door de lucht en kwam steeds dichterbij. Ze kon haar voet niet meer zien, want haar been zat in de bek van een hond. Wat vreemd. De gedachte die haar inviel leek wel van buiten haar lichaam te komen: Ik zal nooit meer stiletto's kunnen dragen.

De pijn die ze voelde was echt, het was niet de scherpe pijn van tanden die zich in haar vlees zetten, maar de schokgolf van een hamer die iemand met volle kracht liet neerkomen. Dat was ook vreemd.

En er was nog iets vreemds. Travis rende. Hij rende schreeuwend op haar af. Hij rende naar de kooi, die hij oppakte en naar de hond smeet. Dat vond hij niet leuk. Hij deed zijn bek open. Ze rolde weg.

En toen klonk er nog meer geraas. De deur vloog open. Het wemelde in de kamer ineens van de mannen. Er weergalmde een schot, akelig dicht bij haar hoofd.

Manny ging met grote moeite zitten en bekeek de mensen in de kamer.

'Waar is Jake?'

HOOFDSTUK TWEEËNZESTIG

'Hoe gaat het met je been? Neem nog een pijnstiller.'

Manny draaide haar hoofd weg van het pilletje. 'Daar word ik zo licht in het hoofd van. Wil je het kussen misschien even opschudden? En kan ik in plaats van die pil een glas Veuve Clicquot Rosé krijgen?'

Jake haastte zich naar het eind van de bank en schudde het kussen onder Manny's verbonden been op. 'Hoe voelt da...?' Haar glimlach van oor tot oor legde hem het zwijgen op. 'Je geniet hiervan, hè?'

'Het is het bijna waard om door een pitbull opgevreten te worden om jou zo te zien redderen als Florence Nightingale,' zei Manny. 'En moet je het huis zien. Je hebt hier zeker een heel schoonmaakteam binnen gehad toen ik in het ziekenhuis lag.'

'Dat hebben Sam en ik gedaan,' zei Jake, terwijl hij de smetteloze woonkamer rondkeek. 'Ik vond de schaal met potpourri een leuke extra touch voor je thuiskomst.'

'Het zou nog leuker zijn als de gedroogde lavendel niet uit de oogkassen van die schedel zou puilen.'

Jake pakte haar hand. 'Je weet niet half hoe blij ik ben dat je hier bent.'

Manny ontweek zijn blik. 'Ik vind het heel fijn dat ik hier mocht komen. Maar het is maar voor een paar dagen. Zodra de dokter zegt dat ik zonder hulp kan lopen, ga ik terug naar huis.'

Jake streelde haar haren. 'Haast je maar niet.'

Sam kwam binnen, met drie bekers koffie op een dienblad, gevolgd door Mycroft, die bij Manny op schoot sprong.

'Gebruik je nu zelfs een dienblad?' vroeg Manny, blij met de afleiding. 'Is er een etiquettedeskundige in je gevaren of zo?'

'Ik pas me gewoon aan de omgeving aan,' zei Sam. 'Je zou eens moeten zien hoe netjes ik me zou gedragen als ik op Buckingham Palace zou worden uitgenodigd.'

'Over buitenlandse reizen gesproken, klopt het dat de Costello's zijn onderschept op Kennedy Airport, wachtend op een vlucht naar Buenos Aires? Ik dacht dat ik dat op het nieuws hoorde toen ik in het ziekenhuis lag, maar ik zat zo onder de pijnstillers dat ik niet wist of ik droomde.'

'Dat heb je niet gedroomd,' zei Jake. 'Dat is een voordeel van al die terrorismemaatregelen. Niemand kan meer snel het land uit vluchten. De beveiliging op het vliegveld heeft ze gegrepen toen hun handbagage werd gescand. Ze zitten in hechtenis. Zonder borg. En er is zelfs een beschuldiging van dierenmishandeling aan de lijst aanklachten toegevoegd. De moordende pitbull heeft jouw aanval en de politie overleefd. Dankzij de Costello's zal er nu de rest van zijn leven goed voor hem gezorgd worden.'

'Gerechtigheid. Travis Heaton en de Costello's wisselen van plaats. Zo ongeveer als dat verhaal van jou over die garnalen.' Manny ademde in door haar neus en uit door haar mond. 'Door wie worden ze vertegenwoordigd?'

'Hoezo, wil jij dat soms doen?'

'Nee, bedankt, hoewel ik wel wat tijd overheb nu alle aanklachten tegen Travis zijn ingetrokken.' Manny dronk van haar koffie. 'En de Sandovals? Is señora Sandoval ingestort toen ze de waarheid over haar gezin hoorde?'

'Dat ben ik je nog vergeten te vertellen,' zei Sam. 'Ze heeft gebeld toen Jake je uit het ziekenhuis ophaalde. Ze klonk goed. Ze vroeg hoe het met je ging en zei dat ze wel zou terugbellen.'

'En de andere slachtoffers van de Vampier? Hebben ze echt allemaal toegekeken hoe Travis en ik door die rothond werden aangevallen?' vroeg Manny. 'Had dat het effect waar de Costello's op hoopten?'

'Ze hebben gekeken,' zei Jake. 'Maar het zijn verschillende mensen, dus ze reageerden ook verschillend. Lucinda Bettis is de enige die nog steeds alles ontkent. De anderen willen misschien iets meer over hun afkomst weten, of misschien willen ze alles achter zich laten.'

'Dat is nou net waar Elena Costello gek van werd: ze kon het niet accepteren dat niet iedereen zich zo vastklampte aan zijn woede,' zei Manny. 'Ze had wel gelijk dat we de slachtoffers van de Vuile Oorlog nooit moesten vergeten. Maar ze heeft zich door haar woede laten kapotmaken.'

Jake pakte de koffiekop van haar aan. 'Nou hebben we het wel genoeg over het onderzoek gehad. Wil je je niet even lekker ontspannen en een geestdodend tv-programma kijken?' Hij gaf Manny de afstandsbediening. 'Geen CNN, geen Fox News, geen MSNBC.'

'Ja, dokter.' Manny trok Mycroft lekker tegen zich aan en zapte langs de kanalen. 'Sorry, jongen, ook geen Animal Planet.' Ze bleven hangen bij een klusprogramma. Maak van een oude ladekast een high-tech entertainment centre... Schilder een Oosters tapijt op je houten vloer... Manny dommelde in net toen ze zouden onthullen hoe je de muffe geur uit een antieke kledingkast moest krijgen.

In haar dromen, opgewekt door de pijnstillers, wervelden allerlei levendige scènes door elkaar heen en de overgangen waren slordig, het was een arthousefilm voor één persoon. Er zaten dieren uit het oerwoud in een jury, kronkelige gangen leidden naar kamers vol glasscherven, een examen waar ze de antwoorden niet voor had werd onderbroken doordat de schoolbel ging. Hij bleef maar gaan.

Manny ging rechtop zitten, ze was verhit en gedesoriënteerd. Er was geen examen, het gerinkel was echt. Ze keek naar buiten en zag dat het al schemerde. Sam en Jake waren nergens te zien. Ze rekte zich uit en pakte de hoorn van de telefoon op het bijzettafeltje.

'Hallo.'

'Hallo, spreek ik met mevrouw Manfreda?'

'Ja. Met wie spreek ik?'

'Met Monserrat Sandoval. Ik hoop dat ik u niet stoor, maar ik wilde u bellen om u te bedanken.'

'Hallo, señora Sandoval. Ik heb daarstraks nog naar u gevraagd. Hoe gaat het? Ik weet dat Paco erg over u heeft ingezeten.'

'*¡Ay!* Ik heb een goed gesprek gehad met mijn zoon en mijn man.' Haar stem klonk krachtig en vol zelfvertrouwen. 'Ik zei tegen ze dat het heel stom van ze was om al die jaren dingen voor me geheim te houden. Er had zoveel leed voorkomen kunnen worden als mijn man me de waarheid had verteld toen Esteban nog een baby was.'

Manny ging wat meer rechtop zitten, volledig wakker. Het klopte dus dat ambassadeur Sandoval altijd had geweten dat Esteban van een gevangengenomen vrouw was afgepakt. 'Zou u hem dan nog steeds hebben geadopteerd?'

'Dat was het probleem. Toentertijd werkte mijn man parttime voor een ministerie, hij studeerde nog. Er was maar weinig werk, de economische situatie was vreselijk. De leiders van de junta waren inderdaad zijn bazen, maar hij steunde hun beleid niet echt. Hij was alleen maar een, hoe heet dat, duivelsaanjager.'

'Duvelstoejager,' verbeterde Manny.

'Precies. Dus toen de verpleegster, die toen Anna Herrmann heette maar die zich hier Amanda Hogaarth noemde, ons deze baby aanbood, namen we hem aan. We dachten dat het een wees was en dat zijn ouders bij een ongeluk waren omgekomen. Zes maanden later ontdekte mijn man de vreselijke waarheid.

Tegen die tijd hield ik zoveel van Esteban dat mijn man wist dat ik hem nooit zou kunnen opgeven. Hij vertelde me dat hij bang was om te protesteren tegen de dood van Estebans ouders, bang dat we zelf zouden verdwijnen.' Señora Sandoval zweeg even, ze dacht blijkbaar terug aan die donkere dagen. 'Toen het regime was gevallen, had hij het me moeten vertellen. Ik zou hebben geprobeerd de biologische ouders van Esteban op te sporen. Zijn grootouders, ooms en tantes hadden er recht op te weten dat het goed met hem ging. Maar mijn man denkt dat hij altijd weet wat het beste voor me is.' Ze uitte een bitter lachje.

'Daarom bel ik om u te bedanken. Vanwege al deze gebeurtenissen gaat Esteban naar Argentinië om zijn biologische familie te ontmoeten. Dan weten ze eindelijk dat hij niet door moordenaars of folteraars is opgevoed. Hij zal ze vertellen dat hij goede ouders had. Hij zal ze vertellen hoezeer het ons spijt dat we de waarheid niet hebben verteld. Ik hoop dat ze zullen begrijpen dat mijn man uit liefde voor mij en Esteban heeft gehandeld. Ik hoop dat ze het ons kunnen vergeven.'

'Dat hoop ik ook, señora Sandoval. Het lijkt erop dat vergiffenis de enige manier is om alles wat er tijdens de Vuile Oorlog is gebeurd af te sluiten. Amanda Hogaarth was waarschijnlijk ook op zoek naar vergeving. Daarom heeft ze al haar geld aan een legitiem adoptiebureau nagelaten.'

'U klinkt erg sterk, mevrouw Manfreda. U bent er niet aan

onderdoor gegaan wat de Costello's u hebben aangedaan,' zei señora Sandoval.

'Nee hoor, mijn been ligt wat in de kreukels, maar mijn geest is ongebroken,' stemde Manny in.

'Dan hoop ik dat u hen ook zult kunnen vergeven. Trouwens, het verhaal over de Vampier is in Argentinië volop in het nieuws. Ik lees elke dag online de nieuwsberichten.'

'Paco vertelde me dat u het nieuws niet volgde.'

'Dat was ook zo. Maar ik heb mijn lesje geleerd. Het is niet goed om je kop in het zand te steken.' Señora Sandoval zuchtte. 'Het verhaal over Elena Muniz Costello staat in alle kranten in Argentinië. Het is heel verdrietig. Ze werd geadopteerd door een politieman en zijn vrouw, een gevoelloze man die tijdens de Vuile Oorlog voor de geheime politie werkte. Hij was heel haar jeugd wreed tegen Elena, en haar adoptiemoeder was niet in staat hem tegen te houden. Elena begreep nooit waarom haar vader zo'n hekel aan haar had. Toen ontdekte ze als jonge vrouw de waarheid over haar geboorte. Maar tegen die tijd waren haar biologische grootouders en tantes al dood. Ze heeft ze nooit gekend. Ze kon er niet bij dat niet heel Argentinië in rep en roer was door het vreselijke onrecht dat haar en andere geadopteerde kinderen was aangedaan. Daarna werd het voor Elena een missie om alle geadopteerde kinderen van Desaparecidos te informeren over hun biologische families.'

'Zelfs degenen die dat niet wilden weten,' zei Manny. 'Tja, het verklaart misschien waarom ze deed wat ze deed, maar het rechtvaardigt het niet. En Frederic Costello? Is hij als kind ook mishandeld?'

'Nee. Hij is blijkbaar na de verdwijning van zijn biologische ouders als peuter geadopteerd door vrienden van hen. Ze hebben nooit de waarheid over zijn verleden voor hem verborgen gehouden, eerder het tegenovergestelde. Zij waren ook activisten voor dezelfde zaak. Via hen heeft Frederic Elena ontmoet.'

Manny ging verzitten. Haar been was gaan kloppen. 'Maar ik begrijp het niet. Waarom ging hij mee in de wrede, geschifte plannen van zijn vrouw?'

'Dat zullen we waarschijnlijk nooit helemaal begrijpen. Maar volgens mij was dit een geval waarin de leerling de leraar overstijgt. Hij heeft haar bij de strijd betrokken en toen werd zij gemotiveerder dan hij.'

'Misschien als ze elkaar niet hadden ontmoet... Als ze ieder met een ander getrouwd waren...' zei Manny.

'... zou dit allemaal nooit zijn gebeurd,' maakte señora Sandoval de gedachte af. 'Dan had u niet hoeven lijden.'

'Maakt u zich om mij maar geen zorgen, hoor. Ik ben niet zo'n wrokkig persoon. Ik moet een getuigenis afleggen tijdens Elena's rechtszaak, maar ik zal ervoor zorgen dat ze een goede verdediging heeft. Ze verdient een eerlijk proces.'

'U bent een heel dappere vrouw,' zei señora Sandoval. 'U hebt me ertoe geïnspireerd om ook dapper te zijn. Weet u nog, die liefdadigheidsinstelling Home Again, waarvoor ik een cheque heb uitgeschreven? Ik ga vrijwilligerswerk voor ze doen. Morgen ga ik naar Gulfport, in Mississippi, waar ik een week in hun asiel ga werken.'

'Wat geweldig! Ik ben ervan overtuigd dat u dat heel goed kunt.'

Manny hing net op toen Jake binnenkwam. 'Daar ben je. Ik dacht dat Sam en jij misschien boven de voegen aan het schrobben waren met een tandenborstel.'

'Aha, je bent wakker. Ik heb eten gehaald. Je favoriete eten.'

Mycroft sprong van de bank en snuffelde aan de tassen. 'Daar zit niks voor jou bij, meneertje. In je bak in de keuken zit hondenvoer.' Mycroft bleef staren. 'Weet je wat ze met jongens zoals jij doen in de bak? Zeg eens "rottweiler"?' Jake deed net alsof hij gromde.

Verontwaardigd sprong Mycroft weer in Manny's beschermende armen. 'Negeer zijn slechte humeur maar hoor, Mycroft. Maar helaas heeft hij wel gelijk, Mikey. We kunnen geen enkel risico met je maag nemen. Je zit namelijk even zonder dierenarts,' zei ze.

Terwijl Jake de afhaalmaaltijd op tafel uitstalde, vertelde Manny over haar gesprek met Monserrat Sandoval. Ze snapte nog steeds niet waarom dr. Costello mee had gedaan, dus begon ze er tegen Jake opnieuw over. 'Ik begrijp waarom Elena zo gek was, maar waarom ging dr. Costello erin mee? Hij leek zo'n vriendelijke dierenarts. Hoe kon hij Elena helpen bij het martelen en moorden?'

Jake gaf Manny een vork, maar liet haar hand niet los. 'Soms krijgen mensen, als ze een relatie krijgen, een andere persoonlijkheid. De ene zou zonder de ander nooit misdrijven hebben gepleegd. Als je ze bij elkaar zet, wordt hij Jack the Ripper, en zij gravin Elisabeth Báthory. Dat hebben we in het verleden al vaker gezien.'

'Echt waar?'

'Door zijn liefde voor een mooie, gepassioneerde vrouw is hij zijn gezonde verstand een beetje kwijtgeraakt. Daar kan ik over meepraten.'

Manny trok haar hand weg en tikte tegen Jakes voorhoofd. 'Je verstand zit precies waar het hoort.'

'Je had me moeten zien toen ik via die webcam naar je keek en niets voor je kon doen. Toen was ik niet zo wetenschappelijk onverstoorbaar.'

'Maar je was nog steeds in staat de politie te helpen door uit te vogelen wie de Vampier was en waar we werden vastgehouden.'

'Dat was gebaseerd op jouw ingeving dat die koffiemok van Nixon op eBay was gekocht.'

Manny grinnikte en viel aan op het troosteten. 'Forensische pathologie, de wet, winkelen en Mycroft. Een onverslaanbare combinatie!'

DANKWOORD

We willen wederom uit de grond van ons hart alle mensen bedanken die ons hebben geholpen de relatie tussen Manny, Jake en Mycroft op papier te laten bloeien. We zouden nalatig zijn als we niet ook de beste dierenarts ter wereld, dr. Lewis Berman van het Park East Animal Hospital in New York City, bedankten, die ervoor zorgt dat Mycroft gezond blijft, en dr. Avra Frucht, die ervoor zorgt dat Mycrofts parelwitte pootjes wit blijven. We bedanken ook onze vrienden, de gepensioneerde rechter Haskell Pitluck en zijn geweldige vrouw, Kay, die elke versie van dit boek heeft gelezen.

Zonder meer de beste assistente ter wereld, Patricia Hulbert, en haar gezin, Todd, TJ, Amanda en Christina, die ons in al onze ondernemingen steunen, verdienen het om apart te worden genoemd.

Natuurlijk bedanken we onze agent, Leigh Feldman, en onze uitgever, Knopf, en het hele team dat voor het succes van Manny en Jake moet zorgen, vooral Jordan Pavlin, onze redacteur, Erinn Hartman, onze publiciteitsagente, Leslie Levine, onze buitengewone contactpersoon, en onze opmerkelijke kopijredacteur, Carol Edwards, en productieredacteur, Maria Massey, die er met haar kundigheid voor zorgt dat wij goed voor de dag komen.

Zoals gewoonlijk zouden we dit niet kunnen doen zonder de steun en aanmoediging van onze vele schrijversvrienden, Ann

Rule, Linda Fairstein, Kathy Reichs, om er maar een paar te noemen. Onze publiciteitsagenten Maria Lago, Sondra Elkins, Colin Lively, Pilar en Paul Conceicao, en Michael Greenfield, dank jullie wel voor jullie niet-aflatende steun.

We willen Marco Pipolo en zijn personeel bij Scalinatella bedanken voor de eindeloze gastvrijheid bij het leveren van een achtergrond voor het Italiaanse voedsel en erfgoed, dat ook in onze boeken is terug te vinden.

Als laatste bedanken we onze families, waaronder onze kinderen, Christopher, Trissa, Lindsey, Sara, Sarah, en onze kleinkinderen, en de vele vergeten families op deze wereld, voor de inspiratie voor en de verhaallijn van *Bloedproef.*